D1750586

Martina Mainka
SATANS-ZEICHEN

Martina Mainka

SATANS-ZEICHEN

Der erste Fall für Elza Linden

KRIMI IM GMEINER-VERLAG

Bibliografische Information
der Deutschen Bibliothek
Die Deutsche Bibliothek verzeichnet diese
Publikation in der Deutschen Nationalbibliografie;
detaillierte bibliografische Daten sind im Internet
über http://dnb.ddb.de abrufbar.

Besuchen Sie uns im Internet:
www.gmeiner-verlag.de

© 2005 – Gmeiner-Verlag GmbH
Im Ehnried 5, 88605 Meßkirch
Telefon 0 75 75/20 95-0
info@gmeiner-verlag.de
Alle Rechte vorbehalten
1. Auflage 2005

Lektorat: Claudia Senghaas, Kirchardt
Umschlaggestaltung: U.O.R.G. Lutz Eberle, Stuttgart
Gesetzt aus der 10/14 Punkt Stempel Garamond
Druck: Fuldaer Verlagsanstalt, Fulda
Printed in Germany
ISBN 3-89977-635-6

In Liebe für Michael und meine Kinder
Ariana, Karl, Paul und Marie

Handlung und Personen sind frei erfunden.
Sollte es trotzdem Übereinstimmungen geben,
so würden diese auf jenen Zufällen beruhen,
die das Leben schreibt.

1

Eiskalte Winternacht, der Schnee hat Schicht um Schicht ein weißes Kleid gewebt um Häuser, Bäume, Straßen. Jetzt, wo es aufgehört hat zu schneien, glitzert die weiße Fläche im kalten Licht des vollen Mondes wie eine funkelnde Decke aus winzigen Diamanten. Nach einem unnatürlich warmen Herbst bis in den Dezember hinein, hat nun der Winter die Macht übernommen. Der Anblick erinnert mich an das Gedicht von Rilke mit dem Tannenbaum, der wartet auf die eine Nacht, die Nacht seiner Bestimmung. Wie still alles wirkt, friedlich, verzaubert. Morten und ich sitzen in meinem Wohnzimmer vor dem Kamin, schläfrig vom Essen, betrachten wir die züngelnden Flammen und genießen einen 92er Bordeaux.

Ich bin nicht vorbereitet auf diese Frage. Ich wusste, dass ich sie über kurz oder lang gestellt bekommen würde – trotzdem, ich bin nicht vorbereitet darauf. Ich starre in das offene Feuer und spüre, wie Mortens Enttäuschung wächst mit jeder Sekunde, die ich schweigend verstreichen lasse. Eine Erklärung nach der anderen lege ich mir zurecht und verwerfe jede sofort wieder.

»Ich weiß es nicht.« Diplomatie war noch nie meine

Stärke. Gedankenverloren schaue ich aus dem Fenster und betrachte einzelne schwebende Schneeflocken davor. Ich zünde mir eine Zigarette an, koste vom Wein. Ich spüre Mortens Blicke auf mir ruhen. Seine Gesichtszüge verschließen sich; er lächelt und sagt: »Ich verstehe.« Morten klopft seine Pfeife im Aschenbecher aus.

Ich sehe, wie ihn meine Antwort verletzt hat, ich möchte es gerne rückgängig machen. So tun, als hätte er nicht gefragt und zurück zu der Unbeschwertheit, die der Abend eben noch hatte.

»Wie wäre es mit einem Schneespaziergang?«, frage ich übermütig.

»Ich habe eine bessere Idee ...«

Doch ich bin schon aufgesprungen, um mich anzuziehen.

»Frischluftmuffel«, sage ich und drücke ihm seine Jacke in die Hände.

Er gibt sich geschlagen; dick eingemummt treten wir vor die Haustür, als das Telefon in meiner Jackentasche zu klingeln beginnt.

»Oh nein, nicht jetzt«, sage ich.

Morten und ich tauschen einen resignierten Blick, wir wissen beide, was das zu bedeuten hat. Ich hole das Handy heraus und drücke die Sprechtaste. Rosoffs Stimme klingt blechern.

»Wir sind unterwegs«, sage ich ins Telefon und nachdem ich aufgelegt habe zu Morten: »Das war Rosoff. Auf dem Gelände des Güterbahnhofes wurde die Leiche einer jungen Frau gefunden. So, wie es schneit, werden wir wohl kaum Spuren finden. Ich bin nur froh, dass ich die Winterreifen hab montieren lassen.«

Morten nickt. »Dann kommen sie wenigstens zum Einsatz.«

Ursprünglich wollten wir in die Schweiz zum Skifahren dann aber erkrankten zwei Kollegen und unsere Urlaubspläne waren dahin.

Eine Welle warmer Zärtlichkeit steigt in mir auf, als ich Morten sehe; mit seiner altmodischen Ohrklappenmütze sieht er so fremd aus, beinahe schutzbedürftig.

Als ich aus dem Haus trete, reißt mir der Wind die Mütze vom Kopf und treibt sie in den Garten. Beim Versuch sie zu fangen, rutsche ich aus und falle auf den Hintern. Besorgt eilt Morten herbei, um mir aufzuhelfen und rutscht ebenfalls aus. Sein verdutzter Gesichtsausdruck bringt mich zum Lachen, und zaubert auch in Mortens Gesicht einen Anflug von einem Lächeln.

Das Auto liegt unter einer dicken Schicht Schnee begraben. Es muss mindestens zwanzig Zentimeter geschneit haben in den letzten drei Stunden. Von der Straße keine Spur. Ein bisschen mulmig ist mir zumute, als das Auto bei der steilen und engen Straße den Schönberg hinunter ins Rutschen kommt. Im Schritttempo fahre ich die steile Auffahrt hinunter und atme erleichtert auf, als ich unten bin. Friedlich schlummern die Villen und Einfamilienhäuschen unter einer dicken Decke Schnee; kaum ein Haus, aus dem nicht weihnachtliche Beleuchtung schimmert.

Als wir auf die Eschholzstraße fahren, sehen wir das

erste Räumfahrzeug; stoisch schiebt es den Schnee zur Seite. Die wenigen Autos die unterwegs sind, fahren langsam durch die winterlichen Straßen von Freiburg.

»Warum biegst du hier nicht ab?« fragt Morten.

»Warum sollte ich?«

»Weil es da zum Bahnhof geht.«

»Ja und? ... Ach so, das verwechselst du. Der Güterbahnhof liegt im Norden. Zwischen Hauptfriedhof und Flugplatz. Mehr oder weniger«, sage ich. Und als ich merke, dass er nicht weiß, wovon ich rede: »Der alte Güterbahnhof. Unten beim La Cantina – wo wir im letzten Sommer die Sangriavorräte drastisch dezimiert haben.«

»Ach du liebe Güte ...« Morten schmunzelt bei der Erinnerung. Wir mussten das Auto stehen lassen und zu Fuß nach Hause gehen.

Wir fahren durch die Eschholzstraße, vorbei am Hauptfriedhof und biegen dann in die Neunlindenstraße ein.

Das Blaulicht des Streifenwagens verfängt sich in den Schneerauten des Zaunes, der sich um das Areal des Geländes spannt; es lässt das Gesicht des Polizisten wächsern aufscheinen. Seine starre Haltung entspringt wohl der Kälte, ich sehe, dass er zittert, als wir uns dem Eingang nähern; er muss neu sein, ich habe ihn vorher noch nie gesehen. Er seinerseits scheint mich zu kennen, denn er begrüßt mich mit meinem Namen und lässt uns die Absperrung passieren.

Etwa fünfhundert Meter entfernt ragt die Silhouette der alten Werkshalle dunkel aus der schneehellen Nacht des weitläufigen Güterbahnhofgeländes. Der Wind hat sich gelegt, nun fängt es wieder an zu schneien. Unsere Schritte machen ein wattiges, dumpfes Geräusch auf dem frisch gefallenen Schnee, in dem wir knöcheltief einsinken. Ich habe den alten Güterbahnhof immer gemocht; ich glaube hauptsächlich, weil er eine so verschwenderische Nutzlosigkeit darstellt. Ein derart großes Areal ungenutzt, und das in einer Zeit, in einer Stadt, zu deren höchsten Gütern der optimale Nutzen, die Verdichtung zählt. Ich weiß nicht, wie viele Jahre das Gelände schon nicht mehr in Betrieb ist, es müssen einige sein, denn zwischen den stillen, rostigen Gleisen wuchert üppiges Gebüsch. Riesige Kabelrollen liegen über das Gelände verteilt, ebenso wie abmontierte Gleisstücke – selbst unter dem Weiß der Schneedecke behält die Industrielandschaft ihren maroden Charme.

Eine Zeit lang habe ich mich gewundert, dass die Werkshalle nicht abgerissen wird, was wohl auch im Gespräch war; aber da sie unter Denkmalschutz steht, war das nicht möglich, dann gab es eine Zeit, in der große Firmen dort ihre Feiern abhielten.

Die Frau liegt zwischen dem Eingang der Werkshalle und dem angrenzenden Gebüsch. Die zierliche Gestalt hat etwas Verlorenes, beinahe Dramatisches, eingebettet in ihr weißes Totenbett; traurige Protagonistin im Lichtkegel des Scheinwerfers, der früher einmal den

Zügen ihren Weg wies. Sie trägt dunkle Kleidung, eine schwarze Cordhose und einen Wollpullover mit einem tiefen V-Ausschnitt; langes, schwarzes Haar, wirr und nass um das weiße, kleine Gesicht. An ihrem weißen Hals klafft ein tiefer Schnitt. Ich schlucke den Kloß in meinem Hals hinunter; warum, wieder einmal diese eine Frage, dieses Warum, auf das ich nie eine Antwort bekomme.

Der Kollege von der Streifenpolizei kommt mir entgegen.

»Die Zeugin ist da drüben«, er zeigt zu den beiden Schemen, die an der Nordmauer der Halle stehen; »ein Sanitäter ist bei ihr.« Erst jetzt nehme ich die beiden Gestalten wahr, die an der Mauer der Werkshalle stehen und unter dem vorspringenden Dach Schutz vor dem Schnee suchen.

»Fehlt ihr etwas?«

»Scheint alles in Ordnung zu sein soweit. Aber schön ist es nicht, eine Leiche zu finden.«

Dann höre ich Schritte und Stimmen vom Weg her; eine helle und eine dunklere Männerstimme, noch bevor sie ins Licht treten, weiß ich, das sind Reni, Edgar und Walter; sie schleppen keuchend die schweren Taschen mit dem Arbeitsgerät für die Spurensicherung. Sie haben eine weitere Person dabei, einen jungen Mann mit langen blonden Haaren, der sicher noch den Abdruck der Schulbank auf dem Hintern haben muss.

»Das ist David«, stellt Reni ihn vor. Ich ziehe die Augenbrauen nach oben.

»Und das ist Elza Linden, die Dezernatsleiterin«, sagt sie zu David.

»David ...?«

»Mein Neffe. Er studiert an der Fachhochschule in Villingen. Letztes Semester. Ab Januar kommt er für ein halbes Jahr zum Praktikum in unsere Abteilung.«

Himmel, das hatte ich vollkommen vergessen. Reni etwas abzuschlagen fällt mir meistens schwer, nicht dass das oft vorkommt; sie ist die Leiterin der Kriminaltechnik, eine Freundin und wohl auch, wenn ich ehrlich bin, ein bisschen Mutter. Eigentlich wollte sie sich pensionieren lassen, aber auf meine Zusage, dass ihr Neffe sein Praktikum bei uns absolvieren kann, hat sie noch ein Jahr drangehängt. Ich hoffe nur, der junge Mann wird uns bei der Arbeit nicht im Weg herumstehen. Meine stille Hoffnung scheint sich nicht zu erfüllen.

»Und wie geht es jetzt weiter?«, fragt er.

»Jetzt kommt die junge Frau zu einem kostenlosen Fotoshooting«, sage ich, und etwas freundlicher: »Dann müssen wir versuchen herauszufinden, wer sie ist.«

Er nickt nur und sammelt somit seinen ersten Pluspunkt bei mir. Reni lächelt und macht sich zusammen mit Edgar und Walter an die Arbeit. Ich lasse sie allein und hole auf dem Weg zu der Zeugin mein Handy aus der Tasche, um Ulrich Klesemann von der Gerichtsmedizin anzurufen. Anschließend wähle ich die Nummer vom Kriminaldauerdienst.

»Ich brauche vier Leute für die Anwohnerbefragung in der Neunlindenstraße und das La Cantina. Schneider soll das koordinieren«, sage ich zu Rosoff und gebe ihm dann die Namen der Kollegen durch, die ich am Morgen in der Soko haben will.

Obwohl ich Handschuhe anhabe, sind meine Hände steif vor Kälte.

Die Frau steht an die Wand gelehnt, den Blick auf den Boden gerichtet und bläst den Rauch ihrer Zigarette in die kalte Nacht des Dezembers. Kurzes, blondes Haar schaut unter ihrer Mütze hervor, die große Nase lässt ihr Gesicht markant erscheinen. Mit ihrer linken behandschuhten Hand hält sie den Mantelkragen vorne zusammen. Sie schaut auf, als sie mich kommen hört.

»Ich bin Elza Linden und leite die Ermittlungen in diesem Fall.«

Ich hole das Aufnahmegerät aus der Tasche und drücke den Aufnahmeknopf.

»Das Gespräch wird aufgezeichnet. Sprechen Sie bitte Ihren Namen, Vor- und Nachname, ihr Geburtsdatum und ihre Adresse auf das Band.«

Sie nickt, lässt ihre Zigarette in den Schnee fallen und tritt sie mit der Stiefelspitze aus.

»Doris Bär, geboren am 15. Mai 54, wohnhaft in der Waldkircher Straße 45 in Freiburg.«

»Sie haben die Leiche gefunden?«

»Ja.«

»Um wie viel Uhr war das?«

Aus ihrer Manteltasche holt sie eine Packung Zigaretten; der Wind bläst mehrmals die Flamme des Feuerzeugs aus, bevor es ihr gelingt im Schutz ihrer Handfläche endlich die Zigarette anzuzünden.

»Kurz vor Mitternacht. Ich kam von da vorne«, sie deutet nach Norden, »und sah ein dunkles Bündel dort im Licht vor der Halle liegen. Als ich näher kam, sah ich, dass es sich um eine menschliche Gestalt handelt und dann, dass Wiederbelebungsmaßnahmen zwecklos sein würden. Als ich sah, was mit ihr geschehen ist, habe ich es mit der Angst zu tun bekommen und bin Richtung Ausgang gerannt. Dort habe ich von meinem Handy aus den Notruf angerufen. Bis dahin dürften nicht mehr als fünf Minuten vergangen sein. Nach ungefähr weiteren fünf Minuten kam der Streifenwagen.«

»Ist Ihnen etwas Ungewöhnliches aufgefallen, bei Ihrem Spaziergang oder in der Umgebung bei der Leiche?«

»Nicht dass ich wüsste. Aber ich war in Gedanken versunken und ich weiß nicht, ob mir etwas aufgefallen wäre.«

»Gehen Sie öfters hier auf dem Gelände mitten in der Nacht spazieren?«

Sie lässt ihre Zigarette in den Schnee fallen, deren glühendes Ende nach wenigen Sekunden verglimmt

Sie betrachtet mich einen Moment aufmerksam, ohne dass ich ihren Gesichtsausdruck deuten könnte, in ihrer Antwort schwingt ein scharfer Unterton.

»Das tue ich. Ja. Ich liebe es durch die Nacht zu spazieren. Obwohl ich eine Frau bin. Ich hoffe nicht, dass ich damit gegen ein Gesetz verstoße.«

Etwas sanfter fügt sie hinzu: »Entschuldigen Sie. Das war nicht so gemeint. Ich bin vor zwei Monaten aus Neuseeland zurückgekommen, wo ich die letzten zwanzig Jahre gelebt habe.« Sie macht eine auslandende Geste mit der rechten Hand.

»Das hier, das war meine Kindheit. Wir haben ganz in der Nähe gewohnt, in der Waldkircher Straße. Der Güterbahnhof hat mich damals magisch angezogen, obwohl es mir verboten war hierher zu kommen. Da drüben«, sie zeigt nach Westen, »dort wurden die Züge be- und entladen. Dabei sind manchmal Sachen von den Waggons heruntergefallen, Orangen zum Beispiel, daran erinnere ich mich sehr gut ...«

Ich frage sie, ob sie jemand nach Hause fahren soll, doch sie lehnt ab mit den Worten, es tue ihr ganz gut noch ein paar Schritte zu gehen.

Dann gehe ich zurück zu den Kollegen, um zu schauen, wie weit sie mit der Spurensicherung sind. Reni trägt eine Schneehaube auf ihrem dunklen Bubischopf, ihre Nase glänzt rot in ihrem ebenmäßigen Gesicht. Sie unterhält sich leise mit ihrem Neffen David. Edgar hält einen Plastikbeutel in der Hand.

»Ausweis, Adressbuch und einen Journalistenausweis habe ich in ihren Hosentaschen gefunden. Delia Landau, wohnhaft im Stühlinger in der Guntramstraße. In drei Tagen wäre sie 28 geworden.«

»Dann wissen wir das«, sage ich leise und wende mich an den Notarzt, der die Leiche untersucht hat und nun den Schnee von seinen Hosen klopft. Kurt Wandauer und ich sind nicht zum ersten Mal zusammen an einem Tatort; ich frage mich, wie lange er wohl noch vor sich hat, es sind seine klaren blauen Augen mit einer unbestimmten Traurigkeit, die ich wohl immer im Gedächtnis behalten werde und die ihm etwas Unverwechselbares verleihen.

»Viel zu wenig Blut«, sagt er.

Ich warte auf die Fortsetzung.

»Sie hat einen tiefen Schnitt am Hals, ob das allerdings die Todesursache war, kann ich nicht sagen. Jedenfalls kann es nicht hier geschehen sein, ansonsten müsste überall Blut sein. Es wäre auch möglich, dass ihr der Schnitt post mortem beigebracht wurde, aber mit Sicherheit kann das nur die Obduktion bestätigen.«

Er ist alt geworden, denke ich. Um seine Augen kräuseln sich die Fältchen, eine flache Mütze bedeckt die letzten Reste Kopfhaar. Er wirkt abgemagert, als wäre er krank.

Ich verharre einen Augenblick, und überlege unsere nächsten Schritte, wie wir vorgehen. Meine Hände schmerzen von der Kälte. Der alte Güterbahnhof glitzert und funkelt in seinem Kleid aus Schnee. Mit eisigem Atem fährt der Nordwind in üppig graue Wolken, scheucht sie auseinander wie der Wolf die Schafherde und am blanken Himmel funkeln nun einzelne, vorwitzige Sterne.

Aus der Dunkelheit kommt Gerold Schneider durch den Schnee gestapft. Er reibt sich die Hände. »Ich hätte Handschuhe anziehen sollen«, sagt er. »Holger Riedlinger und Klaus Friedemann sind in der Neunlindenstraße, um die Anwohner zu befragen. Ich komme von der Gaststätte La Cantina und wollte einen Zwischenbericht abliefern, bevor ich mit den Anwohnern weitermache. Ich hatte Glück, die wollten gerade schließen. Die letzten Gäste waren ein Pärchen. Weder sie noch jemand vom Personal hat etwas gesehen. Der Wirt hat mir eine Telefonnummer gegeben. Thomas Fink, ein Freund des Wirtes, war bis halb zwölf im La Cantina. Fink macht gerne seine Spaziergänge über das Güterbahngelände. Er ist Maler und lasse sich gern inspirieren von der Landschaft hier.«

Schneider verdreht spöttisch die Augen. Schneider ist ein guter Polizist, ein netter Mensch – manchmal droht er mich zu ersticken mit seinem klein karierten Denken und seinen spießbürgerlichen Ansichten.

»Das hat jetzt Priorität. Klär das, bevor du bei den Anwohnern weitermachst.«

Er schnäuzt geräuschvoll die Nase und verschwindet in der Nacht.

Spitze Nadelstiche in den Händen treiben mir Tränen des Schmerzes in die Augen; zitternd vor Kälte verharre ich im dunklen Windschatten der alten Halle und betrachte eine Weile das Gelände, bevor ich zu den anderen zurück gehe. Inzwischen sind die Männer vom Bestattungsinstitut eingetroffen und legen die Leiche in den Stahlsarg. Ein sachtes Plong ertönt, als sie den Deckel schließen. Dann entfernen sie sich mit schweren Schritten. Einer von den beiden beginnt zu summen, nachdem sie sich ein paar Schritte entfernt haben. Stille Nacht, heilige Nacht ...

2

Bevor mir Tante Luise ihr Haus am Schönberg vererbt hat, lebte ich in einer Zweizimmer-Wohnung im Stühlinger; sie war in der gleichen Straße, wie Delias Wohnung, nur drei Häuser weiter.

Zu jener Zeit waren die Mieten noch erschwinglich. Inzwischen sind sie auch hier gestiegen, was zum einen sicher an einer guten Infrastruktur und zum anderen an der Nähe zur Stadtmitte liegt. Während in der Wiehre hauptsächlich Akademiker, in Weingarten Sozialhilfeempfänger und in der Beurbarung überwiegend die Arbeiter wohnen, so ist der Stühlinger die Heimat der Bohemien, Künstler und Studenten, ja, sozusagen Hort des Non-Establishment. Niemand von den Bewohnern bekommt etwas von unserer Ankunft mit, die Fenster sind dunkle Höhlen, hie und da blinken bunte Leuchtsterne, den kahlen Ahorn vor dem Haus Nummer 52 schmückt eine Lichterkette. Wie aberwitzige Schneehügel wirken die auf den Seitenstreifen geparkten Autos. Eine einsame, vermummte Gestalt kommt von der Klarastraße, bleibt einen Moment stehen, um in unsere Richtung zu schauen und geht dann weiter Richtung Lehenerstraße. Ansonsten liegt das Viertel verlassen da.

Hier also hat sie gelebt. Ein auf postmodern getrimmtes Bürgerhaus, dessen Front gesäumt wird von Ahornbäumen und Linden. Die Wohnung von Delia Landau liegt im zweiten Stockwerk; eine blanke Holztreppe führt nach oben und hohe Fenster werfen das Licht der Straßenlaternen in breiten Streifen auf weiße Wände. Ein schwacher Duft von Bohnerwachs und der Geruch von Jahrzehnten liegt in der Luft. Eines muss man den Architekten von damals lassen, sie verstanden durch ihre Bauweise mit den hohen und weiten Räumen und den großen Fenstern eine Wohnatmosphäre zu schaffen, die man heute kaum mehr findet. Allein das Wohnzimmer in Delias Wohnung hat Ausmaße, die sich heute in keinem neueren Haus mehr finden. Das Schlafzimmer ist etwas kleiner, aber nicht viel, und die karge Einrichtung lässt es größer wirken. Weiße Wände, ohne jeglichen Schmuck, dominierend das große Bett, mit dem zerwühlten Bettzeug; eine kleine Kommode aus hellem unlasiertem Holz, auf der verschiedenfarbige Kerzen stehen; wären die schwarzen Chiffonvorhänge nicht, würde mir die Schlichtheit des Zimmers gefallen, aber sie wirken merkwürdig fehl am Platz.

Und die Küche ist eine, die ihren Namen verdient; mit dem langen Holztisch, an dem sechs Stühle stehen und den bunten Wänden wirkt sie anheimelnd gemütlich. Ansonsten unterscheidet sie sich nicht wesentlich von der meinen: Tassen mit eingetrockneten Kaffeeresten, schmutziges Geschirr, ein angebissenes Croissant, Zeitungen. Ich fühle mich richtig heimisch.

Edgar und Walter sind im Schlafzimmer, Reni im Badezimmer; ich setze mich im Wohnzimmer auf das Sofa. Mitten in dem großen Raum bildet Delias Schreibtisch eine Art Zentrum. In punkto Chaos kann es ihr Schreibtisch durchaus aufnehmen mit dem meinen: aufgeschlagene Bücher und Zeitschriften, beschriebene, lose Blätter, Rechnungen zwischen vollen Aschenbechern und Tassen mit Kaffeeresten.

Aus dem Schlafzimmer dringen die Stimmen von Edgar und Morten. Verstehen kann ich nichts, aber Edgars Stimme klingt zänkisch und gereizt.

»Perini, geh mir einfach aus dem Weg und lass mich in Ruhe meine Arbeit machen.«

Daraufhin lacht Morten laut und fröhlich und gibt Edgar eine Antwort, die ich wiederum nicht verstehen kann, danach höre ich Edgars Lachen, das sich ein bisschen wie das Meckern einer Ziege anhört.

Ich stelle mir vor, wie Delia hier gelebt hat, wie sie hier saß, vielleicht mit einem Buch in der Hand. Oder vor dem Fernseher. Das Zimmer strahlt eine weibliche, sinnliche Stimmung aus: Die zahlreichen Regale sind gefüllt mit dem prallen Leben von Büchern, der sattblaue Teppichboden, die getrockneten Blumensträuße, zahlreiche Kerzen und mehrere Bücherstapel, die im Raum verteilt sind machen ihn behaglich; an den Wänden hängen Plakate von Kinofilmen, die Möbel sind ein buntes Gemisch aus zwei Rattansesseln mit abgenutzten

Kissen, ein kleiner, runder Tisch aus dunklem Holz; das Zentrum jedoch bildet der große Schreibtisch in der Mitte des Raumes. Rings um den Schreibtisch herum – und auch darauf – stapeln sich Berge von Papieren, Unterlagen, Ordnern und Büchern. Eine Menge Arbeit wartet auf uns.

Ich bin gespannt, welche Bücher Delia Landau gelesen hat. Schnell sehe ich, dass sie nach einem System geordnet sind. Die Sachbücher haben ein eigenes Regal, wo sie wiederum nach den Fachgebieten zusammen stehen. Viele davon sind Fachbücher für Journalisten: Reportage, Feature, Glossen, Interview; die Psychologie nimmt ebenfalls viel Platz ein. Dann kommen die Romane aus der neueren Zeit; die Klassiker wiederum stehen für sich, sowie verschiedene Lyrikbände. Literatur über Frauen und deren Geschichte stehen ebenfalls für sich.

»Hier hast du also gelebt«, sage ich leise zu mir selbst. War ihr Mörder hier in ihrer Wohnung? Hat sie ihm einen Kaffee gemacht? Was war sie für ein Mensch? Warum wurde sie getötet? Habgier, Eifersucht, Hass, Liebe? Fragen über Fragen. Morten reißt mich aus meinen Überlegungen; mit schnellen Schritten kommt er durch das Zimmer auf mich zu und schwenkt ein Blatt Papier in DIN A5-Größe vor sich her. Ich schaue fragend auf.

»Eine Adresse und ein Datum. Francis Luckner vom Institut für grenzüberschreitende Wissenschaften.« Das Datum lautet auf den 22. Dezember, also morgen, um 17 Uhr.

3

Vom Güterbahnhof aus ist es nicht weit nach Zähringen, wo Regine Landau wohnt. Wir fahren durch die Waldkircher Straße und ich schaue, ob in einem der Häuserblocks noch Licht brennt. Die meisten Fenster sind dunkel, in zwei Wohnungen sehe ich Licht. Ich frage mich, ob hinter einem davon sich Doris Bär aufhält. Wir reden nicht viel, ich nehme an, Morten ist in seinen Gedanken ebenso damit beschäftigt, was uns nun bevorsteht.

Wir finden das Haus von Regine Landau nicht auf Anhieb und fahren die Straße zweimal rauf und runter. Schließlich parken wir und suchen zu Fuß weiter. Wie nicht anders zu erwarten war morgens um vier, liegt das Haus dunkel vor uns, umgeben von schneebedeckten Büschen und Bäumen.

Im Innern des Hauses ertönt ein melodiöses Läuten, als ich den Klingelknopf drücke. Ich habe damit gerechnet mehrmals läuten zu müssen und bin überrascht, als das Licht nach kurzer Zeit angeht und die Tür geöffnet wird.

Im ersten Augenblick glaube ich ein junges Mädchen vor mir zu haben, mit ihrem blauen weiten Schlafanzug und den verwuschelten blonden Haaren sieht Regine Landau aus, wie ein junges Mädchen.

»Sind Sie Frau Regine Landau?«, frage ich.

Sie sieht verwirrt aus, nickt aber.

»Sind Sie die Mutter von Delia Landau? Wir sind von der Kriminalpolizei, Morten Perini, Elza Linden.«

»Aber ... warum ...?«

»Dürfen wir reinkommen?«

Sie nickt wiederum und lässt uns eintreten. Sie führt uns durch den Flur in die Küche.

Lavendelblaue Augen in einem ebenmäßigen, ungeschminkten Gesicht. Es fällt mir noch immer schwer in einer solchen Situation die richtigen Worte zwischen Anteilnahme und professioneller Sachlichkeit zu finden.

»Was ist mit meiner Tochter?«

Der Wasserhahn tropft. Mir ist danach aufzuspringen und ihn abzudrehen. Stattdessen betrachte ich aus den Augenwinkeln die Umgebung: Halbvolle Weingläser, leere Flaschen, Teller mit Essensresten – hier wurde gestern Abend gefeiert.

»Was? Was sagen Sie da?« sagt sie so leise, dass ich es kaum verstehe. Ihr Gesicht wird ganz weiß. Sie starrt uns an, ihr Oberkörper schwankt zur Seite und ich springe auf, um sie aufzufangen. Sie fängt sich jedoch gleich wieder. Sie hält die Hand vor den Mund gepresst, schließt die Augen. Tränen rinnen über ihr Gesicht, tropfen auf die Hand, von der Hand auf den Tisch. Mein Herzschlag hämmert dröhnend in meinen

Ohren, ich suche vergeblich nach Worten. Dann öffnet sie die Augen und wischt sich die Tränen aus dem Gesicht.

»Sind Sie sicher, dass es Delia ist?«

Morten zieht ein Foto der Toten aus seiner Tasche. Es ist eines von jenen, die gemacht wurden, als sie nach der Obduktion wieder hergerichtet worden war. Auf dem Foto sind die Wunden am Hals nicht zu sehen, nur die Blässe der Haut und die geschlossenen Augen künden vom Tod. Wortlos und mit zitternden Händen nimmt die Mutter das Foto und betrachtet es eine Weile, bevor sie es Morten zurückgibt.

Stockend bestätigt sie: »Das ... das ist meine Tochter, das ist Delia. Was ... mein Gott, was ist denn nur passiert?«

Mein Kopf schmerzt, ich spüre Mortens Blick auf mir ruhen und ich wünschte, ich könnte jetzt einfach aufstehen und gehen. Einen Moment, dann fasse ich mich.

»Frau Landau, gibt es jemanden, den wir anrufen und hierher bitten können? Ihren Mann? Eine Freundin?«

Sie überlegt einen Moment, bevor sie antwortet: »Das würde nichts ändern, nicht wahr? Vielleicht wäre es für Sie einfacher, aber bitte sagen Sie mir nun, was passiert ist.«

»Ihre Tochter wurde ermordet. Sie wurde gestern Nacht bei der Werkhalle am Güterbahnhof gefunden. Wann haben Sie sie zuletzt gesehen?«

Regine Landau schließt die Augen. Ihre Hände hält

sie gegen die Schläfen gepresst. Ihre ohnehin schlanke Gestalt sinkt in sich zusammen und als hätte eine Maskenbildnerin in Sekundenschnelle ihr Werk vollbracht, graben sich tiefe Falten in das ovale Gesicht, das ihrer Tochter so ähnlich ist.

»Warum? Wer? Wer macht so etwas? Warum?«
»Das versuchen wir herauszufinden.«

Sie steht sie auf, geht ziellos auf und ab, dann beginnt sie die Küche aufzuräumen. »Ich hatte Gäste gestern Abend.« Regine Landau stellt Teller zusammen und räumt Gläser in die Spülmaschine, eines fällt klirrend zu Boden. So abrupt wie sie angefangen hat, hört sie auch wieder auf und setzt sich.

Sie fragt: »Haben Sie Kinder?« Dabei schaut sie von mir zu Perini und wieder zu mir, ohne auf eine Antwort zu warten.

»Ich habe mich so lange mit diesem Thema beschäftigt. Ich meine mit dem Trauma, das der Tod eines Kindes bei Eltern auslöst. Ich schätze, ich habe noch Glück, dass sie nicht so zugerichtet ist, dass ich sie nicht anschauen kann. Ich habe meine Doktorarbeit darüber geschrieben.« Sie versucht ein Lächeln, das jedoch misslingt. »Wann ich sie zuletzt gesehen habe, wollten Sie wissen ...« Nun steht sie wieder auf, dreht unruhig zwischen Tisch und Tür ihre Runden, lautlos bewegt sie die Lippen. »Wir hatten ein gutes Verhältnis. Ein offenes. Wir waren Freundinnen.« Erschöpft lässt sie sich auf den Stuhl sinken und schlägt die Hände vors Gesicht.

»Ich habe sie seit Wochen nicht mehr gesehen«, fährt sie fort.

»Normalerweise kam sie am Wochenende vorbei auf eine Tasse Kaffee.«

»Und die letzte Zeit nicht mehr?«

»Nein.«

»Wissen Sie den Grund?«

»Sie habe viel Arbeit, hat sie gesagt.«

»Was hat sie gearbeitet?«

»Sie war Journalistin.«

»Sie war nicht verheiratet?«

Sie schaut an uns vorbei, mir fällt auf, dass sie sehr schöne Hände hat. Dann räuspert sie sich und sagt: »Sie wollte heiraten. Im Sommer.«

»Wer ist der Mann?«

»Er heißt Hagen Trondheim.«

»Wo finden wir ihn?«

»Ich weiß im Grunde recht wenig über ihn. Er hat eine Praxis für Nervenleiden in Herdern und ist ein sehr introvertierter Mensch. Wir sind uns erst zweimal begegnet.«

»Er war sehr eifersüchtig«, fügt sie hinzu.

»War es nicht merkwürdig, dass Delia nicht mehr kam?«

Sie schaut an uns vorbei, ich weiß nicht, ob sie die Frage gehört hat.

Nach einer Weile sagt sie: »Ich glaube, sie hatte Angst.«

4

Ich bin so müde, dass ich kaum die Augen offen halten kann. Die Luft in meinem Büro ist so stickig, dass es mir für einen Moment den Atem verschlägt. ich reiße die Fenster auf und lasse frische Luft herein. Zwischenzeitlich schalte ich den Wasserkocher an und häufe Pulver für einen dreifachen Espresso in die Tasse. Dann schließe ich die Fenster wieder und setze mich an meinen Schreibtisch. Während Morten in seinem Büro die kriminaltechnischen Aufzeichnungen aus der Wohnung von Delia Landau bearbeitet, werte ich das Gespräch mit ihrer Mutter aus und sortiere die bisher eingegangen Fakten der Anwohnerbefragung. Doch nach kurzer Zeit verschwimmen die Buchstaben vor meinen Augen, das Kinn auf die Hand gestützt falle ich in einen Minutenschlaf. Im Traum stehe ich auf einem Berg und stürze in die Tiefe, ich schrecke auf, bevor ich auf die Erde schlage. Ich reibe mir die Ohrläppchen und mache mir abermals einen dreifachen Espresso.

Es gab einige kritische Stimmen, gelinde formuliert, als die Umzugspläne für die Kriminalpolizei bekannt wurden. Obwohl wir in der Uferstraße, neben Dreisam und Zubringer, so beengt waren, dass wir mit den Sonderkommissionen oft an andere Standorte ausweichen mussten und die Logistik alles andere als effizient war, war der geplante Umzug ein heftig diskutiertes Thema. Ich weiß nicht genau warum, aber manchmal habe ich das Gefühl, dass einige Kollegen zuerst einmal dagegen sind – egal, um was es sich handelt. Seit wir vor kurzem in das Gebäude in der Heinrich-von-Stephan-Straße eingezogen sind, hat keiner dieser Kollegen mehr einen Ton dazu verloren. Alle Abteilungen sind unter einem Dach, was ein effizienteres Arbeiten ermöglicht, die Räume sind groß und hell, und was mir vor allem gefällt: Im obersten Stock angesiedelt ist die Einsatzzentrale, mit einer Fensterfront rundum, die einen weiten Blick über die Stadt gewährt. Hier haben sie sich richtig ins Zeug gelegt; um die zehn fest installierten Computer habe ich auch lange genug gekämpft. Ebenso um den Kaffeeautomaten, der gerade geräuschvoll einen Espresso für mich ausspuckt. Ich habe noch eine halbe Stunde Zeit, bevor die anderen eintreffen. Mit Kaffee und Zigarette setze ich mich an den Tisch und sehe die vor mir liegende Akte durch. Die Polaroidfotos lege ich zur Seite und studiere meine Aufzeichnungen. Titus ist der Erste, der eintrifft; er flucht leise vor sich hin, hält inne, als er mich sieht.

»So ein Mistwetter. Überall Stau. Unfälle. Grausig.«

Kurz darauf kommt Morten; seine Haare sind nass und seine Augen sind klein vor Müdigkeit. Ihm folgt der Rest der Soko. Sie hängen ihre Mäntel und Jacken auf, unter ihren Füßen bildet der auftauende Schnee Pfützen schlammigbraunen Wassers. Nachdem sich alle Kaffee eingeschenkt und sich an den Tisch gesetzt haben, kehrt Ruhe ein und ich beginne zu sprechen.

Gleichzeitig lasse ich die Fotos von der Leiche herumgehen.

»Gestern Abend um zwölf Uhr wurde beim Güterbahnhof die Leiche der 28-jährigen Delia Landau gefunden. Der Fundort ist mit Sicherheit nicht der Tatort, so formuliert es die Spurensicherung. Der Schnee hat sämtliche eventuell vorhandenen Spuren vernichtet; zwischen 22 Uhr und 24 Uhr hat es ungefähr zwanzig Zentimeter geschneit. Im Laufe des Tages bekommen wir die Auswertung der Spurensicherung; das Ergebnis der Obduktion wahrscheinlich heute Nachmittag. Klesemann obduziert selbst. Was das bedeutet, muss ich nicht erklären.«

Einhelliges Nicken in der Runde; es gibt nichts, was eine Leiche Ulrich Klesemann vorenthalten könnte.

»Kommen wir zunächst zu der Befragung der Anwohner.«

Schneider ergreift das Wort und erklärt, dass niemand der Bewohner der Neunlindenstraße, die gegenüber vom Güterbahnhof liegt, etwas beobachtet habe. Dann berichtet er von der Gaststätte La Cantina und dem Maler. Aber auch der hat nichts Ungewöhnliches bemerkt.

Morten macht weiter.

»Auch die Wohnung des Opfers scheidet aus als Tatort; weder haben wir Spuren eines Kampfes gefunden, noch einen Tropfen Blut. Am Tatort müssen eine Menge Blutspuren vorhanden sein. Das Opfer weist eine große Schnittwunde am Hals auf. Jedoch deutet einiges darauf hin, dass ihr dieser Schnitt erst nach dem Tod zugefügt wurde. Die Mutter der Toten meint, ihre Tochter hätte vor etwas Angst gehabt. Wovor konnte sie nicht sagen. Im Mai wollte sie Hagen Trondheim heiraten. Er ist Psychiater und hat eine kleine Privatklinik für Depressive. Die Mutter bezeichnet ihn als eifersüchtig und introvertiert; sie sagt, sie hätte ihn nicht näher gekannt. Die Tote war Journalistin und arbeitete für die Badische Zeitung.«

Die Kollegen machen sich Notizen, als Morten fertig ist, steht Schneider auf, um die Kaffeekanne zu holen. Die nächsten paar Minuten sind alle beschäftigt mit einschenken und umrühren.

»Das wäre das; jetzt teilen wir die weitere Arbeit ein. Jemand muss in die Redaktion der Badischen Zeitung und die Kollegen, den Chefredakteur und Sekretärinnen nach Delia Landau befragen. Mit wem war sie befreundet, an was hat sie gerade gearbeitet und so weiter. Hagen Trondheim übernehmen Perini und ich. Die Mutter wird heute Nachmittag um drei hier sein. Schneider, sorge bitte dafür, dass sie abgeholt wird, das habe ich ihr versprochen. Die Nachbarn in der Guntramstraße machen Schneider und die Kollegen. Holger wertet die Adressen aus, Ranzmayr die Daten des Computers. Das heißt, wir treffen uns um halb sechs zur Besprechung.«

Dichtes Schneegestöber erwartet uns, als Morten und ich das Bürogebäude verlassen. Ich kann mich nicht erinnern, wann es das letzte Mal derart geschneit hat. Die Fahrt von der Heinrich-von-Stephan-Straße in den Stadtteil Herdern strapaziert meine ohnehin schlecht ausgeprägte Geduld aufs Äußerste. Allein zwischen Kronenbrücke und Stadttheater zähle ich vier Auffahrunfälle, die den Verkehr fast zum Stillstand bringen. Außerdem bin ich müde und hungrig. »Dieser verfluchte Schnee. Man müsste ihn in der Stadt verbieten. Das macht mich noch wahnsinnig.«

»Dann steuern wir ja die richtige Adresse an«, antwortet Morten und grinst frech. Trondheim wohnt im Musikerviertel von Herdern. Vom Sehen kenne ich die Jugendstilvilla, die hinter einem parkähnlichen Vorgarten in der Mozartstraße liegt. Eine Zeit lang hatte ich die Angewohnheit im Botanischen Garten spazieren zu gehen, fasziniert von den Gewächshäusern mit Treibhausklima oder den Seerosenteichen. Anschließend bin ich danach manchmal ins Café oberhalb der Mozartstraße gegangen und habe dabei die Villa bewundert. Aus der Nähe, macht dieses Anwesen einen etwas heruntergekommenen Eindruck mit dem blassblauen Anstrich und dem bröckelnden Verputz. Das Praxisschild an der Wand weist ihn als Psychiater und Therapeut aus. Hagen Trondheim öffnet uns sofort nach dem Klingeln; augenscheinlich ist er im Begriff das Haus zu verlassen, denn er hat eine dicke Wildlederjacke an und einen braunen Wollhut in der Hand.

Nachdem wir uns vorgestellt haben, bleibt er zögernd in der Tür stehen; unschlüssig, als wüsste er nicht recht, was jetzt zu tun sei. Auf Mortens Vorschlag in das Haus zu gehen, nickt er und führt uns wortlos in ein Arbeitszimmer. Er stellt einen zweiten Stuhl vor den Schreibtisch, bevor er sich selbst dahinter setzt. In dem großen, fast kahlen Raum ist es überraschend heiß und ich denke, in seiner dicken Jacke muss er sicher schwitzen, dennoch zieht er sie nicht aus. Er nimmt seine randlose Brille ab, haucht die Gläser an und poliert sie mit dem Ärmel, setzt sie aber nicht wieder auf.

»Ist etwas mit einem meiner Patienten? Sind Sie deshalb hier?«

»Sie kannten Delia Landau?«, fragt Morten.

»Warum sprechen Sie im Imperfekt?«

»Delia Landau ist tot. Sie wurde heute Nacht gefunden«, sagt Morten.

In seinen Blick aus den verwaschenen, brillenlosen Augen mischt sich ein vorsichtiger, wenn nicht gar misstrauischer Ausdruck. Sekunden verstreichen, bevor er seinen Blick von Morten löst, sich räuspert, seine Stimme ist ein heiseres Flüstern, als er endlich einen Ton herausbringt.

»Mein Gott ... was sagen Sie da ...?«

Seine Hände zittern, als er sich die Brille wieder aufsetzt. Selbst im Sitzen wirkt er groß und schlaksig, der jungenhafte Ausdruck in seinem Gesicht und die blonden kurzen Haare, die ihm wild vom Kopf abstehen, lassen ihn sehr jung wirken, beinahe wie ein in den Wirren der Pubertät steckender Teenager. Ich bin fast sicher, dass er sich dieser Wirkung bewusst ist und sie nach Bedarf einsetzen kann.

»Ich habe sie so oft gewarnt. Sie fuhr immer zu schnell und zu riskant ...« Er hält inne. »Aber nein, Sie sagten, gefunden ...«

»Sie hatte keinen Unfall. Sie wurde ermordet.«

»Ermordet? Aber warum denn?«

Ich frage mich, ob seine Stimme immer so hohl und blechern klingt wie im Augenblick.

»Das versuchen wir herauszufinden«, antwortet Morten.

Trondheim öffnet die oberste Schreibtischschublade, nachdem er nicht findet, was er sucht, die beiden anderen. In der dritten zieht er dann endlich eine verknautschte Packung Zigaretten und ein Feuerzeug hervor.

»Ich habe aufgehört damit ...« sagt er unbestimmt. Die Packung fällt ihm auf den Boden, bei dem Versuch, eine Zigarette herauszuziehen.

Er steckt sich eine zwischen die Lippen, die linke Hand stützt die rechte, in der er das Feuerzeug hält; trotzdem kann er das Zittern beider Hände nicht verbergen.

»Wann haben Sie Delia zuletzt gesehen?« frage ich.

Trondheim fährt sich mehrmals mit der Hand durch sein kurzes Haar, dann reibt er sich nachdenklich die Nasenwurzel.

»Die letzte Zeit habe ich Delia nicht so oft gesehen. Leider. Aber sowohl sie als auch ich haben beide sehr zeitintensive Berufe.«

Wenn notwendig können Morten und ich uns verständigen ohne Worte und ohne Blicke, aus den Augenwinkeln heraus sozusagen. Wir warten beide auf eine Antwort, zumindest auf eine Fortsetzung. Er lächelt ein kleines Lächeln in unser Schweigen. Während ich ihn beobachte, überlege ich, ob er als Psychologe diesen Trick durchschaut und wenn, ob er dann in der Lage ist, Paroli zu bieten. Und was es bedeuten könnte, wenn er dazu nicht in der Lage ist.

»Ja, nun – wollen Sie noch etwas wissen?«

Ich lächle auch mein kleines Lächeln, eines das nicht die Augen erreicht. Morten wiederholt seine Frage.

»Wann haben Sie Delia zuletzt gesehen?«

»Das kann ich Ihnen genau sagen, warten Sie einen Moment.«

Er schlägt auf dem Tischkalender ein paar Seiten zurück und fährt dann mit dem Zeigefinger auf der aufgeschlagenen Seite zu einem bestimmten Datum.

»Das war am 29. November. Ich hatte an diesem Tag ein Symposium; am Abend kam Delia hierher und wir haben uns etwas zum Essen kommen lassen.«

Das ist fast vier Wochen her. Eine sehr leidenschaftliche Beziehung war das wohl kaum, denke ich und mache mir in Gedanken eine Notiz, ihn bei Gelegenheit wegen dieser Sache zu fragen.

»Sie haben also Delia Landau am 29. November zum letzten Mal gesehen? Ist das richtig, Herr Trondheim?«

Er nickt.

»Ist Ihnen an diesem Abend etwas aufgefallen an Delia? War sie anders als sonst? Hat sie Ihnen etwas erzählt? Hatte sie Angst? Fühlte sie sich bedroht?«

»Jetzt, wo Sie fragen – aber ich bin nicht sicher. Wissen Sie, wenn Delia an einer Story arbeitete, war sie immer seltsam. Manchmal war sie einfach nicht ansprechbar.«

Seine Stimme gewinnt an Festigkeit, während er erzählt, sogar seine Augen scheinen mehr Farbe zu bekommen.

»In der Regel hat sie erst nachdem die Recherche für eine Story abgeschlossen war, erzählt, worum es sich handelte.«

»Sie wollten heiraten im Mai. Warum haben Sie sich in den letzten Wochen nicht gesehen?«

»Ich habe vor zwei Monaten eine kleine Privatklinik eröffnet. Da bleibt nicht viel Zeit für Privatleben. So klein sie auch ist, sie beansprucht einen Großteil meiner Zeit.«

»Sie haben sich fast vier Wochen nicht gesehen. Hatten Sie telefonischen Kontakt miteinander?«

»Ja, sicher hatten wir den.«

»Wissen Sie, an was sie zuletzt gearbeitet hat?« frage ich.

»Sie wollte über eine Gruppe von Satanisten eine Reportage schreiben. Ich weiß nicht, ob meine Erinnerung im Lichte dessen, was mit ihr passiert ist, mir etwas vorgaukelt – aber jetzt im Nachhinein glaube ich mich an einen gewissen Fanatismus in ihrem Ausdruck zu erinnern. Etwas, das ganz und gar nicht zu ihr passt. Ich glaube, sie sagte so etwas, wie, sie wolle der Öffentlichkeit endlich einmal die Wahrheit zeigen, nicht die Wahrheit der sensationsgeilen Boulevardpresse. Ich habe sie gefragt, was das heißt, sie hat mir nicht geantwortet.«

»Sind Sie ein eifersüchtiger Mensch, Herr Trondheim?«

»Spielt das eine Rolle?«

»Was meinen Sie?«

»Für Sie wahrscheinlich schon, nehme ich an. Ich halte mich nicht für weniger oder mehr eifersüchtig als der Rest der Menschheit.«

»Sie standen also in Kontakt und hatten nicht den Eindruck, Delia würde sich zurückziehen?«

»Nein.« Die Antwort kommt schnell und hart über seine zusammengepressten, dünnen Lippen.

Es gibt Dinge, die eine ähnliche Art Müdigkeit in mir hervorrufen – die Beschäftigung mit Fragen, auf die es nie eine Antwort geben wird zum Beispiel. Das Gespräch mit Hagen Trondheim erzeugt genau diese Müdigkeit, zusammen mit einer Nacht ohne Schlaf und dem Gefühl, etwas Wichtiges nicht zu sehen, nicht die richtigen Fragen zu stellen, spüre ich Hoffnungslosigkeit in mir aufsteigen. Was hat diese beiden Menschen miteinander verbunden? Ich habe Delia nicht gekannt, aber ich habe mir ein Bild von ihr gemacht, und ich mache mir ebenso ein Bild von Hagen Trondheim, dem Mann, den Delia in wenigen Monaten heiraten wollte.

5

Wie beinahe alles in Freiburg, hat auch das Institutsviertel einen intellektuell verschlafenen Charme. Ich habe nichts Vergleichbares gesehen; in Hamburg, München, Berlin verströmen diese Art Gebäude ihre Ernsthaftigkeit meistens aus spiegelnden Gläserfronten. Jetzt, kurz vor Weihnachten, sind die Parkplätze, bis auf wenige Ausnahmen, frei. Ulrich Klesemann, der Chef der Pathologie erwartet uns bereits.

»Kurz und bündig, Linden, ich habe keine Zeit«, knurrt er.

Wenn ich ihn nicht schon so lange Zeit kennen würde, hätte ich meine Probleme mit seiner schroffen Art. Ich kann mich nicht erinnern, dass er damals auch schon so war, aber vielleicht habe ich es einfach vergessen. Es rührt mich, dass er uns einen Kaffee gemacht hat und zwei frische Croissants dazulegt.

»Die Frau ist erwürgt worden. Das ist die Todesursache. Der Eintritt des Todes liegt zwischen 10 und 12 Uhr. Den Schnitt an der Kehle wurde ihr post mortem beigebracht. Außerdem hat ihr Mörder ein Zeichen hinterlassen: ein Pentagramm auf der Bauchdecke, ebenfalls nachdem sie bereits tot war. Am wahrscheinlichsten kommt ein Messer mit einer spitz zulaufenden Klinge in Frage. Es handelt sich übrigens um ein umgekehrtes Pentagramm, wenn mich nicht alles täuscht.«

Klesemann überrascht mich immer wieder aufs Neue, beinahe glaube ich, dass es nichts gibt auf dieser Welt, das er nicht schon gesehen hat.

Ich jedenfalls bin ratlos, was die Bedeutung eines Pentagramms betrifft, sei es auch ein umgekehrtes.

Klesemanns Gesicht ist ein einziges breites Grinsen. Er zündet sich eine extra dicke Zigarre an und als er bereit ist, unser Unwissen zu beseitigen, kommt seine Stimme aus einer dichten Rauchwolke.

»Linden, Linden … das gehört zum Allgemeinwissen. Das umgekehrte Pentagramm ist das Zeichen Satans. Es symbolisiert sozusagen die schwarze Magie, während das normale Pentagramm für weiße Magie steht und von den Paganen verwendet wird. Umgekehrt sehen die Satansjünger in den beiden oberen Spitzen, die Spitzen ihres Propheten. Auch der moderne Luzifer hat Hörner.«

Er lacht laut, als hätte er einen Witz gemacht. Beim Rausgehen tätschelt er mir väterlich die Wange, wofür er einen bösen Blick von Morten erntet.

Ranzmayr hat fast ein Drittel des Einsatzraumes belegt. Er scheint mehrere Computer gleichzeitig zu bedienen, die durch ein wirres Durcheinander von Kabeln verbunden sind. Es ist, als würde man eine Kirche betreten – und wahrscheinlich ist es für Ranzmayr auch eine Kirche. Während Morten eine Kleinigkeit zu Essen aus der Kantine holt, beobachte ich Ranzmayr unbemerkt. Er führt Selbstgespräche, wie immer wenn er konzentriert arbeitet. Mit seiner Glatze, den Tätowierungen auf den Armen und seiner Lederhose, ohne die ich ihn noch nie gesehen habe, sieht er aus, wie ein in die Jahre gekommener Skinhead. Dabei kenne ich niemanden, der sich weniger mit Politik beschäftigt als er. Höchstens, dass er hin und wieder eine Bemerkung macht, mit der er andeutet, sozusagen blutsverwandt mit sämtlichen RAF-Mitgliedern gewesen zu sein. Wobei ich davon überzeugt bin, dass er das nur in Anwesenheit bestimmter Personen von sich gibt; tatsächlich interessieren ihn nur Computer und alles was damit zu tun hat.

Obwohl er mit keinem Blick in meine Richtung geschaut hat, sagt er: »Observation Note ungenügend, Elza Linden. Bitte setzen.«

Vorsichtig, um nicht über eines der vielen Kabel zu stolpern, gehe ich auf ihn zu. Noch bevor ich den Mund aufmache, schüttelt er den Kopf.

»Hast du was gefunden?« frage ich.

»Scheinen ein paar interessante Dinger drauf zu sein.«

»Was heißt das?«

Er antwortet in einer fremden Sprache, es mag bayerisch sein, vielleicht aber auch walisisch, oder hebräisch, dabei wedelt er mit der Hand, als wolle er eine Fliege verscheuchen.

»Recherchematerial, Artikel, Maildateien.«

Ich bin enttäuscht.

»In der Tat – seltsam für eine Journalistin.«

»Ja, jetzt wart' s halt ab, Linden ... alles soll immer schon gestern erledigt sein. Schaut' s euch nachher an, ich muss weitermachen.«

Er wendet sich wieder der Tastatur des Computers zu, hackt schnell wie ein Maschinengewehr Kombinationen in die Tasten und grummelt bayrische Flüche und Beschwörungen. In diesem Stadium könnte ich hier stehen bleiben bis mir die Füße festwachsen, jetzt auf eine Antwort von ihm zu warten ist sinnlos. Wenn er diesen Ton anschlägt, ist nichts zu machen. Achselzuckend gehe ich davon.

Morten kommt mir mit einem voll beladenen Tablett entgegen; wir setzen uns damit an den großen Besprechungstisch; während ich schaue, welche Köstlichkeiten sich in den Schüsseln verbergen, gebe ich weiter, was Ranzmayr herausgefunden hat. Nämlich nichts. Noch nicht.

»Was ist denn das?« frage ich und halte ihm die gelbe Schüssel unter die Nase.

»Kutteln. Schmeckt lecker. Die habe ich extra für dich mitgebracht.«

»Bäh – das ist so ziemlich das einzige, was ich nicht esse«, sage ich aufgebracht und nehme mir ein Käsebrötchen.

Morten macht ein beleidigtes Gesicht und unser Imbiss verläuft schweigend.

Inzwischen hat mir Ranzmayr seine bisherige Ausbeute auf den Schreibtisch gelegt. Ich hole mir einen Kaffee und zünde eine Zigarette an. Morten schmollt noch immer und hat sich ebenfalls in sein Büro verzogen. Soll mir recht sein. Wahrscheinlich sind einfach nur unsere Nerven überstrapaziert vom Schlafmangel. In meinen Schläfen pocht ein dumpfer Schmerz; ich wühle in meinem Schreibtisch nach einem Aspirin. Eine ist noch in der Packung, die spüle ich mit einem Schluck Kaffee hinunter, bevor ich mich an die Durchsicht des beachtlichen Stapels mache. Es müssen mehrere hundert Seiten sein. Seufzend greife ich nach dem obersten mit einer Büroklammer fixierten Stapel. Es handelt sich um Recherchematerial, das sich mit der Veruntreuung von Haushaltsgeldern des Stadtrates befasst. Da geht es um Spendengelder, Schwarzgelder, Steuerhinterziehung. Wenn ich das richtig interpretiere und sich das so zugetragen hat, ist das ein handfester Skandal. Es wurden schon wegen weniger Menschen ermordet. Ich greife zum Telefonhörer und wähle Schlesingers Nummer.

»Anno, ich habe hier etwas, um das du dich kümmern solltest.«

Ich zünde mir eine weitere Zigarette an und lege das brisante Material für Anno auf die Seite. In weniger als fünf Minuten steht er in meinem Büro, um die Akte zu holen. Das nächste Bündel Papier ist die E-Mail-Korrespondenz zwischen Delia und jemanden namens Luzius. Luzius beginnt seine Briefe stets mit der Anrede »süße Hexe« oder »Zauberin«, er selbst zeichnet mit Magier oder Luzius. Das sieht ganz so aus, als hätte der zukünftige Ehemann Grund genug gehabt zur Eifersucht.

Doch auch hier scheint sich das Liebesglück wohl etwas verdunkelt zu haben. Nach all dem Süßholz klingt die nächste Mail ziemlich ernst, sogar verzweifelt. Luzius schreibt: Bitte melde dich, Delia. Was machst du mit mir? Wo bist du? Nach vier verzweifelten Aufforderungen seitens Luzius, kommt endlich eine Antwort von Delia. Knapp und abweisend schreibt sie ihm: Zum Yulfest. Bitte frage nicht. Daraufhin hat er keine E-Mail mehr geschickt.

Die nächsten Seiten sind weniger Aufsehen erregend, auf jeden Fall kann ich mir nicht vorstellen, dass sie deswegen getötet wurde: es folgen mehrere Seiten Entwurf- und Recherchematerial zu einer Abhandlung über ungleiches Bildungsniveau zwischen Paaren und den daraus resultierenden Konsequenzen.

Dann folgen einige Seiten, die Delia Landau vom Internet heruntergeladen und ausgedruckt hat. Ich spüre ein Flattern in der Magengrube, als ich sehe, um was es sich hier handelt. *Pakt mit dem Teufel*, lautet reißerisch die Überschrift. Der Text beginnt mit dem so genannten Glaubenssatz der Satanisten: »Tu was du willst, soll sein das ganze Gesetz.« Das Ganze ermüdet mich recht bald mit seiner nicht von der Hand zu weisenden Einseitigkeit und Naivität. Darunter aufgeführt geht es weiter mit Opferungs- und Magieritualen der Satansanhänger. Wenn man dem Autor glauben kann, begnügen sich diese Engel der Finsternis nicht nur mit dem Blut von Tieren, sondern züchten Babys extra zu späteren Opferungszwecken. Sie schrecken nicht zurück vor Vergewaltigung und Mord und jeglicher Perversion, die dem Universum bekannt ist. Aber auch der Musikwelt haben sie sich anscheinend bemächtigt: Es folgt eine Abhandlung über Satanismus und Musik und den Einfluss des Teufels in einer Welt voller Hass. Ich persönlich glaube, dass der Autor zu viele Gruselfilme gesehen oder aber ein anderes, schwerwiegendes Problem haben muss. Seufzend blättere ich weiter. Der Satanskult scheint überall zu lauern. Der nächste Ausdruck ist eine E-Mail von einem Absender, der sich Gideon nennt und Delia antwortet. Gideon gibt Auskunft über verschiedene Richtungen des Satanismus und findet es fraglich, ob in der heutigen Zeit noch Menschenopfer gebracht würden. Er meint, meistens seien es wohl Tiere, deren Blut geopfert würde. Nachdenklich lege ich die Seiten weg. Satanismus – konnte es wirklich sein, dass Delia bei ihren Nachforschungen den Satanisten in die Quere kam, dass sie zuviel erfahren hatte? Und wenn dem so war, wäre es dann nicht logisch, sie hätte diese Recherche schriftlich dokumentiert? Ich mache mir eine Notiz: Fragen, wie das normalerweise gehandhabt wird mit dem Recherchematerial.

Dann finde ich eine Anleitung zu einem Ritual zum Abwenden eines Fluches. Fasziniert lese ich: »Starre in die Flamme einer schwarzen Kerze, konzentriere dich auf die Person, die dich verflucht hat und sprich: Domine Satanus exaudi orationen meam! Tuere me, Domine

Satanus! Protege me, Domine Satanus!« So, da werden sich all jene, die mich jemals verflucht haben – und das dürften im Lauf der Jahre einige gewesen sein – gewaltig umschauen. Dann fällt mein Blick auf das Bild im unteren Teil der Seite und mein Lächeln gefriert.

6

Anno ist noch nicht zurück, als wir mit der Besprechung anfangen. Sonst ist das Team komplett. Morten lächelt, als er mich sieht und haucht mir einen flüchtigen Kuss aufs Ohr. Wieland packt eine Tafel Schokolade aus, Schneider und Riedlinger unterhalten sich leise miteinander. Ich beginne mit dem Ergebnis der Obduktion und gebe dann den Inhalt des Gesprächs mit Trondheim weiter.

»Nicht weiter überraschend ist die Bestätigung, dass der Fundort auf dem Güterbahnhof nicht der Tatort war. Der Täter hat sein Opfer erwürgt und erst danach hat er ihr den Schnitt am Hals beigebracht. Außerdem hat er ihr, ebenfalls nach dem Tod, ein Pentagramm auf die Bauchdecke geritzt. Und das wirft ein völlig neues Licht auf die Tat: Klesemann sagt, es handle sich um ein Zeichen, das die Satanisten gebrauchen. Wir müssen also auch in diese Richtung unsere Augen offen halten.«

Außer dem Rascheln von Papier und dem Geräusch der Kugelschreiber ist es leise im Raum. Ich fahre fort mit Ranzmayrs bisherigen Ergebnissen der Computeranalyse.

»Auf dem Rechner der Landau befand sich Material, das sich mit einem Finanzskandal im Rathaus beschäftigt. Steuerhinterziehung, Schwarzgeld, Veruntreuung und so weiter. Anno kümmert sich darum. Möglicherweise lag jemand sehr viel daran, die Öffentlichkeit nichts davon wissen zu lassen. Des Weiteren hatte Delia Landau per E-Mail Kontakt mit einem Mann, der sich Merlin oder Luzius nennt. Seine E-Mail-Adresse endet mit einem ch, also handelt es sich hier um jemanden aus der Schweiz.«

Holger Riedlinger, der sich um die Auswertung der Namen und Telefonnummern in Delias Adressbuch gekümmert hat, unterbricht mich aufgeregt.

»Die letzte Verbindung von ihrem Privatanschluss war eine Nummer in der Schweiz, sie gehört einem Luzius Baeriswyl, der auch in ihrem Adressbuch steht, sowohl unter M wie Merlin als auch unter B wie Baeriswyl mit den jeweils gleichen Nummern.«

»Die Schweiz«, sage ich, »dazu kommen wir nachher.«

Morten skizziert das Wesentliche aus dem Gespräch mit Regine Landau, das im Grunde nichts Neues ergeben hat, außer ein paar Adressen von Leuten, mit denen Delia befreundet war.

Dann ist Klaus Wieland dran.

»Die Landau war freie Journalistin, sie arbeitete hauptsächlich für die Badische Zeitung und wurde als Pauschalistin in der Buchhaltung geführt. Sie hatte ein kleines Büro in der Redaktion, schrieb aber auch für die Zeitschriften Focus und eine Frauenzeitschrift in der Schweiz. Die letzten drei Wochen hatte sie sich frei genommen und keiner konnte sagen, ob sie an etwas Bestimmtes gearbeitet hat. An ihrem Arbeitsplatz haben wir außer dem üblichen Pressematerial nichts gefunden. Es gab zwei oder drei Kollegen, mit denen sie näher in Kontakt stand. Ein Redakteur aus der Politik, Michael Wenz, der sich gerade auf einer Dienstreise in Italien befindet. Eine Redakteurin aus dem Reiseressort, Anna Wunder, die sich ebenfalls auf einer Dienstreise befindet. Kein Wunder ist die Zeitung immer so dünn. Und mit Sonja Schneider, einer Redaktionsassistentin, wen wundert' s, die auch in Urlaub ist. Wir haben versucht, sie über das Mobiltelefon zu erreichen - ohne Erfolg.« Er kann sich nicht verkneifen hinzuzufügen: »Das sind alles Chaoten.«

Gundula Roes, die zuständig war für die Nachbarschaftsbefragung, beginnt: »Bei den Nachbarn war sie als unauffällig und freundlich bekannt. Im Haus sind acht Wohnungen, mit keiner der benachbarten Parteien hatte sie näheren Kontakt. Übers Wetter und ein paar andere Freundlichkeiten gingen die Gespräche nie hinaus. Fast alle Mieter sind berufstätig, so dass das Kommen und Gehen von Delia Landau nicht sehr genau registriert wurde. Die Leute sind mit sich selber beschäftigt und solange keiner durch negative Aktivitäten auffällt, was weiß man dann schon vom anderen? Die Nachbarin, die gegenüber wohnt, hat sie zufällig am Samstag das Haus verlassen sehen.

Und am Montagnachmittag wurde sie von der Nachbarin im dritten Stock gesehen, wie sie irgendwann nachmittags, die Uhrzeit konnte sie nicht sagen, mit dem Auto wegfuhr. Sie war nicht alleine. Neben ihr saß laut Beschreibung dieser Nachbarin eine Frau mit langen braunen Haaren, die sie zuvor noch nie gesehen hatte. Leider hat sie sie nur von hinten gesehen und konnte keine Beschreibung liefern. Ein geschwätziger alter Mann, dessen Wohnung im Erdgeschoss liegt und der den ganzen Tag das Kommen und Gehen der Bewohner beobachtet, sagte, dass vor ein paar Monaten eine Zeit lang wohl eine Frau bei Delia gewohnt hat. Eine junge, rothaarige Frau, sehr dünn und sehr schön, sagte er. Keiner der anderen Hausbewohner konnte das bestätigen.«

»Wenn sich das nicht gut anlässt: eine Rote und eine Braunhaarige, um die wir uns kümmern müssen. Also wenn niemand was dagegen hat, würde ich das übernehmen.« Das ist Titus. Er schnalzt mit der Zunge.

»Irgendjemand muss sie gesehen haben, falls es sie tatsächlich gibt, außer sie hatte einen guten Grund sich zu verstecken.«

»Was ist mit den Leuten rund um den Güterbahnhof?«, wende ich mich an Reinhold Schneider.

»Fehlanzeige. Von den Mietern in der Neunlindenstraße hat keiner etwas gesehen. Es war dunkel, es hat geschneit. Im Sommer hätte vielleicht jemand etwas vom Balkon aus beobachten können, aber so.«

Einen Moment herrscht Schweigen. Wieland knüllt

das leere Schokoladenpapier zusammen und holt aus seiner Aktentasche eine weitere Tafel hervor. Raschelnd schält er sie aus dem Silberpapier und bricht einen Riegel ab, den er sich andächtig in den Mund schiebt. Riedlinger schaut ihm fasziniert zu, dann fährt er mit seinem Bericht fort.

»Mit der Auswertung des Adressbuches bin ich fast durch. Kopien der Adressen und Telefonnummern habe ich mitgebracht und die dazugehörige Datei im Computer ist auch schon angelegt. Der Vergleich mit den gesicherten Nummern vom Telefon aus der Wohnung hat vorläufig folgendes ergeben: Den Baeriswyl aus der Schweiz habe ich vorhin ja schon erwähnt. Ansonsten waren Nummern von Hagen Trondheim, Regine Landau und der Redaktion gespeichert. So weit bin ich bis jetzt.«

Papierrascheln, Räuspern und das Klappern von Kaffeetassen bestimmen einen Moment die Kulisse. Ich zünde mir unter den missbilligenden Blicken einiger Kollegen eine Kippe an, gieße Kaffee in meine Tasse und schließe für einen kurzen Moment die Augen, bevor wir die Besprechung fortsetzen.

»Kommen wir noch mal zurück auf die Beziehung zwischen Delia und dem Schweizer Luzius Baeriswyl.«

Ein kurzes Schweigen verdeutlicht, was jedem von uns nun durch den Kopf geht: Auslandsermittlungen sind oft langwierig, schwierig und unergiebig. Ich wende mich an Titus Rubenstein:

»Titus, das offizielle Verfahren ... du hast da Erfahrung. Ich kenne jemanden bei der Kantonspolizei in Basel. Ich nehme den inoffiziellen Weg.« Für den bürokratischen Slalom habe ich weder Zeit, noch die Nerven; das internationale Rechtshilfeersuchen über Interpol ist genau das, wonach es klingt – nämlich ein Marathonlauf, der über die Staatsanwaltschaft an das Justizministerium des Landes und des Bundes und von da an das Justizministerium der Schweiz und dann nach Genf zu Interpol geht. Die wiederum leitet dann alles an die entsprechende Dienststelle der Polizei Basel. Danach geht alles wieder in die umgekehrte Richtung. Bis dahin ist der Verdächtige an Altersschwäche gestorben, wenn nicht gar zu Staub verfallen. Ich werde gleich nach der Besprechung German Hägli anrufen; er ist Kommissar im Kanton Basel-Stadt – und hoffentlich noch nicht pensioniert. Es ist schon drei Jahre her, dass wir uns zuletzt gesehen haben. Das war in Berlin auf einem Leichenlehrgang, und da hat er schon über fast nichts anderes geredet, als über seine Pläne nach der Pensionierung.

»Müssen wir wegen ein paar läppischer E-Mails gleich die Pferde scheu machen?« fragt Schneider.

Ich schaue ihn fassungslos an.

»Was meinst du? Wir haben eine Frau, die in Kürze heiraten will. Wir haben einen eifersüchtigen zukünftigen Ehemann und wir haben dieselbe Frau, die eine Affäre hat mit einem anderen Mann. Und ermordet wird. Wonach klingt das?«

Mein sarkastischer Ton tut mir gleich darauf Leid. Das Schweigen in der Runde ist bedrückend. Ich frage die anderen nach ihrer Meinung. Daraufhin entwickelt sich eine laute Diskussion unter dem Team. Ich gehe mir ein Glas Wasser holen, weil mir der Kaffee langsam zu den Ohren herauskommt.

Durch den Qualm meiner Zigarette beobachte ich die immer lauter werdende Diskussion, die nach ein paar Minuten verebbt.

»Fassen wir zusammen. Wir können annehmen, dass sich Delia Landau in den letzten drei Wochen weitgehend zurückgezogen hat. Warum wissen wir nicht. Mehrere Hinweise deuten auf eine Verbindung zu dem Thema Satanismus hin. Trondheim sagt, sie wollte eine Reportage schreiben; auf ihrem Rechner befindet sich Material, das sich mit dem Thema befasst; und der Täter hat sie mit dem Satanszeichen gezeichnet. Ein weiterer Hinweis in diese Richtung könnte vielleicht die Adresse von Luckner darstellen, die wir in ihrer Wohnung gefunden haben. Wir müssen herausfinden, welche Verbindungen in diese Richtung sie tatsächlich hatte. Außerdem müssen wir in Erfahrung bringen, was in den letzten Wochen geschehen ist, das sie veranlasst hat, sich zurückzuziehen. Darüber hinaus dürfen wir Trondheim nicht aus den Augen verlieren. Er wurde als eifersüchtig beschrieben und wie es aussieht hatte er auch Grund dazu.«

»Haben wir hier es vielleicht mit einem Ritualmord zu tun?«, fragt Gundula Roes.

»Das können wir zum jetzigen Zeitpunkt weder ausschließen, noch bejahen. Gehen wir einmal von zwei folgenden Möglichkeiten aus: Erstens: Delia will eine Geschichte über die Satanisten bringen. Sie recherchiert und stößt dabei auf etwas, das für die Satanisten gefährlich werden könnte. Deswegen muss sie sterben. Allerdings gibt es bisher keinen Hinweis – als spektakulär würde ich das Material nicht bezeichnen. Und warum der oder die Täter dann allerdings mit dem Satanszeichen auf sich aufmerksam machen, weiß ich nicht. Zweitens: Delia erliegt der Faszination der Satansjünger und wird zum Ritualopfer auserkoren. Allerdings bin ich nicht davon überzeugt, dass solche Rituale soweit gehen. Möglicherweise war es ein Unfall?«

»Gut fassen wir zusammen und legen den Plan für morgen fest. Wir müssen versuchen etwas über die rothaarige Frau zu erfahren, die Delias Nachbar gesehen haben will. Ebenso über die andere Frau, die mit Delia im Auto wegfuhr. Auf jeden Fall sollten wir mit dem Schweizer sprechen. Das übernehme ich, und Luckner. Soviel für heute. Es tut mir Leid, aber ich fürchte, ihr könnt eure Lieben schon mal darauf einstimmen, dass sie Weihnachten möglicherweise ohne euch feiern müssen.«

7

Die kalte Luft wirkt wir ein Schock. Schneeflocken schweben verloren durch die Luft, samtschwarze Nacht umspannt die Welt. Unser Atem formt lustige kleine Wolken in der kalten Nachtluft; der Parkplatz ist bis auf Mortens Auto leer. Schweigend fahren wir durch die Nacht. Ich lehne mich zurück und schließe die Augen. Meine Phantasie produziert wirre Bilder von fünfzackigen Sternen, von Händen die sich um Delias weißen Hals legen und schließlich auch um meinen. Sie drücken zu, bis ich mich befreien kann. Jetzt blickt mich ein Paar glühender Augen an und ich falle, immer tiefer und tiefer. Ein Ruck geht durch meinen Körper und ich bin wach. Morten schaltet das Autolicht aus und zieht den Schlüssel aus dem Zündschloss. Ich gähne herzhaft mehrmals hintereinander. Ich habe nur einen Gedanken, nämlich, so wie ich bin ins Bett zu fallen. Morten legt seinen Arm um meine Schultern, ich stolpere neben ihm her und schaue zu, wie er den passenden Schlüssel sucht, um die Tür aufzuschließen. Schwer wie ein Sack lasse ich mich aufs Sofa plumpsen, nicht willens, mich die nächsten Stunden von dort wegzubewegen, geschweige denn, auch nur die Jacke auszuziehen.

Ich höre, wie Morten in meiner Küche hantiert. Normalerweise wäre es mir peinlich, zumindest ein bisschen, denn Morten ist ein Ordnungsfanatiker und ich weiß nicht einmal wie man das Wort Ordnung buchstabiert. Es kam sogar schon vor, dass wir uns deswegen gestritten haben. Er ist der Meinung, wenn man alles immer gleich wegräumen würde, könnte ein Chaos solchen Ausmaßes überhaupt nicht entstehen. Das mag sein. Meine Begabungen liegen ohne Zweifel auf einem anderen Gebiet.

Nach wenigen Minuten kommt er mit einer Flasche Wein und zwei Gläsern zurück. Er zieht mir zärtlich Jacke und Schuhe aus, nimmt mir die Mütze vom Kopf und setzt sich auf den Sesselrand. Wir sitzen im Dunkeln und trinken schweigend vom Rotwein.

Nach einer Weile zünde ich mir eine Zigarette an und Morten legt die Filmmusik von Braveheart auf.

»Morten, wegen deiner Frage, ich meine, es tut mir Leid, es ist nicht so, dass ...« Er unterbricht mich, indem er mich küsst.

»Nicht jetzt, Elza. Manchmal bin ich zu ungeduldig. Ich weiß, dass du Zeit brauchst ...«

Mit einem Mal fühle ich mich überhaupt nicht mehr müde; mir ist, als wären wir aus dem Rahmen der Zeit gefallen – als gäbe es nichts anderes, als uns, nichts Wichtigeres.

Wir küssen uns erst langsam und zärtlich, dann heftig und gierig, lechzend danach, den anderen ganz aufzunehmen. Mit jener Art von Ungeduld, die nur die Liebe kennt, ziehen wir uns gegenseitig aus. Ich fühle nur noch dieses heiße Verlangen nach seinem Körper.

Es ist noch dunkel als ich aufwache. Ich betrachte eine Weile den schlafenden Mann neben mir und küsse zärtlich sein Ohr. Die Nacht ist hell vom Schnee. In die warme Decke gekuschelt, wandern meine Gedanken hier hin und dort hin, ich fühle mich glücklich und überlege, wann das zum letzten Mal der Fall war. War ich damals mit Tom auch so glücklich? Auf eine andere, auf eine unbeschwertere Art, ja. Ich habe ihn nicht mehr gesehen, seit er gegangen ist. Der Herausforderung, als unsere Tochter verschwand, waren wir beide nicht gewachsen, wir haben es nicht geschafft, unser Leben als Paar fortzusetzen. Meine Gedanken schweifen zu jenem Tag, als wir uns kennen lernten. Die Julihitze ließ die Luft trotz der fortgeschrittenen Stunde noch flirren, die Dämmerung war schon zu erahnen, in den Straßen bahnten sich die Menschenmassen träge ihren Weg durch die Hitze. Eigentlich wollte ich nur ein bisschen über den »Parcours« des Theaterfestivals schlendern, gemütlich ein Bier trinken und eine Zigarette dazu rauchen. Am Rande des Festivals führte eine mir unbekannte Theatergruppe ein Stück auf. Es war ein sehr düsteres Stück in dem es um den Tod ging. Tom spielte den Tod. Ich konnte meine Augen nicht mehr von ihm wenden. Ich erinnere mich sehr genau an die Faszination seiner Sprache, Gestik, Mimik, seiner Augen und doch habe ich nicht ein Wort in Erinnerung behalten. Nach der Aufführung war das Publikum eingeladen mit den Schauspielern und dem Regisseur zu diskutieren. Ich blieb einfach stehen, konnte mich nicht von der Stelle rühren und brachte auch kein Wort über meine Lippen. Er schaute ab und zu in meine Richtung. Manchmal glaubte ich ein Lächeln in seinen Augen zu sehen, dann wieder schalt ich mich eine Närrin. Er war wunderschön. Es waren nicht seine schlanke Figur und die braunen, bis in den Nacken gelockten Haare und auch nicht seine Augen, die funkelten wie die Strahlen der untergehenden Sonne auf einem See. Es war sein Lächeln, das nur mir zu gelten schien. Ich weiß noch, wie es zwischen meinen Beinen kribbelte, genau in dem Moment als er zu mir herüber schaute und ich rot im Gesicht wurde und Angst hatte, er könnte meine Gedanken lesen. Daraufhin riss ich mich endlich los und schlenderte verträumt über das Festivalgelände, ohne noch irgendetwas mitzubekommen. Das war mir noch nie passiert, dass ich mich in einen Kerl verliebte, den ich vorher noch nie gesehen habe. Ich genoss dieses Gefühl von Leichtigkeit, von Schweben und auch von Aussichtslosigkeit, während ich mir an einem Stand einen Rotwein bestellte und rosarote Blicke in die Welt warf. Als ich einen verschleierten Blick neben mich warf, stand er lächelnd da und ich wurde schon wieder rot vor Verlegenheit. Er fragte: »Warum läufst du davon?« So direkt, als könnte er mir ins Herz blicken. Ich räusperte mich und wusste, die passende Antwort würde mir erst später einfallen, wenn es zu spät war.

»Wovor sollte ich deiner Meinung nach davonlaufen«, krächzte ich. Er lächelte, nahm mich an der Hand und ging mit mir zu den Kollegen seines Ensembles. Dort gab es ein großes Hallo, alles ging Drunter und Drüber, genauso wie man es sich bei Künstlern immer vorstellt. Eine Frau in einem Mephistokostüm schenkte Campari in mit Eis gefüllte Gläser, goss Tonic drüber. Mir war als wäre ich in eine andere Welt getreten, in der auch ich eine andere sein konnte. Später organisierte Tom eine kalte Flasche Sekt, die wir am Ufer der Dreisam zusammen leerten. Erst als der Morgen dämmerte, brachen wir auf. Ich war so glücklich und es war, als wären mir Flügel gewachsen und all die Liebesgedichte, für die ich sonst nur Verachtung übrig hatte, kamen mir in den Sinn – Elza Linden war verliebt! Verliebt in einen Gaukler. Und jetzt werde ich bald vierzig; lange war ich der festen Überzeugung, mich nie mehr verlieben zu können, oder glücklich zu sein. Beinahe wäre es mir als eine Art Verrat vorgekommen, weil, wie kann ich glücklich sein, während Katharina, meine kleine Tochter, irgendwo da draußen ist und – weiter will ich nicht denken. Ich drücke Morten noch einen sanften Kuss aufs Ohr, stehe auf und schlüpfe in meinen alten Frotteebademantel von Tante Luise.

Meine Kleider liegen noch im Wohnzimmer auf dem Boden verstreut und ein heißer Strahl des Verlangens, tiefer Lust fährt durch meinen verräterischen Körper, als die Erinnerung an die vergangenen Stunden erwacht. Die Lust und die Kälte in der Wohnung hätten mich beinahe wieder zurück ins Bett getrieben. Zögernd verharre ich einen Moment, gehe dann aber in die Küche, um Wasser für einen Kaffee aufzusetzen. In der dunklen Küche stoße ich gegen einen Topf, dessen Griff in den Raum ragt, er fällt scheppernd auf den Boden. Ich lausche einen Moment, aber Morten scheint einen guten Schlaf zu haben. Mit dem Kaffee setze ich mich auf den Wohnzimmerboden und lese die Ausdrucke von Delias Computer.

Eine Hand legt sich von hinten auf meine Schulter, die Blätter werden mir aus der Hand genommen und sofort spüre ich brennende Lust in mir aufsteigen. Ich protestiere, wenn auch mit wenig Nachdruck als Morten sagt: »Komm« und mich hochhebt, um mich ins Schlafzimmer zu tragen und aufs Bett fallen zu lassen. Ich ergreife ein Kissen und werfe nach ihm, sage in gespielt vorwurfsvollem Ton: »Sie halten mich von der Arbeit ab, Herr Kommissar, das wird eine Dienstaufsichtsbeschwerde zur Folge haben«, woraufhin er in schallendes Gelächter ausbricht. Wie die Kinder albern wir herum und lachen bis wir beide die Hände auf den Bauch pressen. In dieser Pause schnappt er mich mit einem Polizeigriff und sagt: »Genug Spaß gehabt, jetzt wird's ernst.«

»Ich ergebe mich freiwillig. Ich lege ein Geständnis ab, Herr Kommissar«, flüstere ich ihm ins Ohr und befreie mich mit einer blitzschnellen Bewegung.

Wir lieben uns im Schein des Morgenlichts.

8

Keinen Handlungsbedarf. Das werden wir ja sehen. Zornig knalle ich die Tür zu Bauermeisters Büro hinter mir zu. Der Chef der Kripo sieht keinen Handlungsbedarf. »Linden, ich kann nicht sehen, warum wir in der Schweiz ermitteln sollen. Du weißt, wie langwierig und kompliziert diese Verfahren sind. Wegen der paar Briefe, die die beiden sich per Mail geschickt haben?« Damit war das Thema erledigt für ihn. Für mich auch. Wenn auch in einem etwas anderen Sinn.

Ich freue mich nach langer Zeit wieder einmal German Hägli zu treffen. Ich fahre über die Weiler Grenze, weil ich für die Schweizer Stadtautobahn keine Vignette habe. Von dort fahre ich auf die Stadtautobahn und hoffe, dass mich keiner der Schweizer Kollegen anhält. Ich versuche mich an Häglis Wegbeschreibung zu erinnern, die bei mir zuhause auf dem Küchentisch liegt. Wenn ich mich auf eines verlassen kann, dann darauf, dass ich mich in der Schweiz jedes Mal verfahre, egal, wie oft ich schon dort war. Und prompt lande ich in Basel-City auf den Tram-Schienen; hektisch schalte ich in den Rückwärtsgang, dass das Getriebe knirscht und fahre schweißgebadet zurück.

Baeriswyl wohnt in einer Altbauwohnung in der Innenstadt. Erker und Dachgiebel, blau umrandete Fenster ohne Vorhänge. Ich parke das Auto im Parkverbot direkt vor dem Haus, verharre noch einen Augenblick um mich zu sammeln, steige aus und läute.

Ich kann verstehen, dass sich Delia in ihn verliebt hatte. Sein hellbraunes Haar fließt ihm weit über die Schulter hinab, seine Augen in dem blassen, ovalen Gesicht erinnern mich an Honig auf warmen Toast. Sein schlanker Körper steckt in Jeans und einem schwarzen T-Shirt. Er ist kaum größer als ich.

Obwohl er mich weder kennt noch weiß, was ich von ihm will, lächelt er mich freundlich an, etwas schüchtern und zurückhaltend, aber keinesfalls verschlossen.

»Ich bin Elza Linden. Es tut mir Leid, aber ich komme mit schlechten Neuigkeiten.«

»Die Zeiten, in denen den Überbringern von Hiobsbotschaften der Kopf abgeschlagen wurde, sind vorbei.« Mit einem Lächeln bittet er mich in die Wohnung; ich folge ihm durch einen geräumigen Flur ins Wohnzimmer. Nachdem wir uns gesetzt haben, fragt er bang: »Was für Nachrichten meinen Sie denn. Es wird doch nichts mit meiner Mutter sein?«

»Ich bin wegen Delia Landau hier.«

»Was ist mit ihr?«

»Sie ist tot.«

Eine Weile herrscht Schweigen zwischen uns. In seinem jungen Gesicht spiegeln sich Ungläubigkeit, Bestürzung und Schmerz in rascher Folge.

»Wie kann das sein? Was ist passiert? Und wer ... wer ... sind Sie überhaupt? Und woher wissen Sie von mir?«

»Ich bin Kommissarin in Freiburg und zuständig für diesen Fall. Aus den Computerdateien wissen wir von Ihnen. Delia wurde am Abend des 21. Dezember in Freiburg am Güterbahnhof gefunden. Sie wurde ermordet. Sie waren an diesem Abend mit ihr verabredet. Wo waren Sie am an diesem Tag zwischen 18 und 24 Uhr und in welcher Beziehung standen Sie zu ihr?«

Er antwortet nicht auf meine Fragen, sondern steht auf, sein Gang wirkt schwankend und schwerfällig, als er mit hängenden Schultern zu der Anlage am anderen Ende des Raumes geht, um eine CD aufzulegen. Ich schaue mich um. Die übliche Einrichtung eines Wohnzimmers: Couchtisch aus Glas, zwei Ledersofas, die um die Ecke stehen, Stereoanlage, Fernseher. Jedoch sieht man mit welcher Sorgfalt und Liebe zum Detail, Luzius von Baeriswyl sich der Einrichtung widmete. An den Wänden hängen Baumwolltücher mit Motiven aus der Mystik, vergrößerte Fotos von Sonnenuntergängen und Meereslandschaften, überall sind Kerzenleuchter zu sehen. Pflanzen, kaum Bücher. Dafür eine ganze Sammlung CDs und ein Aquarium. Die exzessiv monotonen Klänge von Ravels Bolero erklingen und füllen nach und nach den Raum; von Baeriswyl hat sich wieder hingesetzt, den Kopf nach hinten auf die Sessellehne gelehnt, die Augen geschlossen.

Noch immer sagt er nichts, ich spüre seinen Schmerz und eine dumpfe, ungläubige Betroffenheit. Als er sich aufrichtet und die glasigen Augen öffnet sagt er: »Das war ihr Lieblingsstück. Eines ihrer Lieblingsstücke. In welcher Beziehung wir standen? Ich liebe sie. Sie ist tot, ich weiß. Das ändert nichts an der Tatsache, dass ich sie liebe.« Er spricht leise, so dass ich ihn bei dem immer lauter werdenden Bolero kaum verstehen kann.

Und unvermittelt: »Es lag in den Karten. Ich hätte es wissen müssen«, als gäbe er sich die Schuld an ihrem Tod.

»Was meinen Sie damit – es lag in den Karten?«

»Ich habe ihr die Karten gelegt ... vor ein paar Wochen – warten Sie ...« er verschwindet im angrenzenden Zimmer und kommt kurz darauf mit einem Stoß Karten zurück. Er breitet sie auf dem Tisch vor mir aus und greift nach der Karte mit dem Sensenmann. »Das Crowley-Tarot ... Sehen Sie ... der Tod. Da lag zweimal der Tod.«

Mich fröstelt.

»Sie glauben nicht daran; ich sehe es Ihnen an.«

Ich möchte hier keine Grundsatzdiskussion über meinen Glauben entfachen. Tatsächlich bin ich ein eher nüchterner Mensch und schon immer waren mir Eiferer, Fanatiker oder einfach nur Gläubige – welchen Inhalt dieser Glauben auch immer haben mochte – suspekt.

»Sie glauben daran«, sage ich, »das zählt.« Nun würde ich nicht in Freiburg, der Esoterikhochburg schlechthin, leben, um noch nie von Tarotkarten gehört zu haben. Es ist ein weit verbreiteter Zeitvertreib, um nicht zu sagen Übel, sich Rat und vermeintliche Hilfe in den Karten zu holen. Ich habe gerade so viel Ahnung davon, um zu wissen, dass die Karte Tod nicht unbedingt den physischen Tod meint. Und das auch nur darum, weil ein Freund von Tom, aus den Theatertagen, sich damit beschäftigte. Er legte jedem, der es wollte oder nicht die Karten. Einmal geriet ich deswegen in einen handfesten Streit mit ihm. Ich hatte das längst vergessen, doch nun fällt es mir wieder ein. Ich versuche, die Erinnerung einzukreisen, vielleicht könnte sich ein rudimentäres Wissen hier als nützlich erweisen. Jakob, so hieß der Freund, erlaubte ich in einem leichten, unbedachten, alkoholschwangeren und verliebten Moment, mir die Karten zu legen. Ein eiskalter Schauer schüttelt mich insgeheim. Er legte mir für die Zukunft viel Leid und Schmerz. Und Einsamkeit. Das war natürlich nicht das, was ich hören wollte. Ich war verliebt in Tom. Tom war verliebt in mich. Wir hatten eine glorreiche Zeit vor uns.

Baeriswyl nickt. »Ja, ich glaube daran. Und ich hoffe, Sie machen sich nicht darüber lustig.«

Ich denke über seine Äußerung nach und antworte ihm ernst: »Ich mache mich nicht über Dinge lustig, die für andere von Bedeutung sind. Niemals. Also erzählen Sie mir, was es damit auf sich hatte.«

»Natürlich dachte ich nicht daran, dass sie sterben könnte. Die Karte Tod steht in der Regel dafür, dass etwas in deinem Leben endet. Doch als ich das zweite Mal diese Karte für sie zog, wurde mir schon Angst und Bange.«

»Gab es möglicherweise einen anderen Grund, als diese Karte, der Ihnen Angst machte?«

»Nein ... nein.«

»Welchen? Was machte Ihnen Angst, Herr von Baeriswyl?«

»Es ist nichts, wirklich.«

Ich wechsle das Thema.

»Sie wollte sich am Abend ihres Todes, am 21. Dezember, mit Ihnen treffen, das geht aus den Computerdateien hervor. Was ist passiert? Haben Sie an diesem Tag noch miteinander gesprochen?«

»Wir wollten die Wintersonnwende feiern.« Er legt seinen rechten Fuß auf das linke Knie und zieht dann eine Zigarette, die er hinterm Ohr stecken hatte hervor.

»Aber sie kam nicht.«

Der Glanz in seinen Augen ist verschwunden; sie sind matt wie ein Paar alter rostiger Pfennige.

»Zuerst habe ich mich geärgert. Immer kam sie zu spät. Es wurde später und später. Ich rief bei ihr an. Nichts. Das Handy hatte sie ausgeschaltet. Ich saß hier und trank Rotwein und wartete. Wissen Sie, wie das ist, wenn man sitzt und wartet? Stundenlang. Und jedes Geräusch, jedes vorbeifahrende Auto, das Klappern des Aufzuges hört, bis einem die Stille in den Ohren explodiert? Wissen Sie, wie das ist?«

Ich weiß es. Nur zu gut. Wenn die Stille zum Feind wird, wenn sie laut und lauter wird, sich steigert bis zum tosenden Nichts.

»Aber nach den letzten paar Wochen hätte ich es

mir denken können. Ich meine, dass sie nicht kommen würde.«

Ich schaue ihn fragend an und das Gefühl, zu wissen, was er nun sagen wird, hinterlässt eine Gänsehaut auf meinem Körper.

»Was meinen Sie damit?«

»Seit Wochen hat sie sich sehr merkwürdig verhalten.«

Er benutzt die gleiche Bezeichnung für Delias Verhalten wie schon Hagen Trondheim.

»Merkwürdig?«

»Sie hat praktisch den Kontakt abgebrochen. Wenn Sie die Dateien aus ihrem PC haben, werden Sie das sehen können. Ihre letzte Nachricht lautete: Wir sehen uns zum Yulfest. Stelle bitte keine Fragen. Daraufhin habe ich sie angerufen. Sie sagte, sie hätte im Moment viel zu tun, sie stecke mittendrin in einer brandheißen Story. Und, das fällt mir jetzt erst wieder ein, sie sagte, sie habe das Gefühl, mit ihrem PC stimme etwas nicht, sie fühle sich, warten Sie, ja, sie sagte tatsächlich, sie fühle sich beobachtet und leide wohl schon unter Paranoia.«

»Gab es einen konkreten Anlass für diese Sorge?«

»Ich glaube, sie wäre überempfindlich, aber andererseits kommt es immer wieder vor, dass sich jemand Zutritt zu einem fremden Rechner verschafft und sei es einfach just for fun. Ich habe ihr geraten, den PC neu zu konfigurieren und sicherer zu machen.«

»Hat sie das gemacht?«

»Ich weiß nicht, ich habe ja nichts mehr von ihr gehört.«

»Was glauben Sie, was passiert war?«

Ich bin ungeduldig. Irgendjemand muss doch wissen, was mit Delia los war, warum sie sich von ihren Freunden zurückgezogen hat.

»Sie hatte sich mit den Mächten der Finsternis eingelassen.«

Ich seufze. Resigniert. Ungeduldig. Meine Güte, sind wir denn im Mittelalter?

»Hören Sie doch damit auf. Sie wurde von einem realen Menschen umgebracht. Nicht von den Mächten der Finsternis, was immer das auch sein mag.«

Seine Reaktion verblüfft mich. »Woher wollen Sie das wissen?«

»Das hat die Obduktion ergeben«, konstatiere ich trocken.

Er lächelt.

»Also, was hat es auf sich mit den Mächten der Finsternis?«

»Hat es einen Sinn, Ihnen davon zu erzählen?«

Jetzt tut mir meine Ungeduld bereits Leid.

»Erzählen Sie es mir einfach, dann wird sich rausstellen, ob es einen Sinn macht.« Gespannt auf seine Erzählung, beuge ich mich vor.

»Hauptsächlich weiß ich es aus den Karten ...«

»Fahren Sie fort«, fordere ich ihn auf.

»Der schwarze Magier lag – wie der Tod – immer wieder in ihren Karten. Ich konnte mir keinen Reim darauf machen und fragte, ob sie schwarzmagisch arbeiten würde. Sie verneinte. Als ich nicht locker ließ, gab sie zu, für einen Artikel über Satanismus zu recherchieren. Das allein ist weiter nicht interessant. Aber ich spürte eine gewisse Ambivalenz: einerseits das nüchterne Abwägen und Ausforschen der Gegebenheiten, andererseits aber schien sie fasziniert. Was sie nicht zugab, war, dass sie jemanden von diesen Leuten getroffen hat. Mehr weiß ich leider nicht und was ich weiß, beruht zum größten Teil auf Annahmen. Aber ich glaube, sie hatte sich mit denen eingelassen.«

Das bestätigt Trondheims Angaben.

»Sie gehen davon aus, dass sich Delia mit jemand getroffen hat? Gibt es denn noch etwas Konkreteres als die Karten, das diese Annahme bestätigen kann?«

Sein Nein kommt etwas zögerlich.

»Was machen Sie beruflich?« frage ich; um das Thema Kartenorakel zu beenden.

»Ich bin Laborant bei der Novartis«, antwortet er knapp. Ich nicke.

»Würden Sie mir erzählen, wie Sie Delia kennen gelernt haben?«

Er schlägt seine Beine übereinander und streicht mit einer kindlich-männlichen Bewegung eine Haarsträhne, die sich aus dem Zopf gelöst hat, hinter die Ohren. Erst jetzt bemerke ich den Duft nach Räucherstäbchen der in der Luft hängt.

»Über Delias Recherche zu einem Artikel im Internet. Ich habe meine E-Mail-Adresse in einer Mailingliste auf einer paganen Seite. Die hat sie angeklickt. Nach ein paar Mails haben wir telefoniert und uns verliebt ... Ich weiß, was Sie jetzt denken: so was hält sowieso nicht und zudem war ich jünger als Delia. Aber Sie irren sich ...«

Ich ignoriere seinen letzten Satz und frage: »Wissen Sie, dass sie heiraten wollte – wissen Sie, dass Delia im Sommer heiraten wollte?«

»Ja ... ja, sicher ...«

Ich glaube ihm nicht.

»Das heißt nein, sie wollte nicht, sie wollte ihn nicht mehr heiraten.«

»Und wusste der Bräutigam das auch?«

»Delia hat gesagt, er hätte es ziemlich gelassen genommen. Was mich gewundert hat, war, dass Delia sich darüber keine Gedanken machte. Wo er doch immer so eifersüchtig war.«

Ich kann mir nicht vorstellen, dass Trondheim erfreut darüber war, als Bräutigam gefeuert zu sein. Luzius von Baeriswyl zieht auf diese anrührend hilflose Weise die linke Schulter nach oben.

»Trondheim war eifersüchtig? Hatte er denn – wenn man von Ihnen einmal absieht – Grund dazu?«

»Das glaube ich kaum«, scharf und unsicher zugleich fällt seine Antwort aus. »Aber Delia hat sehr darunter gelitten, dass er grundlos Szenen machte. Darum hatte sie solche Angst vor der Aussprache.«

»Sie hatte Angst vor Trondheim?«

»Vor seiner Eifersucht.«

Sprechen Sie mit Milla. Fragen Sie sie nach den Hexen. Ich war schon unten an der Haustür, als er mir nach kam und mir diese beiden Sätze mit auf den Weg gab. Dann stürzte er in Richtung Haustür und war im Gedränge der Stadt verschwunden, ehe ich auch nur die erste Silbe meiner Frage auf den Lippen hatte.

»Wer um Gottes willen ist Milla und was meint er mit den Hexen und vor allem, warum sind wir bei den Ermittlungen noch nicht auf sie gestoßen?« So lautet dann auch meine Frage, die ich an Morten richte, den ich von meinem Handy aus anrufe, sobald ich im Auto sitze.

»Wo steckst du, Elza. Bauermeister sucht dich wie ein Verrückter.«

Ich werde es ihm so oder so sagen müssen, also kann ich es auch gleich tun, was mir, genau betrachtet, via Telefon sogar lieber ist.

»Ich passiere gerade die Grenze.«

Einen Moment lang befürchte ich, er hat aufgelegt, so still ist es plötzlich in der Leitung. Inzwischen kenne ich ihn so gut, dass ich den Grad seiner Wut aus seiner Stimmlage erraten kann.

»Das hast du nicht getan. Sag, dass du das nicht getan hast!«

Morten ist natürlich sofort klar, wo ich war.

»Morten, du bist nicht verantwortlich dafür, was ich tue und was nicht. Was wollte Bauermeister?«

Er schnaubt ins Telefon. »Weiß ich nicht ... Nein ... nein, in der Tat bin ich nicht verantwortlich, Gott sei es gedankt. Aber eine Kleinigkeit hast du vergessen: ich bin dein Stellvertreter, wir sind ein Team ...«

Ich unterbreche ihn.

»Morten, streiten via Mobilfunk ist teuer ...«

»Darüber werden wir noch sprechen müssen ...«

»Ich glaub nicht, dass es viel nützt, wenn wir beide über die Telefongebühren diskutieren ...«

»Ich warte im Büro auf dich.« Sagt's und legt auf.

Der Empfang, den er mir anschließend bereitet ist weder von einem Lächeln und auch sonst keiner Freundlichkeit begleitet: Morten ist sauer auf mich! Kerzengerade sitzt er hinter seinem Schreibtisch, den Mund zu einem schmalen Strich gekniffen. Betont lässig lasse ich mich auf einen Stuhl fallen und erzähle ihm, was ich in Basel erfahren habe. Mit unbewegter Miene hört er mir zu.

»Baeriswyl hat also kein Alibi?« fragt er, als ich fertig bin.

»Er hat kein Alibi, das stimmt. Aber Trondheim hat ebenfalls keines. Interessanter finde ich die Tatsache, dass Trondheim gelogen hat. Zum einen hat er mit keinem Ton erwähnt, dass Delia die Hochzeit abgeblasen hat und zum anderen bestreitet er, eifersüchtig zu sein.«

Nachdenklich kaut Morten auf seiner Unterlippe und räumt einige Ordner von der einen zur anderen Seite.

»Was macht dich so sicher? Vielleicht hat Delia gelogen. Vielleicht hat sie Trondheim gar nichts davon gesagt, dass sie ihn nicht heiraten will, weil sie einen anderen hat. Ich würde es auch nicht zwangsläufig eine Lüge nennen, wenn jemand seine Eifersucht nicht eingestehen will. Jedenfalls, wie es aussieht hat dich der Herr von Baeriswyl ganz schön beeindruckt.«

Ich traue meinen Ohren nicht. Bevor ich etwas erwidere, zähle ich still bis zwanzig.

»Du hast natürlich Recht. Lassen wir das mal einen Moment beiseite und konzentrieren wir uns auf die Übereinstimmungen: da sind die Aussagen, dass sich Delia seit ungefähr drei Wochen zurückgezogen und dass sie sich auf etwas eingelassen haben muss, das nicht ungefährlich war, nämlich die Satanisten.«

»Gut, die Satanisten. Gehen wir von der Tatsache aus, dass sie einen Artikel über Satanismus schreiben wollte. Sie spricht mit Trondheim darüber, sie spricht mit Baeriswyl darüber. Wenn Baeriswyl der Mörder ist, hat er guten Grund, uns darauf aufmerksam zu machen. Gibt es einen besseren Sündenbock als ausgerechnet die bösen Satansbuben?«

Ich kontere: »Das Gleiche gilt doch auch für Trondheim! Wenn du mich fragst, hätte er ein stärkeres Motiv für den Mord an Delia. Er ist ein Narziss. Delia hat ihn nicht nur mit einem anderen Mann betrogen, sondern, sie wollte sich von ihm trennen. Für einen narzisstischen Menschen ist das kaum verzeihbar. Welches Motiv sollte Baeriswyl gehabt haben?«

»Zum Beispiel könnte sie es sich anders überlegt haben und wollte doch bei Trondheim bleiben oder sie hatte ganz andere Pläne und wollte keinen von beiden.«

Ich seufze. »Wir werden uns wohl etwas intensiver mit Herrn Trondheim unterhalten müssen – was ist jetzt mit dieser Milla? Wer ist das denn? Und warum wissen wir nichts von ihr?«

Morten zieht sein Notizbuch aus der Jacke und schlägt es auf.

»Ludmilla Francia, genannt Milla, wohnhaft in Oberhausen, war Delia Landaus beste Freundin ...«

»Stand die etwa im Adressbuch?«

»Nein«, er klingt ungeduldig, »notierst du die Nummer der besten Freundin im Notizbuch? Wir haben ihren Namen aus der Liste der angerufenen Nummern. Ich habe gleich Holzapfel hingeschickt – du hattest dein Handy ausgeschaltet.«

Ausgerechnet Holzapfel, geht es mir durch den Kopf, sage aber nichts. Holzapfel ist ein guter Polizist, jedoch untauglich im Umgang mit den Leuten draußen.

»Da hätten wir selber hingehen müssen ... Und? Was sagt er?«

»Die Dame ist Hebamme und musste dringend zu einer Hausgeburt. Aber sie weiß Bescheid und wird sich melden, sobald sie zurück ist.«

Unser Gespräch wird vom Läuten des Telefons unterbrochen. Morten hebt ab, hört einen Moment zu und sagt: »Moment ...«

Die Hand über der Sprechmuschel flüstert er mir zu: »Es ist Holzapfel. Er sagt, die Francia wäre zurück.«

Nachdem er den Hörer aufgelegt hat, drücke ich ihm eine Münze in die Hand. Er schaut mich fragend an.

»Schickst du mich jetzt ins Kino?«

»Zahl für Trondheim, Kopf für Ludmilla.«

Seinen Protest ersticke ich im Ansatz mit einem Kuss.

»Das nenn ich faire Methoden.« Doch er grinst und wirft das Geldstück in die Luft, fängt es wieder auf und legt es auf seinen linken Handrücken. Zahl.

9

Wo kann ich hingehen? An welchen Platz dieser Erde?
Wo uns doch Sonne und Mond geküsst. Der Wind mit
seinen Schwingen uns liebkoste. Das Blau des Himmels
unsere Seelen betörte – und die Erde sich auftat. Wo
könnte ich hingehen?
An welchen Ort, der nicht erinnert an uns.
Favea an Torsten

Über die verschneite Landstraße nach Oberhausen zu fahren, ist kein Vergnügen – so schleiche ich mit sechzig Stundenkilometern durch die Landschaft und übe mich im kreativen Fluchen, bis mir nichts mehr einfällt; ich lege das Lou-Reed-Tape ein und singe gefühlvoll und völlig falsch *Perfect Day* mit. Nach einer halben Stunde taucht endlich das Ortschild auf.

Ludmillas Haus liegt in der Dorfmitte an der Straße: windschief in einen heckenumrundeten Garten geschmiegt, kräuselnder Rauch aus dem Kamin, golden blinkende Lichter und der neugierige Blick einer Katze, die wie Sphinx in einem der Fenster thront.

Ich habe eine ältere, korpulente Frau mit dauergewelltem Haar und gütigem Gesichtsausdruck erwartet.

Eine zierliche, junge Frau mit glattem, blondem Haar, das ihr bis über die Hüften reicht öffnet mir die Tür. Soviel zu meiner Vorstellung von Hebammen. Hinter ihr taucht ein riesiger Hund mit zotteligem goldbraunem Fell auf, schnuppert und kommt bellend auf mich zugeschossen. Ludmillas glockenhelles Lachen und der Zuruf: »Gawain, Gawain, nein ... nicht springen«, irritieren den Hund nicht. Mit einem Satz springt er an mir hoch und leckt mir mit seiner rauen Zunge übers Gesicht.

Ludmilla bedenkt ihn mit einem tadelnden Blick und gibt ihm einen Klaps aufs Hinterteil. Gutmütig trottet er davon.

»Tut mir Leid, wenn er Sie erschreckt hat, aber er ist noch so verspielt.« Ihr Blick streift meinen Bauch, als sie mich ins Haus bittet. Wir gehen in die Küche. Aus einem gusseisernen Herd knistert holzige Wärme, die Spüle ist aus Speckstein, dunkelpatinierte Küchenmöbel. Es riecht nach Orangen und Zimt, nach Tannenzweigen und Vanille – ja, es riecht nach Märchen. Auf dem Tisch steht eine dampfende Kanne Tee. Ludmilla fordert mich auf, mich zu setzen; sie stellt Tassen auf den Tisch und gießt schweigend Tee ein.

»In welchem Monat sind Sie denn?«

Schlagartig wird mir klar, dass sie mich für eine Schwangere hält, die ihren Rat als Hebamme sucht. Ich versuche meiner Stimme einen festen Klang zu geben, als ich ihr antworte:

»Ich bin Elza Linden von der Freiburger Mordkommission. Frau Francia, leider komme ich mit traurigen Nachrichten.«

»Oh, das tut mir Leid – ich dachte ... ich erwarte noch eine meiner Schwangeren ...«

Mit ihrer stummen Frage in den Augen schaut sie mich an. Ich fahre fort: »Es geht um Delia Landau. Sie wurde am Abend des 21. Dezember in Freiburg am Güterbahnhof tot aufgefunden.«

Ihre Haut hat die Blässe von Menschen, die zu Sommersprossen neigen – einige davon haben sich im Halbkreis um ihre Nase versammelt – die Lapislazuliaugen werden grau wie die Wogen des Meeres vor einem Sturm.

Ich frage mich, ob sie verstanden hat, was ich gesagt habe. Sie drückt ihre Handflächen fest auf beide Ohren, die Augen geschlossen. »Nein, nein ...« kommt es leise von ihren Lippen. Der Hund kriecht unterm Tisch hervor und knurrt mich an. Dann öffnet sie die Augen.

»Das stimmt nicht. Bitte sagen Sie, dass es nicht wahr ist.«

Ich stehe auf und gehe um den Tisch herum zu ihr, um sie zu trösten.

»Ludmilla«, sage ich, »Ludmilla, ich weiß, es ist ein Schock für Sie ...«

Behutsam nehme ich ihr die Hände von den Ohren und halte sie fest.

»Ich weiß, das ist kindisch. Aber ausgerechnet Delia. Warum? Sie war so stark. Was ist denn nur passiert?«

»Das wissen wir noch nicht genau. Darum brauche ich Ihre Hilfe.«

Solange sie nicht fragt, werde ich ihr die grausamen Einzelheiten über den Mord an ihrer Freundin ersparen. Sie wird später mehr erfahren, als ihr lieb sein wird. Sie zieht die Nase hoch, zieht ihre Hände aus den meinen und steht auf, um sich eine Packung Papiertaschentücher aus dem Schrank zu holen. Ich gehe zu meinem Stuhl zurück. Sie kommt mit den Taschentüchern zurück, schnäuzt sich die Nase und nimmt einen Schluck von ihrem Tee.

»Mich hat´s erwischt ... hoffentlich stecken Sie sich nicht an.«

Sie wirkt noch immer blass und sehr zerbrechlich, aber unter dieser Zerbrechlichkeit, unter dieser Zartheit spüre ich eine pulsierende Kraft und eine beinahe greifbare Wut und Entschlossenheit. Ich nippe vorsichtig an dem heißen Tee und fühle, wie mich seine Wärme belebt.

»Was wollen Sie wissen?«, fragt Ludmilla nun. Die Aufgabe des Erinnerns und des Erzählens wird sie, zumindest kurzfristig, von der Trauer um ihre Freundin ablenken. Mit einer grazil anmutenden Geste dreht sie das lange Haar zu einer Spirale, um es dann geschickt zu einem Knoten zu schlingen und mit einer Klammer, die sie aus der Tasche ihres Kleides zieht zu fixieren.

»Erzählen Sie einfach, was Ihnen gerade einfällt. Wie hat Delia gelebt, mit welchen Leuten hat sie verkehrt, ihre Gedanken, ihre Träume, ihre Pläne – eben alles, was uns ein Bild von ihr und ihrem Leben vermitteln kann. Die meisten Morde sind Beziehungstaten, was bedeutet, dass der Täter im Umfeld des Opfers zu finden ist. Darum ist es wichtig, so viel wie möglich über das Leben und das Umfeld zu erfahren.«

Sie schaut an mir vorbei und beginnt zu sprechen; ihre Stimme ist so leise, dass ich mich nach vorne in ihre Richtung lehne.

»Wir waren das, was man beste Freundinnen nennt. Sie wissen schon, was ich meine, man erzählt sich gegenseitig alles, auch Dinge, die einem sonst vor Scham in den Boden versinken lassen würden. Delia war nicht nur eine wunderbare Frau, sie war auch eine hervorragende Journalistin. Sie erzählte mir einmal, dass das Schreiben schon von Kind an ihr Traumberuf gewesen wäre; sie wollte Schriftstellerin werden. Delia liebte Geschichten und sie ging in ihrer Arbeit auf, sie war erfolgreich und arbeitete hart dafür und wenn sie an einer Sache dran war, gab sie keine Ruhe und setzte alle Hebel in Bewegung, um auch noch das kleinste Detail zu erfahren. Bei ihr gab es keine Story, die nicht hundertprozentig recherchiert war. Das, ihre Integrität und dass sie niemals ein Urteil fällte über etwas, das machte ihren Erfolg letztendlich aus. Das ging ihr immer vor. Ich habe sie vor fünf Jahren kennen gelernt. Über Antonia. Antonia und Delia kannten sich schon länger. Delias Privatleben was Männer betrifft war eher unspektakulär. Ich muss so weit ausholen, damit Sie das, was ich Ihnen erzählen möchte, auch verstehen können.«

Ludmilla macht eine Pause, in der sie die Tassen mit dem minzeduftenden Tee nachfüllt. Während ich ihr zuhöre und sie betrachte, entsteht in mir das Gefühl, dass das eine Art Einleitung ist, eine Einleitung zu etwas, das ihr ernsthaft Kopfzerbrechen macht. Wobei ich denke, dass sie sich dessen nicht bewusst ist.

»Vor einiger Zeit kam sie und erzählte mir von einem Mann, den sie bei einer Recherche im Internet kennen gelernt hätte. Milla, sagte sie, ich glaube, ich habe mich verliebt. Sie wusste nicht, was sie tun sollte. Aber es hatte sie dermaßen erwischt, wie sie es ausdrückte, dass sie es Hagen sagen wollte. Ich fand es nicht schlecht, denn ich hatte das Gefühl, dass Hagen und Delia nicht zusammen passten. Sie wirkte aufgekratzt, aber so glücklich, wie ich sie noch nie erlebt hatte. Doch kurz darauf war sie wie umgedreht. Zwar kam sie mich häufiger besuchen, doch war sie dann schweigsam und grüblerisch. Das war das Schwierige an Delia: sie ließ mich zwar wissen oder besser spüren, dass etwas nicht in Ordnung war, aber sie sprach nicht darüber. Einmal nur sagte sie, irgendwas stimme nicht. In der Regel sprach sie erst über ihre Probleme, wenn sie für sich eine Lösung gefunden hatte. Eine Bemerkung jedoch machte sie und die will mir einfach nicht mehr aus dem Kopf.«

Ich fühle Ludmillas Kampf zwischen Verständnis für die Freundin einerseits und Loyalität ihr gegenüber andererseits.

»Es wird ihn vernichten und alles Gute was er bisher geleistet hat, wird nicht mehr zählen, das war es in etwa, was sie sagte. Doch als ich wissen wollte, von wem oder von was sie denn spricht, hat sie abgelenkt, hat mir einfach nicht geantwortet. Daraufhin wurde sie, wenn möglich, noch verschlossener als vorher. Sie quälte sich offensichtlich mit einer schwierigen Entscheidung.«

»Könnte das die Aussprache mit Hagen Trondheim gewesen sein? Wie uns erzählt wurde, galt er als sehr eifersüchtig.«

»Kann sein, dass es um diese Entscheidung ging. Ich weiß es nicht. Es stimmt, Trondheim war sehr eifersüchtig. Delia hat sich manchmal darüber beklagt.«

»Der Mann, in den sie sich verliebt hatte, wer war das?«

»Luzius von Baeriswyl. Aber der war genauso eifersüchtig.«

»Haben Sie Luzius von Baeriswyl jemals kennen gelernt?«

»Sie hat ihn ein paar Mal mitgebracht.«

»Erzählen Sie mir von ihm«, fordere ich sie auf.

»Wir verstanden uns auf Anhieb gut, die letzte Zeit hat er öfter mal angerufen und wollte wissen, was mit Delia los sei. Leider konnte ich ihm da auch nicht weiterhelfen.«

Sie scheint in Gedanken an jene Stunden versunken. Mir fällt die rothaarige junge Frau ein, die der Nachbar bei Delia gesehen hat und ich frage Ludmilla, ob sie wisse, wer das gewesen sein könnte.

Sie schüttelt nachdenklich den Kopf und antwortet:

»Tut mir Leid, das weiß ich nicht. Sie hat nie von einer rothaarigen Frau erzählt.«

»Um noch einmal auf Hagen Trondheim zurückzukommen: Sie sagten, die beiden passten nicht zusammen und deuteten zumindest an, dass sie nicht glücklich war.«

Ludmilla umschlingt ihre Beine mit beiden Armen, ihre Stimme klingt erst zögerlich, dann bestimmter. »Ich bin bei dieser ganzen Sache gewiss nicht objektiv und wenn ich Ihnen sage, dass ich ihn nicht besonders mochte, stimmt das. Es hat aber trotzdem nicht viel damit zu tun, dass ich der Meinung war, dass die beiden nicht zusammen passten. Vielleicht war es auch nur deshalb, weil er sie nicht glücklich machte. Es war so eine Kopfsache zwischen den beiden. Es mag eine gute Sache sein, mit jemand eine Beziehung zu haben, der einem intellektuell ebenbürtig ist, mit dem man fachsimpeln kann. Und trotzdem, sie war nicht glücklich.«

Ludmilla steht auf und wirft ein paar große Scheite Holz in den Ofen. Gierig greifen die Flammen nach der Nahrung, lodern prasselnd auf. Sie streift sich die Hände an ihrem Kleid ab, bevor sie sich wieder an den Tisch setzt. Einen Moment sitzen wir gedankenverloren und betrachten durch das Butzenfenster die wirbelnden Schneeflocken, lauschen dem knisternden und krachenden Kampf der Holzscheite mit den Flammen im Ofen.

Als sie fortfährt klingt ihre Stimme melancholisch. »Da ist noch etwas und die ganze Zeit überlege ich, ob ich es Ihnen sagen soll, aber es wird wohl das Beste sein. Das Problem ist nur, dass es so ganz und gar nicht zu Delia passt und Sie damit zwangsläufig ein einseitiges Bild von ihr bekommen werden. Ich weiß, dass das Ihr Beruf ist und auch dass Sie sagen werden, manchmal kennt man die Menschen nicht, mit denen man zu tun hat. Es schmerzt mich trotzdem, weil ich es nicht verstehen kann und vielleicht auch gar nicht will.«

Ich lächle sie aufmunternd an: »Ja, manchmal passt es uns nicht, was wir über andere erfahren, weil es nicht in unser Bild passt. Das ändert aber nichts an der Tatsache, dass die wenigsten Menschen so sind, wie wir glauben, dass sie sind. Wir entwerfen ein Bild von ihnen, dem sie oft kaum entsprechen können.«

Das sollte tröstlich klingen, doch was tröstet einen schon darüber hinweg, jemanden, den man liebte, nicht gekannt zu haben.

»Erzählen Sie es mir einfach. Es geht nicht darum eine Biografie über Delia zu schreiben, es geht darum, ihren Mörder zu fassen. Und dazu müssen wir so viel wie möglich wissen.«

Sie gibt sich einen Ruck. »Am 18. Dezember hatte ich Geburtstag. Ich hatte ein paar Leute eingeladen, natürlich auch Delia, und wir feierten hier in kleinem Kreis. Delia hatte ziemlich viel getrunken und wollte nicht mehr nach Freiburg fahren. Sie übernachtete hier. Am nächsten Morgen musste sie früh aufbrechen, weil sie einen Termin hatte. Erst als sie schon weg war, bemerkte ich, dass sie ihre Aktentasche hat liegen lassen.

Ich versuchte sie auf dem Handy zu erreichen, bevor sie in Freiburg ankam, aber sie hatte es ausgeschaltet. Ich stellte die Tasche hier in der Küche auf einen Stuhl, um mich selbst daran zu erinnern, sie später noch einmal anzurufen, um ihr zu sagen, dass die Tasche hier wäre. Inzwischen aber hat Gawain, das ist mein Hund, in der Tasche Süßigkeiten vermutet – er ist verrückt nach Pralinen – und sie heruntergezogen und den Inhalt auf dem Küchenboden verteilt. Beim Aufsammeln ist mir etwas in die Hände gefallen, das ich mir nicht erklären konnte, obwohl es doch nicht so uneindeutig war.«

Die Ruhe, die sie die ganze Zeit über ausstrahlte, scheint mit einem Schlag vorbei, sie wirkt nervös, als sie die Tasse zwischen beide Hände nimmt und daran nippt.

Sie fährt fort: »Es ist nicht ganz einfach auszudrücken, was genau ich verspürte bei der Lektüre – und ich konnte, obwohl es mich nichts anging – nicht mehr aufhören mit lesen. Es war als wäre sie ... das klingt übertrieben, ich sage es trotzdem, es war als wäre sie besessen gewesen .... oh Entschuldigung ... Sie müssen es lesen, sonst können Sie nicht verstehen, was ich meine. Warten Sie einen Moment ...«

Sie steht auf und geht aus der Küche. Ich höre ihre Schritte auf der Treppe und das Öffnen und Schließen einer Schranktür im Stockwerk darüber, dann wieder das Knarren der Treppenstufen, als sie nach unten kommt. Sie hat ein paar lose Blätter in der Hand die sie mir wortlos überreicht.

Ich lese. Ich spüre wie sie mich beobachtet. Gebannt. Abwartend.

E-Mail von Thamus an Favea:

»*Gefährtin,*

meine Sucht nach deiner verdorbenen Seele ist so quälend. Mich dürstet nach deinem brodelnden Blut. Ich brauche deinen Körper, will deinen Geilsaft schlürfen, mich an deinen bösen Gedanken wärmen, an dem Geruch deines Fleisches laben. Fahre zur Kühlung meiner Not wenigstens in meine Lenden und erfülle mich. Steigere meine Sehnsucht noch mehr, mach uns beide zu besessenen, hörigen, voneinander abhängigen, geilen und furchtbar bösen Seelen! Ich liebe dich Favea

Hail Satanas«

Auf dem nächsten Blatt ist der Ausdruck eines Chats zu lesen.

Thamus: Ich spüre die Notwendigkeit, es drängt, das weißt du!

Favea: Ich bin dein.

Thamus: Was bindet dich noch ans irdische Leben, außer meiner Existenz?

Favea: Nichts, rein gar nichts!

Thamus: Favea – ist es Liebe?

Favea: Es ist Liebe, mein dunkler Gefährte!!

Thamus: Wie kannst du sicher sein, Favea, du kennst mich nicht –

Favea: Ich weiß wer du bist, ich kenne dich. Ich habe Jahrhunderte auf dich gewartet.

Thamus: Ich will dich besitzen und meine Seele in deinen Körper ficken, du Göttin meiner Lust! Jeden Tag aufs Neue, bis du ganz von mir erfüllt bist und ohne mich nicht mehr leben kannst. Ich will dich zu meiner Gefährtin und Geliebten, zu meiner Gattin machen und die Welt aus den Angeln heben – durch unsere geile Lust und mentale Kraft ein Inferno verursachen und vor Geilheit und Zügellosigkeit vergehen.

Ich schlucke und lese es noch einmal. Eine eigentümliche Kraft geht von diesen Sätzen aus; ein Strom aus Begierde und Abscheu erfasst mich.

»Ich weiß nun, was Sie meinen mit besessen«, sage ich, »es ist das Wort, das sich einem beim Lesen aufdrängt. Sie sagen, das war am 18. Dezember. Also drei Tage vor ihrem Tod. Haben Sie sie darauf angesprochen und wenn ja, was war Delias Antwort?«

»Leider hatte ich keine Gelegenheit mehr dazu. Sie wollte die Tasche in den nächsten Tagen abholen. Doch dazu kam sie nicht mehr.«

»Das heißt diese Tasche ist noch hier?«

»Ja. Warten Sie, ich werde sie holen.«

Abermals höre ich sie die Treppen hoch und wieder herunter steigen.

»Wie wirkte sie am Telefon? Konnten Sie heraushören, ob sie Bedenken wegen des Inhaltes hatte?«

»Nein. Sicher nicht. Ich hätte ja auch niemals von mir aus die Tasche geöffnet und Delia wusste das. Es war ja nur, weil Gawain die Tasche geöffnet hat und ich die Blätter einsammeln musste.«

Im Stillen frage ich mich, warum wir das bei Delias Dateien nicht gefunden hatten.

»Haben Sie eine Ahnung, wer Thamus ist? Hat Delia jemals von ihm erzählt?«

Sie schüttelt gedankenverloren den Kopf.

»Nein, niemals. Ich habe keine Ahnung, wer das ist und was es mit diesen seltsamen Mails auf sich hat. So war Delia nicht.«

Mir fällt etwas ein, was Luzius von Baeriswyl erwähnt hat, als er mich auf Ludmilla aufmerksam machte: »Was hat es mit den Hexen auf sich? Baeriswyl erwähnte das.«

Sie runzelt die Stirn, ihre Züge verschließen sich, als sie mir antwortet: »Diese Gruppe gibt es nicht mehr. Ich sage es ungern, aber Delia hatte einen nicht geringen Anteil an der Auflösung dieser Gruppe.«

»Aber das hatte nichts mit dem Satanisten zu tun?«

Ludmilla lächelt dieses schüchterne, zurückhaltende Lächeln und sagt: »Das hat es nicht. Ich werde versuchen, es mit ein paar Worten zu erklären. Der Hexenkult gründet in einer matriarchalischen Urreligion, die Göttin wird verehrt als Jungfrau, Mutter und weise Alte. Der Jahresverlauf spielt für die Hexen eine große Rolle; ebenso das Werden und Vergehen der Natur. Die jahreszeitlichen Übergänge werden mit den Sabbatfesten begangen. Am ehesten bekannt dürfte Ihnen Beltane sein, besser bekannt als Walpurgisnacht. Der Kult lässt sich allein ausüben oder in einer Gemeinschaft, dem Konvent. Bewusstseinserweiterung wird angestrebt und

Magie ausgeübt. Der Hexenkodex lautet: Jeder kann tun und lassen, was er mag, solange es niemanden schadet. Leider vermischt der Durchschnittsbürger mit seinen Vorurteilen und naiven Vorstellungen Satanismus und Hexenglauben all zuoft.«

Je näher ich hinschaue, desto verschwommener wird das Bild. Ich bekomme den Menschen Delia nicht zu fassen. Und schon gar keine Erklärung, warum sie sich so seltsam benommen hat.

»Warum hat sich die Gruppe aufgelöst und welchen Anteil hatte Delia daran?«

Sie beißt sich mit den Zähnen auf die Lippen und nimmt noch einen Schluck aus der Tasse. »Es ging letztendlich darum, dass wir uns nicht einigen konnten über bestimmte Inhalte unserer Rituale.« Augenscheinlich spricht sie ungern darüber, und die Antwort nach Delias Anteil an der Auflösung der Gruppe bleibt sie mir schuldig. »Ich brauche die Namen der Frauen, die zur Gruppe gehörten.«

»Das waren außer Delia und mir noch Antonia Martinelli, Hanne Albert, Susanne Stein und Lydia Marquardt. Wahrscheinlich brauchen Sie die Adressen – ich hol sie Ihnen, Moment«, mit diesen Worten geht sie zum Schrank und kommt mit ihrem Adressbuch zurück. Sie schlägt es auf und holt eine lose eingelegte Seite heraus, die sie mir reicht. Erklärend fügt sie hinzu: »Hanne, Lydia und Susanne sind erst vor kurzem nach Neuseeland ausgewandert, die Adressen habe ich hier – die von Antonia brauche ich nicht nachzuschlagen ...«

Nachdem ich mir die Namen und Adressen der Frauen aufgeschrieben habe, klappe ich mein Notizbuch zu und bedanke mich bei ihr für das Gespräch und ihre Offenheit.

Als ich aufstehe und meine Jacke von der Stuhllehne nehme, spüre ich in Ludmillas Haltung ein kaum merkliches Zögern. Sie schnäuzt sich noch einmal die Nase und räuspert sich.

»Da gibt es noch etwas, was Sie wissen sollten.« Offensichtlich fällt es ihr nicht leicht auszusprechen, was ich noch wissen sollte.

»Und es wäre mir recht, wenn es nach Möglichkeit außer der Polizei niemanden bekannt wird.«

»Das kann ich nicht versprechen. Wir ermitteln in einem Mordfall. Aber wir werden so diskret wie möglich vorgehen.«

Sie schluckt, schaut an mir vorbei, als sie mit belegter Stimme sagt:

»Sie war ein ... Callgirl.«

Ihre Worte fallen wie Tropfen in einen Teich, ziehen ihre stillen Kreise. Das Ticken der Uhr, Funkengeknister im Ofen, das schnarrende Geräusch eines vorüber fahrenden Autos, in der Ferne das Bellen eines Hundes und Kinderlachen.

»Sie ließ sich dafür bezahlen mit Männern ins Bett zu gehen.« Jetzt höre ich Wut aus ihren Worten, auch ein bestimmter Nachdruck liegt darin, als müsste sie sich selbst vom Wahrheitsgehalt dieser Aussage überzeugen.

Das war es, was ihr nicht erlaubt hatte, ihrer Trauer freien Lauf zu lassen. Das hatte sie gequält. Das Wissen darum, dass ihre beste Freundin, die sie liebte, etwas tat, was sie zutiefst verabscheute.

»Sie war eine Hure.« Es ist, als würde sie den Text für eine Theateraufführung proben und ich weiß instinktiv, dass ich der erste Mensch bin, dem sie davon erzählen kann.

»Wissen Sie, Ludmilla«, ich knie mich neben ihren Stuhl und nehme ihre Hände in meine, »es ist keine Kunst, kein Verdienst jemanden zu lieben, der perfekt ist, jemanden, der den eigenen Idealen entspricht. Aber für jemanden sein Herz schlagen zu lassen, den man nicht versteht, dessen Handlungen einem unbegreiflich sind, jemanden zu lieben, der alles tut, was man selbst verabscheut: das ist der wahre Kern der Liebe.«

Ludmilla weint. Still fädeln sich ihre Tränen wie Perlenschnüre über die Wangen. Ich halte noch immer ihre Hände in den meinen.

»Ich kann es einfach nicht verstehen. Sie müssen wissen, Delia war nicht der Typ, der sich auf Männergeschichten einließ, sie war sehr zurückhaltend und hatte, gerade was Prostitution betraf, sehr klare Vorstellungen. Sie nannte es moderne Sklaverei, übelste Ausnutzung und dergleichen mehr. Darum ist es mir so unverständlich. Nicht nur die Tatsache, dass sie das getan haben soll, was für sich betrachtet, schon schlimm genug ist, sondern, dass alles was sie vorher an Überzeugung hatte, anscheinend geheuchelt war. Dass sie mir und anderen etwas vorgelogen hat. Das ist es, was mich so schmerzt.«

»Was ich nicht verstehe, warum hat sie Ihnen das erzählt? Sie musste doch wissen, was Sie davon halten.«

Ludmilla fährt sich mit dem Ärmel ihres Kleides über das tränennasse Gesicht.

»Sie hat es mir nicht erzählt. In ihrer Aktentasche, in der auch diese Blätter waren, lag ein gelbes Faltblatt *Why not* stand oben drauf. Das war wohl der Name der Agentur, beschrieben waren die Vorgehensweise, die Art der Abrechnung ...«

»Wissen Sie noch, was genau da stand?«

Als hätte sie es auswendig gelernt, sagt sie den Inhalt des Faltblattes auf: »Die Agentur erhält den Anruf eines Kunden, der seine Wünsche mitteilt. Daraufhin sucht die Agentur eine Frau aus, gibt ihr die Nummer des Freiers durch. Beim Eintreffen und Verlassen des Kunden ruft die Frau die Agentur an, um zu sagen, dass alles in Ordnung ist.«

»Brauchte sie so dringend Geld, dass sie sich prostituieren musste?«

»Ich weiß es nicht. Ich habe so oft darüber nachgedacht, es sah einfach nicht so aus, als hätte sie Geldprobleme. Aber wer weiß, vielleicht hat sie mit Aktien spekuliert oder so was in der Art. Ich kann es mir nicht erklären. Auch die Sache mit diesem Thamus nicht.«

»Könnte es nicht auch sein, dass sie nur recherchierte und Sie das missverstanden haben«, gebe ich zu bedenken.

Ein feines Rot zieht sich von der Nasenspitze zu den Schläfen hoch und sagt mir, dass sie noch nicht alles erzählt hat.

Sie senkt den Blick und hält sich mit den Fingerspitzen beider Hände die Schläfen.

Sie flüstert etwas, das ich nicht verstehen kann.

»Ludmilla, ich habe es nicht verstanden. Sagen Sie es bitte noch einmal.«

Mit immer noch leiser Stimme, aber ihren Blick fest in meinem verhakt, antwortet sie: »Da gab es einen Anruf, am Abend meines Geburtstages. Ich konnte mir keinen Reim drauf machen ... sie notierte sich eine Telefonnummer und sprach mit jemanden namens Michael. Sie ging dann ins Schlafzimmer und ich konnte nur bruchstückhaft verstehen, was sie sagte.« Sie macht eine Pause.

»Was sagte sie denn?«

»Sie ... sie beschrieb sich ... schwarzes kurzes Haar, schlank, grüne Augen, scharfe Titten, Süßer, sagte sie ... und ... und ... wenn du es brauchst, kannst du meine Stiefel ... spüren ... mehr verstand ich nicht.«

Das nehme ich ihr nicht ganz ab; ich glaube, es ist ihr einfach nur zu peinlich, das ganze Gespräch wiederzugeben.

»Hören Sie, das könnte doch Teil der Recherche gewesen sein«, gebe ich zu bedenken.

»Möglicherweise«, antwortet sie, scheint aber alles andere als überzeugt.

»Ich habe gehört, sie hat nicht darüber gesprochen, wenn sie an einer Sache arbeitete.«

»Mit mir schon.«

»Gibt es diese Broschüre auch noch?«

Sie schüttelt den Kopf, sagt mit leiser Stimme: »Ich weiß, das hört sich kindisch an, aber ich habe sie vernichtet, in der naiven Annahme, es würde sie abhalten von ...«

Ich weiß, was sie meint, es ist wie bei den kleinen Kindern, die sich die Augen zuhalten und der Überzeugung sind, dass die anderen sie nun nicht mehr sehen. Meine Gedanken überschlagen sich. Ich frage mich, ob wir bei der Wohnungsdurchsuchung geschlafen haben, sie muss doch sicher irgendwo etwas gehabt haben, was darauf hinweist.

Als ich aus der Wärme des Hauses trete, schlägt mir der schneidend eisige Wind eines Dezemberabends entgegen. Ich registriere, dass es inzwischen aufgehört hat zu schneien. Wohlig gelbes Licht dringt aus den Fenstern, aus dem Schornstein kräuselt sich der Rauch senkrecht nach oben. Mein Blick folgt ihm in einen sternenklaren Himmel, an dessen östlichem Horizont der orangefarbene Ball des Mondes prangt. Manchmal wird mir schwer ums Herz bei soviel Schönheit, für die nicht ein einziger Mensch seinen Finger rühren musste.

10

Wir werden dich gemeinsam zerstören
Du wirst meine Peitsche schmecken aus
Ihrer Hand und sie wird nicht Lust,
Sondern Zerstörung bringen!
Thamus an River Phoenix

Ist es so einfach? Liegt hier der Schlüssel zur Aufklärung des Mordes an Delia Landau? Wurde sie das Opfer eines Freiers? Ich bin ihr nie begegnet; ich habe nie vorher etwas von ihr gehört, außer, vielleicht den ein oder anderen Artikel von ihr gelesen. Ich kann es nicht erklären, auf eine völlig irrationale Weise fühle ich mich um etwas betrogen.

Ich knipse das Licht in meinem Büro an und lege das Material, das ich von Ludmilla habe, auf den Schreibtisch. Die Luft im Raum ist heiß und stickig; ich drehe die Heizung ab und öffne die Fenster. Ein Schwall kalter Luft kommt mir entgegen; an den Fensterrahmen gelehnt, genieße ich den kurzen Moment der Ruhe, um Kraft für die nächsten Stunden zu sammeln. Dann schließe ich das Fenster und lasse einen Kaffee durch die Maschine laufen, obwohl mein Magen alleine bei dem Gedanken an Kaffee rebelliert. Vielleicht werden es spätere Generationen einmal leichter haben, unser Leben mit Hilfe dieser Chips und Bytes und Bits zu rekonstruieren, als die heutigen Forscher und Wissenschaftler, die sich noch mit vergilbtem Papier und in Stein geritzten Zeichen rumschlagen müssen.

Gegen den Einwand von Ranzmayr habe ich mich dafür entschieden, Delias Computer weiterhin am Netz zu lassen. Diese Entscheidung war mehr von einem Gefühl getragen, als von rationalem Denken. So fahre ich also nun Delias Computer hoch und logge mich ein. Es sind mehrere neue E-Mails eingegangen. Darunter Agenturmaterial für Journalisten, eine E-Mail von einem Mann namens Andreas, der sie aus Irland grüßt, einige Junkmails und eine, in deren Absenderfeld lediglich eine Zahl steht. Ich öffne sie und pralle zurück. Auf einem schwarzen Hintergrund prangt in dicker roter Schrift die Nachricht: »*Die Macht Satans wird jeden töten, der es wagt, sich ihm entgegenzustellen! Der Herr der Finsternis lebt – Hail Satanas!*« Unter dem Text blinkt das umgekehrte Pentagramm. Wie gebannt starre ich auf den Bildschirm. Meine Kopfhaut prickelt. *Hail Satanas!* Mit genau diesen beiden Worten waren auch die Ausdrucke, die mir Ludmilla gegeben hat, unterzeichnet. Wenn da der viel zitierte Freund Zufall seine Finger im Spiel hat, will ich nicht mehr Elza heißen. Und ich wette auch noch um das Linden, dass diese E-Mail keinen Absender hat, dem man Hallo sagen kann. Ranzmayr. Ich wähle seine Nummer, er muss neben dem Telefon gestanden haben, denn er ist sofort in der Leitung und meldet sich mit mürrischer Stimme.

»Linden, was gibt's?«

»Hast du einen Kurs in Hellsehen belegt?«

»Schon das Klingeln des Telefons ist anders, wenn du anrufst«, grient er ins Telefon. Natürlich, meine Nummer erscheint auf seinem Display, wenn ich anrufe. Das vergesse ich immer wieder.

»Ich brauch dich hier. Wann kannst du hier sein?«

»Was gibt es denn?«

»Ich habe mich in Landaus Computer eingeloggt und habe hier eine Mail, die an sie adressiert war.«

»Das ist sicher ein netter Grund, mich anzurufen ...«

»Ranzmayr, du solltest mich wirklich besser kennen. Es ist, wenn mich nicht alles täuscht, eine anonyme Mail. Ich möchte, dass du den Absender ermittelst. Wie lange dauert das?«

»Kann ich so nicht sagen? Schick es mir mal rüber.«

Ich klicke auf den Button weiterleiten, schreibe Ranzmayrs E-Mail-Adresse in das Feld Empfänger und schicke die Datei fort.

Inzwischen ist der Kaffee durchgelaufen und ich gieße mir eine Tasse ein, zünde mir eine Zigarette an und stelle mich ans Fenster, um mein Spiegelbild zu betrachten. Als ich meine schlechte Haltung gespiegelt sehe, straffe ich meinen Rücken und spüre augenblicklich, wie verspannt und müde ich bin. Ich schneide meinem

Spiegelbild eine Grimasse, da reißt Morten fluchend die Tür auf.

»Was ist denn mit dir los?«

»Dieser Idiot«, schimpft er in der gleichen Lautstärke weiter, »man müsste ihm verbieten je wieder ein Auto überhaupt nur anzuschauen ...« Mit Schwung lässt er sich auf meinen Bürostuhl fallen. Ich setze mich auf den Rand des Schreibtisches.

»Du sprichst in Rätseln, mein Freund und Kollege.« Obwohl ich ahne, wovon er spricht; Mortens Ansicht nach dürften zirka 99,9 Prozent der Auto fahrenden Bevölkerung sich niemals hinter das Steuer setzen. Da ist er eigen.

»Dieser Armleuchter fährt mir doch ungebremst hinten rein, wahrscheinlich hat er vergessen, wo sich das Bremspedal befindet. Ich stehe friedlich an der roten Ampel vor dem Theater und rums macht es und dieser Twingo – wenn ich diese Autos schon sehe – fährt mir hintendrauf.«

»Und wie schlimm sieht es aus? Totalschaden?«

Morten zieht sich umständlich die Jacke aus und murmelt etwas, das ich nicht verstehen kann.

»Was sagtest du?«

»Ich sagte, die Stoßstange ... ich meine, die sieht ein bisschen schräg aus ... sieht so aus, als müsste ich ihn morgen in die Werkstatt bringen.«

Ich kann nichts machen, ich muss einfach lachen; ich kann überhaupt nicht mehr damit aufhören. Zwischen den Lachanfällen sage ich: »Die Stoßstange ist ein bisschen schräg! Meine Güte, Morten – die Stoßstange ist schräg.«

Aus den Schlitzen seiner Augen, wirft er mir wütende Blicke zu.

»Es freut mich zu sehen, dass mein Unfall deine gute Laune nicht nur in keinster Weise beeinträchtigt, sondern dich regelrecht zu erheitern scheint.«

Als ich mich wieder gefangen habe, hole ich die Kaffeekanne, fülle noch eine Tasse mit Kaffee und reiche sie Morten. An seinen gespitzten Lippen und den leicht nach oben gezogenen Brauen, erkenne ich, dass sein Unmut noch nicht ganz verflogen ist. Er nuschelt ein verhaltenes danke.

»Was ist bei Trondheim rausgekommen«, frage ich, während ich mich auf dem Stuhl neben ihm niederlasse.

»Fehlanzeige. Der Herr war nicht anwesend.«

»Das gefällt mir nicht. Überhaupt nicht. In seiner Klinik war er auch nicht?«

»Nein. Da wurde er zwar erwartet, hat aber telefonisch abgesagt und die Visite einem anderen Arzt übertragen.«

»Konnte jemand sagen, warum er nicht da war? Oder zumindest wo er sich aufhalten könnte?«

»Niemand, ich habe praktisch alle, die heute Dienst haben, befragt. Was war bei der Francia? Hat sich da was ergeben, was uns weiterbringt?« Mortens Frage lenkt mich von der diffusen Beunruhigung über Trondheim ab.

»Das war mehr als ergiebig, wenn man so will. Sie sagte, Delia Landau wäre mit Leib und Seele Journalistin gewesen und ihr Liebesleben eher unspektakulär. Doch dann hat sie bei einer Recherche den Schweizer Luzius von Baeriswyl kennen gelernt. Die Francia meinte, Trondheim wäre ein beinahe schon krankhaft eifersüchtiger Charakter, aber Baeriswyl sei ebenfalls eifersüchtig, wenn auch nicht ganz so schlimm wie Trondheim. Und wenn sie mir nicht die anderen Sachen erzählt hätte, würde ich auf Trondheim als Täter tippen. Er hat meiner Meinung nach das Potential dazu.«

Morten legt nachdenklich die Stirn in Falten. Das Kinn in die Hand gestützt, meint er: »Das Potential zum Mörder? Haben wir das nicht alle?«

»Keine Diskussion jetzt um psychologische Feinheiten. Hör mir lieber zu. Allem Anschein nach hatte Delia Landau tatsächlich Kontakt zu einem oder mehreren Satanisten. Ich habe die Ausdrucke von diversen E-Mails und aufgezeichneten Chat-Unterhaltungen hier. Das zeig ich dir gleich. Dann gibt es noch Hinweise darauf, dass Delia Landau als Prostituierte gearbeitet hat.«

Morten schaut mich ungläubig an, kratzt sich ratlos am Kopf.

»Als Prostituierte? Wie denn das ... ich meine, ich denke, sie war Journalistin. Jetzt versteh ich gar nix mehr.«

Ich berichte ihm von Ludmillas Fund und dem Telefongespräch, das sie mitgehört hat. Die Hände in den Hosentaschen geht er im Raum auf und ab, hört kopfschüttelnd zu. Als ich mit meinem Bericht fertig bin, drücke ich ihm die bei Ludmilla gesicherten Ausdrucke in die Hand.

»Wenn Trondheim davon Wind bekommen hat, war das Wasser auf die Mühlen seiner Eifersucht. Was hat diese Frau eigentlich getrieben? Ihren zukünftigen Ehemann genauso betrogen, wie ihren Liebhaber? Satansanhängerin? Hure? Meine Güte!«

»Bevor du dich festbeißt – noch ist nichts erwiesen! Verdammt, wir wissen einfach noch zu wenig!«

Schweigend hängen wir eine Weile unseren Gedanken nach, bis mir einfällt, dass ich ihm die anonyme E-Mail, die ich vorhin auf Delias Computer geöffnet habe, noch nicht gezeigt habe.

»Ich habe vorhin die Mails auf Delias Notebook geöffnet. Die eine solltest du dir mal anschauen.« Ich klicke die E-Mail auf.

Lautlos formen seine Lippen die Worte, die auf dem Bildschirm erscheinen: »*Die Macht Satans wird jeden töten, der es wagt, sich ihm entgegenzustellen!* Ein Spinner?«, sagt er laut mehr zu sich selbst, »im Netz gibt es massenhaft solcher Chaoten«, lautet sein lapidarer Kommentar und anschließend: »Wem soll das denn Angst einjagen? Delia Landau ist tot! Sie wird das mit Sicherheit nicht mehr beeindrucken.«

»Im Zusammenhang mit dem restlichen Material bekommt das jedoch einen anderen Charakter.«

Ich gieße Kaffee nach. Morten winkt ab.

»Ich bin nicht wie du und kann mich von Kaffee

und Arbeit ernähren. Ich würde einen Wein bevorzugen.«

Gleichzeitig zieht er aus den Tiefen seiner Jackentasche eine durchsichtige, mit Sternen bedruckte Tüte Weihnachtsplätzchen.

»Die hab ich von Frau Olsen, du weißt schon, die Rothaarige an der Pforte, die eine Schwäche für mich hat.«

Er grinst. Frau Olsen ist sicher tief in den Siebzigern und bessert ihre Rente auf, indem sie Portierdienst an der Pforte macht – und sie hat tatsächlich eine Schwäche für Morten Perini. Manchmal sagt sie, mit einem Augenzwinkern und einem mädchenhaften Lächeln im Gesicht – wenn ich ein paar Jährchen jünger wär' – und schnalzt mit der Zunge.

»Ah, Glück gehabt«, aus dem Schrank, in dem ich Kaffee, Zucker und Tassen aufbewahre, zaubere ich eine Flasche Rotwein.

»Du hortest das Zeug hier, was?« lacht Morten und vertieft sich noch einmal in die Ausdrucke von Mail und Chat.

»Weißt du, was das ist?«

»Ich finde, es sieht aus wie Rotwein.«

»Ignoranten und Banausen kommen in die Hölle, Morten Perini, du würdest auch rote Brause für Wein halten, solange sie in einer Flasche ist und Wein drauf steht.« Ich halte ihm das Etikett unter die Nase.

»Ein Rothschild?«

»Nur Neureiche trinken Rothschild. Das hier ist ein

Doktorgarten, die Premiumlinie von Blankenshornsberg«, sage ich.

Er nickt ignorant und liest weiter. Ich durchstöbere meine Schubladen nach einem Korkenzieher, finde ein lange vermisstes Taschenmesser und entkorke damit die Flasche. Die Kaffeereste aus den Tassen schütte ich in die trockene Erde einer Pflanze, von der ich annehme, dass es sich um die Reste eines Alpenveilchens handelt. Sicher bin ich nicht. Dann fülle ich die Tassen mit dem Wein. In der Not frisst der Teufel Fliegen, hat meine Großmutter immer gesagt – ich habe keine Weingläser im Büro. Während Morten in die Lektüre versunken ist, betrachte ich ihn. Sein inzwischen nackenlanges, sandfarbenes Haar, seinen sehnigen Körper, am Bauch setzt er etwas an, die geradlinigen Hände; ich habe den Wunsch, ihn zu berühren, so, als wollte ich mich seiner Realität vergewissern. Stattdessen zünde ich mir eine Zigarette an und gehe vor dem Fenster auf und ab. Ich weiß, ich rauche zuviel, komme ich meiner inneren Stimme, dieser Nervensäge, zuvor, also halt die Klappe. Es hat wieder angefangen zu schneien, kleine, dünne Flocken, die der Wind nach Osten treibt.

Ich wende mich ab von diesem Schauspiel, Morten schiebt die bedruckten Blätter aufeinander und legt sie auf die Seite. »Harter Tobak«, meint er nach einer kurzen Pause und hält mir ein Blatt davon zum Lesen hin.

»Was hat das zu bedeuten? Sag mir Elza, was ist das?«

»... Ich glaubte deine Augen zu sehen ... du hast dein Blut geil auf dem Bauch verschmiert. Du sahst so fruchtbar aus. Deine Augen sahen unheimlich gierig und lüstern aus ... es war tierisch geil ... ich habe dich gerochen ... du hast an meinem Piercing gespielt ... ich habe deine Nippel geleckt, sie eingesogen und an ihnen gelutscht, das Blut auf deinem Bauch war so geil ... und dann bin ich explodiert und habe gespritzt und gespritzt ... ich war allein. Unendlich allein. Doch sehr gut aufgehoben in Gedanken an dich. Zufrieden. So eng verbunden mit dir, Geliebte!«

Hail Satanas, Gefährtin!

Ich kann Mortens Frage nicht beantworten, ich weiß nicht, um was es sich hier handelt.

»Was wissen wir eigentlich über satanische Rituale? Es könnte ein solches Ritual sein, vielleicht bei einer schwarzen Messe«, antworte ich vage.

»Er schreibt aber, er war allein, wenngleich auch gut aufgehoben in Gedanken an sie ...«

»Vielleicht ist es eine Metapher für ... wart mal ...« ich schließe die Augen und lasse mir Thamus' Sätze zwischen den Synapsen zergehen.

»Was er schreibt könnte auch auf Masturbation hinweisen – oder möglicherweise auf einen Zauber«, sage ich.

»Vielleicht. Aber was meinst du mit Zauber?« Morten runzelt fragend die Stirn.

»War nur so eine Idee – ich kann mir vorstellen, dass man in diesen Kreisen sicher an solche Dinge glaubt und sie praktiziert – schwarze Magie ...«

»Was mir durch den Kopf geht: haben wir es hier mit einem wirklichen Satanisten – was immer das sein mag – zu tun oder geht es hier um sadistischen Sex? Oder sind das Cyberspacespielchen?«

»Das eine muss das andere keineswegs ausschließen.«

Nachdenklich und ratlos sehen wir uns an.

»Ich werde das Gefühl nicht los, dass uns jemand mit der Nase auf diese Satanistensache stoßen möchte. Angenommen, dieser Thamus ist Delias Mörder, warum sollte er dann diese E-Mail schreiben? Wenn er in der Lage ist, seine Identität zu verschleiern, also eine anonyme E-Mail schickt, dann kann ich mir nicht vorstellen, dass er nicht darüber im Bilde sein sollte, dass wir seine Person über den Provider ausfindig machen können«, sage ich.

»Gegenfrage: Warum sollten diese kranken Gehirne normal funktionieren?«

»Wer sagt denn, dass da ein krankes Gehirn dahinter steckt, Morten? Mit solchen Begriffen zu jonglieren halte ich für gefährlich, zumindest bringt es uns kein Stück weiter. Weißt du was Claussen immer wieder sagt? Die wenigsten Mörder, die er bisher untersucht und beobachtet hat, wären geisteskrank, aber eben so wenig war einer von ihnen normal. Es waren alles Menschen mit Geistesstörungen. Aber trotz ihrer Geistesstörungen, die mit ihren sexuellen Interessen und ihrem Charakter zu tun haben, waren sie Menschen, die wussten, was sie taten, die wussten, dass das, was sie taten, falsch war, aber es trotzdem taten.«

Ich weiß noch genau, wie mich das damals auf der Uni beeindruckt hat, wie mich alles beeindruckt hat, was Professor Henning Claussen gesagt hat. Auf dem Gebiet der forensischen Psychologie ist er eine Koryphäe, dessen guter Ruf nicht nur der Universität Hamburg bekannt ist.

»Ja, ja. Claussen – und Elza Linden, die Fürsprecherin der Anhänger Satans«, spöttelt Morten.

»Mal angenommen Morten, du bist Thamus, mal angenommen, du hast aus welchen Gründen auch immer, Delia Landau ermordet, würdest du dann diese E-Mail schreiben, mit dem Pentagramm unterzeichnen und damit sozusagen rufen: hallo liebe Bullen, hier bin ich, schaut her, ich war's.«

»Das ist doch genau der Punkt, wir können ja nicht nachweisen, dass diese beiden identisch sind ...«

Ich weiß, wir müssen das Thema wechseln, ansonsten endet diese Diskussion in einem handfesten Streit.

»Weißt du, was seltsam ist? Dass wir in ihren ganzen Dateien nichts davon gefunden haben. Solange wir nur diese bruchstückhaften Ausschnitte haben, können wir uns nur ein ungenaues Bild machen. Das versteh' ich nicht. Es wurde doch an ihre Adresse geschickt. Wenn der Ranzmayr geschlampt hat, kann der was erleben.«

Ich greife gleich zum Telefonhörer und drücke auf die Wiederwahltaste.

»Linden, wir sind nicht miteinander verheiratet. Was ich zwar bedaure ...«

Ich unterbreche ihn. »Ranzmayr, ich habe hier Ausdrucke von E-Mail-Dateien, die an Delia gingen. Warum hast du die nicht gefunden?«

Kurzes, nachdenkliches Schweigen am anderen Ende.

»Vielleicht hat sie das Zeug gelöscht? Wo hast du das überhaupt her?«

»Hatte sie bei ihren Unterlagen. Das dürfte wirklich nicht passieren. Meines Wissens kann man auch gelöschte Daten rekonstruieren. Ich will das heute noch haben.«

»Mensch Linden, die hatte so viel Zeug auf ihrem Rechner, du hast doch mitgekriegt, dass wir uns erst einmal darum kümmern mussten.«

Das ist so gut wie ein Zugeständnis, dass er versäumt hat, die gelöschten Daten zu aktivieren, was mir allerdings schwerfällt zu glauben, Ranzmayr unterlaufen solche Fehler nicht.

»Ich brauche das. So schnell wie möglich. Jetzt sofort ... bitte.«

Damit lege ich auf.

»Mist. Verdammter Mist. Das dürfte nicht passieren, das dürfte einfach nicht passieren.«

»Elza, was regst du dich so darüber auf.«

Ich werfe ihm einen zornigen Blick zu. Ist er denn von allen guten Geistern verlassen? »Bist du denn von allen guten Geistern verlassen?« frage ich ihn denn auch. »Bei diesem hochexplosiven Material ...«

»Mach mal einen Punkt, es sind keine Geheimdateien der NASA oder der CIA ... oder?«

»Aber astreine Mordmotive; du kannst es doch lesen, es geht um Blut, um Opferungen – er grüßt mit Hail Satanas. Da sitzt der Mörder vor seinem Bildschirm, verschickt E-Mails auf den Rechner seines Opfers und macht sich über uns lustig. Und du meinst, ich soll halblang machen, du meinst ich soll mich nicht so aufregen?«

Doch Morten ist schon wieder in die Lektüre der von Ludmilla gefundenen und kopierten Ausdrucke vertieft.

»Hast du das schon gelesen?«

»Ich konnte nicht alles lesen bei Ludmilla, ich habe es teilweise nur überflogen. Warum, was ist das denn?«

Er drückt mir den Ausdruck einer E-Mail in die Hand.

Noch deine Stimme im Ohr – die verursachte Lust, die sie immer wieder aufs Neue gebiert und in schmerzhaften Spiralen durch meine Adern presst – gewahre ich diesen Dezembertag, der, wie keiner jemals war, da dein Herz und meines nur voneinander ahnten und sehnlichst wünschten, sich endlich zu finden. Die lodernde Lust nährt sich aus der Sehnsucht nach dir, dem Einen, ergreift Körper, Geist und Seele, nimmt mich gefangen in den Weiten des Universums. Während meine Schritte mich durch diesen eiskalten, klaren Morgen gleiten lassen, jeder Schritt im Takt unserer blutigen Lust und unserer Herzen und jeder weitere Schritt neue Lust erzeugt, spüre ich die feuchte Wärme unter dem glatten Leder. Die Brustwarzen sich aufbäumend, deine Zäh-

ne, die sich in mein Fleisch bohren und unsere dunklen Seelen, die sich gierig am purpurnen, zähen Rot unseres Blutes laben, nach deiner Haut, deinem Blut, deiner Seele und deinem Schwanz dürstend. Über mir die Raben in der flirrend kalten Luft. Wie nur konnte ich meine Tage dieses Lebens ohne dich sein; wie existieren, wo die Musik vergangener Jahrhunderte nur von dir klang und die Sehnsucht, diese alte, tiefe Sehnsucht nur von dir zu erzählen wusste.

Hail Satanas, Gefährte!

»Morten, das ist irgendwie ... ich weiß nicht, wie ich es anders ausdrücken soll ... schön. Es ist so poetisch ... und es macht mir Gänsehaut.«

»Du spinnst, Elza. Das ist perverser Mist. Dreck. Abschaum ...«

Wir schauen uns einen Moment schweigend an und bevor Morten etwas erwidern kann, kracht die Tür auf und Ranzmayr kommt hereingestürmt.

»Wenn ich euer kleines Tete-a-Tete störe, müsst ihr es nur sagen, dann bin ich schon wieder weg ...«

»Dir auch einen schönen Abend, Ranzmayr. Willst du einen Schluck Wein?« Ich lächle ihn an. Er verdreht die Augen.

»Ich bin im Gegensatz zu einigen anderen Leuten nicht zu meinem Vergnügen hier, aber warum nicht, gieß mir halt was ein. Also passt auf: die Identität dieser Mail ist nicht ohne weiteres feststellbar. Punktum.«

Ich reiche ihm meine Weintasse, die er mit einem Schluck leert.

»Das dachte ich mir, aber wie funktioniert so was?«

»Schau Süße, wenn dir einer einen Brief schickt und keinen Absender drauf schreibt, weißt du auch nicht von wem ...«

»Ranzmayr, ich warne dich –«

»Du machst ganz schön Stress Linden – o. k.«, und damit beginnt er einen seiner präzisen, hochkarätigen und genauso gefürchteten, und für Laien oftmals unverständlichen Fachberichte abzugeben, »es gibt verschiedene Möglichkeiten: es gibt im Internet Anbieter, die es als Dienstleistung verkaufen, anonyme Mails zu verschicken. Du unterhältst auf einem Server dieses Anbieters ein anonymes E-Mailkonto und das war's dann. Es geht aber auch spannender: und die anonyme Email wird x-mal über den Erdball gejagt. Hierzu wird die Absenderadresse aus dem Übertragungsprotokoll ausradiert. Damit kann der Empfänger die Mail nur noch bis zum Ausgangsserver zurückverfolgen. Würde man nun diese E-Mail mit ausradiertem Absender an einen Zwischenempfänger senden, der bei einem größeren Provider ein Konto (AOL oder T-Online) hat, dort ebenfalls wieder den Absender verschleiern und weiterleiten an den Zielempfänger. Und damit wäre auch der eigentliche Ausgangsserver nur mit größerem Aufwand aufzuspüren. Das kann natürlich verfeinert werden, indem weitere Empfänger dazwischen geschaltet werden. Aber so richtig perfide wäre eine saubere Übertragung mit absoluter Verschleierung durch ein kleines Microsoft-Visual-Basic-Application-Virus. Die Möglichkeiten sind grenzenlos: Nachteil: es ist auf Windowssysteme beschränkt. Und das geht so: Man schickt an einen beliebigen Kollegen eine E-Mail mit Winword-Anlage. Im Winword-Dokument mit einem absolut belanglosen und unverfänglichem Text steckt ein kleine Autoexe-Makro, was bedeutet: wird automatisch beim Doppelklick auf die Anlage ausgeführt, welches beispielsweise einen Countdownzähler, sagen wir mal zehn ablaufen lässt. Bei jedem Durchgang wird aus dem Adressbuch des Angeschriebenen ein weiterer Empfänger angemailt, der ebenfalls dieses Makro – nun um einen Zähler vermindert – empfängt. Um alle Spuren zu verwischen, vernichtet sich das Makro auf dem jeweiligen Rechner nach Durchführung aller Tätigkeiten selbst. Ist der Zähler abgelaufen, so wird der bisher nicht sichtbare, versteckte Originalbericht an den eigentlichen Zielempfänger verschickt. Wer will, könnte hier zusätzlich noch die oben beschriebene Absenderausradierung einsetzen. Möglicherweise dauert diese Methode etwas, bis den gewünschten Empfänger die eigentliche Zielbotschaft erreicht, ist dafür aber äußerst sicher und eignet sich darüber hinaus noch hervorragend zum falschen Fährten legen.«

Mir schwirrt der Kopf.

»Und wie glaubst du, ist er in unserem Fall vorgegangen?«

»Das muss ich mir noch genauer anschauen. Wenn

er clever genug war, wird es eine Weile dauern, wenn überhaupt, ihm auf die Spur zu kommen.«

»Was heißt eine Weile, Ranzmayr?« Ich bin ungeduldig.

»Ich habe einen Kollegen damit betraut, der sich speziell mit der Kriminalität im Internet befasst. Angus Westfal, vielleicht kennst du ihn noch? Er war eine zeitlang Chef im Rauschgiftdezernat.«

Dann setzt er sich an Delias Notebook, um ihm auch noch die letzten Geheimnisse zu entreißen. Ich höre ihn fluchen und beschwörende Worte murmeln.

Morten und ich verziehen uns in die andere Ecke des Raumes.

Im schwarzen Glas der Fensterscheiben spiegeln sich unsere Körper, Morten lässt sich mit einem Stöhnen schwer auf den Stuhl fallen; ich zünde mir eine Zigarette an.

»Lass uns noch mal durchgehen, was wir haben«, sagt er mit geschlossenen Augen.

»Erstens«, beginne ich und gieße den Rest Wein aus der Flasche in unsere Tassen, »also erstens: Delia Landau, einer erfolgreichen, jungen Journalistin, wird nachdem sie zu Tode gedrosselt wurde, die Kehle durchgeschnitten und das umgekehrte Pentagram auf die Bauchdecke geritzt.«

»Was wiederum«, so Perini, »als Zeichen der Satanistenszene zugerechnet wird.«

»Des Weiteren unterhält sie – zumindest im Cyberspace – eine, nennen wir es ruhig mal Beziehung, eine Beziehung mit einem, den man getrost als Satanisten bezeichnen kann.«

»Eine anonyme E-Mail weist ebenfalls auf die Jünger Satans hin.« Mortens Wangen haben sich vom Wein und vom Denken und von der Hitze im Raum gerötet.

»Zweitens«, fahre ich fort, »hatte das Opfer vor, im Sommer den Psychiater Hagen Trondheim zu heiraten, der als extrem eifersüchtiger Charakter beschrieben wird.«

»Drittens will sie ihn aber wegen eines anderen sitzen lassen, der ebenfalls als eifersüchtig geschildert wird.«

»Und viertens: behauptet dieser, sie hätte es ihrem Verlobten schon gesteckt, dass er seinen Hochzeitsanzug anderweitig verwenden muss, dieser wiederum erwähnt diese Tatsache mit keinem Wort, was demnach bedeutet, dass irgendjemand gelogen hat.«

Morten hat den Stuhl nach hinten gekippt, die Arme im Nacken verschränkt: »Fünftens«, führt er weiter aus: »Sowohl bei ihrer Mutter, als auch bei Trondheim und dem Geliebten meldet sie sich nicht mehr. Sie zieht sich zurück und niemand hat offenbar eine plausible Erklärung dafür.«

Ich setze mich auf den Schreibtisch, sodass ich nun direkt vor Morten sitze, ein leichtes Kribbeln in meinem Nacken irritiert mich.

»Sechstens: Nach der Aussage ihrer besten Freundin, ging sie der Prostitution nach, was weder zu ihrem Charakter und ihrem bisherigen Verhalten noch zu ihrem gut gepolsterten Bankkonto passt.«

»Einen Punkt haben wir vergessen. Der Finanzskandal im Rathaus, den sie anscheinend aufgedeckt hat«, fügt Morten hinzu.

»Das sind alles nicht zu verachtende Motive, die sich ergeben und wir haben somit als Verdächtige: die Mutter, die nicht ertragen konnte, dass ihre Tochter eine Hure war und oder sich mit einem Satanisten eingelassen hatte ...«

»Und woher sollte sie das wissen? Die hatte doch sicher keine Ahnung« sagt Morten.

»Zum Beispiel durch einen Zufall. Auch Ludmilla hat es durch einen Zufall herausgefunden und offen gesagt, sehr sorgfältig war sie nicht gerade beim Verbergen dieser Tatsache. Vielleicht war das möglicherweise sogar der Grund warum sie ihre Mutter nicht mehr sehen wollte, vielleicht haben sie sich darüber gestritten oder Regine Landau wollte ihre Tochter nicht mehr sehen. Das wird sie wohl kaum zugeben, wenn sich das so verhält.«

»Gut, spielen wir es mal weiter.«

»Also die Mutter. Dann Trondheim: Eifersucht auf den Schweizer Liebhaber. Er könnte aber auch von der Callgirlsache gewusst haben, hätte also jede Menge Motive gehabt. Als drittes Baeriswyl: für ihn gelten fast die gleichen Motive wie für Trondheim. Was ist mit Ludmilla? Vielleicht konnte sie nicht ertragen mit anzusehen, was ihre Freundin trieb und da ist immerhin noch die Sache mit dieser Gruppe, die sich aufgelöst hat. Was ist mit den Betreibern der Agentur, das sollten wir keinesfalls aus den Augen verlieren.«

»Das halte ich für mehr als unwahrscheinlich, Elza ... das Äußerste was denen blühen könnte, wäre Steuerhinterziehung, aber das ist in diesem Fall schwer nachzuweisen. Vergiss es.«

Aus der anderen Ecke des Raumes brüllt Ranzmayr dermaßen laut, dass ich beinahe vom Schreibtisch falle. Gleichzeitig springt mit leisem Brummen der Drucker an.

»Ich habe noch was gefunden. Es läuft gerade durch den Drucker ... und jetzt gute Nacht ...«

»Halt Ranzmayr!«

Er sieht müde aus, hebt den Kopf und schließt gequält die Augen.

»Wir brauchen die Identität von Thamus.«

»Linden, das hängt bei der Staatsanwaltschaft, es soll Leute geben, die brauchen hin und wieder eine Mütze Schlaf, nicht jeder kann rund um die Uhr arbeiten, Kaffee trinken und rauchen.«

»Wann? Aber mir fällt gerade noch etwas ein ...«

Ranzmayr verdreht die Augen.

»Delia Landau hat Baeriswyl gegenüber den Verdacht geäußert, dass ihr Computer ausspioniert wird. Kannst du das kontrollieren? Das ist doch möglich, nicht wahr?«

»Klar ist das möglich. Wenn schon 12-jährige Pimpfe sich Zutritt zu Nasa-Computern verschaffen können, warum sollte es nicht jemand fertig bringen, sich auf den Rechner einer Journalistin – die im Übrigen eher leichtsinnig mit der Sicherheit umging – zu verschaffen?«

»Wie funktioniert das, ich meine, das Ausspionieren eines anderen Computernetzes?« frage ich Ranzmayr, dessen Geduld an dem viel zitierten und berüchtigten seidenen Faden baumelt, was er sich auch nicht scheut, mit eindeutiger Gestik und einigen Stoßseufzern zu bekunden.

»Wenn man Daten klauen, manipulieren und einsehen möchte, nimmt man am besten auch diese Virentechnik über E-Mail, du erinnerst dich, was ich vorhin schon ausgeführt habe. Die Chance auf Entdeckung ist äußerst gering. Eine andere Möglichkeit wäre die komplette Übernahme des fremden Rechners. Das wäre so, als würden die Tastatur, der Bildschirm und die Maus bei dir zu Hause stehen und du könntest mit dem Explorer auf dem fremden Rechner arbeiten. Allerdings sieht der eigentliche Besitzer ebenfalls alle Aktionen, die du ausführst, sofern er vor seinem Rechner sitzt.

Was auch noch möglich wäre, wäre das beliebte Laufwerk verbinden. Im Explorer unter »Extra Netzlaufwerk verbinden« zu finden. Damit kann nach Zugriffsschutz jede Datei auf anderen PCs die sich gerade online befinden, gelesen oder manipuliert werden. Bemerkt wird es nur, wenn der Spion übertreibt oder wenn kontrolliert wird. Wird übertrieben, zum Beispiel wenn megabyteweise Daten gelesen und geschrieben werden, so wird sich der Ausspionierte sicher wundern, warum die

Festplatte die ganze Zeit so rum rödelt. Hier hängt es davon ab, wie geschickt vorgegangen wird, dafür braucht man aber auch keinerlei Programmierkenntnisse, das gibt alles das Betriebssystem her.«

Als ich Morten anschaue, weiß ich, dass nicht nur mir der Kopf schwirrt. Um die weiteren gefürchteten Fragen zu vermeiden, verabschiedet sich Ranzmayr ganz schnell.

»Bis morgen.« Mit diesen Worten dreht er sich um und geht aus der Tür.

»Ich denke, eine Karriere als Computerhacker brauche ich vorerst nicht anzustreben«, sage ich, nachdem Ranzmayr draußen ist.

»Na, ich sicher auch nicht, aber verdammt interessant finde ich das schon, du kannst einfach so auf einem fremden Rechner rumturnen und bist immer im Bilde, was da gerade geht, verdammt genial.«

Ein Gedanke wie ein Blitz schießt mir durch den Kopf und ist verschwunden, noch bevor ich ihn halten kann. Was war das? Ein Seitenblick auf den Drucker lenkt mich jedoch ab, da gleiten etliche Seiten heraus – und die sollen alle gelöscht gewesen sein? Und warum hat Delia sie gelöscht?

»Lass uns mal schauen, was das Material hergibt. Möglicherweise ist es nicht der Beachtung wert.«

Morten sieht mich ratlos an.

»Du kannst gehen, wenn du müde bist.« sage ich.

»Bist du niemals müde?«

»Ich bin immer müde. Wenn ich das gelesen habe, fahre ich auch nach Hause.«

Er schüttelt den Kopf, wie mein Vater früher, wenn ich versuchte, ihm etwas zu erklären, was eigentlich außerhalb der Reichweite jedweden Erwachsenen liegen musste. Nur wussten damals leider weder er noch ich darum. Mit kleinen Augen, in denen es verdächtig glitzert, sagt Morten:

»Gut dann brauche ich aber doch noch einen Kaffee.«

»In der Kanne da drüben steht noch welcher, aber vorsichtshalber setze ich noch mal frischen auf. Hol du mal das Zeug aus dem Drucker.«

Morten legt die ausgedruckten DIN A4-Seiten auf den Schreibtisch, während ich Wasser in die Kaffeemaschine gieße und das Kaffeepulver in den Filter schütte.

Mit den Worten: »Hör dir das mal an«, kommt er zu mir herüber. Ich nehme ihm das Blatt aus der Hand und lese:

Mitgliedsname: Thamus

Ort: ICH beherrsche die Kreaturen

Geburtstag: Geburt der Lust

Familienstand: extrem pervers, ohne Tabus

Hobbies: schwarze Messen, bizarre Rituale, ewige Ekstase in IHM

Beruf: Fürst der Finsternis und Weltenjäger

Persönliches Motto: obsessive totale Lust im Namen des Herrn.

Im Cyberspace kann man sich ein Profil erstellen, das nichts mit der Wirklichkeit zu tun haben muss. Und das hier ist das Profil von Thamus und hat wahrscheinlich herzlich wenig mit der Wirklichkeit zu tun.

»So, so der Fürst der Finsternis. Sehr anregend. Dann hat der Herr der Finsternis die anonyme E-Mail geschrieben. Wir könnten ihm ja zurück schreiben«, fällt sein Kommentar aus.

»Das ist eine gute Idee. Wir könnten schreiben: Hallo lieber Fürst der Finsternis, wir sind von der Polizei, wir verdächtigen Sie des Mordes an Delia Landau und möchten Sie gerne etwas näher kennen lernen, damit wir Sie anschließend verhaften können. Da wird er vor Freude Purzelbäume schlagen, der Fürst der Finsternis.«

»Seit wann mangelt es dir denn an Phantasie?« kontert Morten.

»Aber die Idee ist gar nicht so schlecht, das machen wir jetzt.«

»Du meinst, wir schreiben ihm eine E-Mail?«

»Sicher. Was sollen wir schreiben?«

»Ich bin etwas ungeübt, was die schriftliche Konversation mit Satanisten betrifft«, sagt Morten.

Großes Schweigen. Da fällt mir etwas ein und ich suche in meinem Schreibtisch nach einem Gedichtband. Dabei fördere ich eine angebrochene Kekspackung, eine Haarbürste, zwei leere Schachteln Aspirin und mein Vesperbrot von anno dazumal hervor. Ganz unten liegt der gesuchte Band.

»Jetzt weiß ich endlich, wie ein richtiger Polizistenschreibtisch von innen auszusehen hat«, lästert Morten.

Ich lasse seine Bemerkung unkommentiert und schlage eines meiner Lieblingsgedichte auf und tippe es in den Computer.

Erinnern, das ist vielleicht
die qualvollste Art des Vergessens
und vielleicht die freundlichste Art
der Linderung dieser Qual.

»Hallo. Ich bin beeindruckt. Wer dichtet denn das?«, fragt Morten.

»Erich Fried. Mal schauen, ob er reagiert und wenn wie«, sage ich.

Ich schicke das Gedicht an die E-Mail-Adresse von Thamus.

Postwendend erscheint die Nachricht des Systemadministrators: »User unknown.«

»Es war einen Versuch wert. Aber interessant, offensichtlich hat er seine E-Mail-Adresse inzwischen gelöscht – wenngleich es ihm auch nicht viel helfen wird. Würde mich doch brennend interessieren warum.«

»Vielleicht sind wir schlauer, wenn wir das dort drüben gelesen haben«, Morten deutet auf die Ausdrucke auf dem Schreibtisch.

»Dann lass uns mal schauen, was uns da noch erwartet.«

Ich gieße den Kaffee in unsere Tassen, dann gehen wir gemeinsam rüber und lesen, Seite an Seite und schweigend, hin und wieder Kaffee aus der Tasse schlürfend aus Delia Landaus Computerdateien:

Thamus: Geliebte Favea! Mein Vater, der Herrscher über die Dunklen Welten und Gebieter aller Verlorenen, wartet auf unsere Vermählung! Bist du bereit?

Favea: Mein dunkler Geliebter! Ich bin bereit!

Thamus: Du weißt, was das bedeutet? Auf dem Höhepunkt deiner Lust wird ER seine Hand nach dir ausstrecken und den bedingungslosen, unauflöslichen Bund weit über den Tod hinaus besiegeln.

Favea: Auf seinen dunklen Schwingen werde ich ihm in sein Reich folgen.

Thamus: Höre, Geliebte: Du wirst meine Zeichen voller Stolz tragen! Und wisse: Ich will deine absolute seelische Versklavung ...

Morten und ich schauen beide gleichzeitig auf und unsere Blicke begegnen sich. »Wovon ist hier die Rede, Elza?«

»Von Liebe«, antworte ich und füge hinzu: »Und von Macht.«

»Macht, ja – Liebe? Nein! Versklavung hat nichts mit Liebe zu tun.«

Ich möchte entgegnen, dass es viele Arten von Liebe gibt, so viele wie Menschen, und dass es uns nicht zusteht, ein Urteil darüber zu fällen. Stattdessen schweige ich und wir lesen weiter:

Thamus: Es ist nicht nur Magie, geiler Sex, Auspeitschung und Fesselung, öffentliche Zurschaustellung, Brandmarkung und Außenseitertum – du wirst immer und überall zu unserer Perversion stehen müssen.

Favea: Fessele mich mit dem Purpur deines Vaters,

brandmarke mich mit deinen Zeichen und töte mich mit deiner Lust!

Verstörende Bilder drängen sich in meine Gedanken: das sinnliche Weiß eines weiblichen, verletzlichen Körpers, gehüllt in purpurne Gewänder, getragen von den mächtigen Flügeln eines schwarzen Fabelwesens, umgeben von einem Zauber, gleichzeitig spüre ich Erregung durch meinen Körper pulsieren.

Thamus: Du wirst dich mir ganz hingeben müssen, mir deine Seele schenken, dich anschmiegen, dich verkriechen, mich lieben und Zärtlichkeiten tauschen müssen!

Favea: Die Magie webt das Band von beiden Seiten: auch du wirst mir deine Seele schenken, dich anschmiegen und lieben!

Thamus: Das wird uns von allen Spielern unterscheiden: die tiefe hingebungsvolle, unbändige LIEBE!

Favea: Alle Worte dieser Welt können nicht spiegeln, was wir uns sind.

Thamus: Könntest du vor allen die lächerliche Maske des Bürgerlichen fallen lassen und zu unserer perversen Liebe offen stehen? – voll Stolz die Zeichen deiner Versklavung zur Schau stellen können?

Favea: Auf ewig sei meine Seele dein. Auf ewig sei deine Seele mein!

Ratlos blickt Morten auf. Nur das Summen des Computers ist zu hören. Morten durchbricht als Erster das Schweigen: »Das nennst du Liebe?«

Ein Pochen in meinen Schläfen kündigt die Rückkehr meiner Kopfschmerzen an. »Die Liebe hat viele Gesichter, verbirgt sich hinter vielen Fassaden. Wer sind wir, dass wir uns anmaßen wollen, zu wissen, was diese beiden Menschen fühlen? Sie sprechen von einem Bund, den sie schließen wollten, von Liebe, Ergebenheit und Versklavung, Morten!«

»Genau! Sie sprechen von Versklavung – passt das zusammen? Liebe und Versklavung? Das ist doch der totale Irrsinn!«

»Liebe und Versklavung liegen entgegen deiner Meinung, oft gar nicht so weit auseinander.«

Er schaut mich fassungslos an. »Das meinst du nicht ernst.«

»Doch, Morten, das meine ich ernst. Aber lass uns weiter lesen.«

Erneut stecken wir unsere Köpfe über dem Stapel Papier zusammen.

Thamus: Du hattest mir gelobt anzurufen, wenn mein Widersacher Torsten, dein Verehrer, wie du ihn nennst, dieser räudige Hund, sich bei dir aufhält. Warum hast du mich nicht angerufen? Du hast mich verraten!

Favea: Es war mir nicht möglich, dich anzurufen, Liebster.

Thamus: Du machst mich wütend! Die Abmachung lautete, dass du mich anrufst, wenn er bei dir ist.

Favea: Ich konnte nicht ...

Thamus: DU GEHÖRST MIR, AUSSCHLIESS-LICH MIR!

Favea: Er kämpft – er will mich auch alleine.

Thamus: Was hast du mit ihm getan?

Favea: ich habe sein Blut getrunken.

Thamus: Königin der Finsternis – Ist dir sein Schicksal klar?

Favea: Sein Blut, Geliebter, pulsiert durch meine Adern.

Thamus: Du machst mich rasend vor Wut! Mein bist du, niemand darf das Heiligtum deines Körpers berühren! Ich werde ihn auspeitschen! Er wird wimmernd vor deine Füße fallen – Und darf sie dir lecken, mehr nicht, ich werde ihn kennzeichnen, diesen räudigen Hund – Nichtswürdiger, doch zuvor werde ich dich auspeitschen, Geliebte, ich werde den Ungehorsam aus deinem süßen Schädel peitschen! Du wirst dich danach besser fühlen! Erleichtert und befreit.

Favea: Meinst du?

Thamus: Ich werde dein Blut schlürfen. Du willst meine Macht spüren und gehorsam lernen – Ich weiß, dass es dir gefallen wird! Danach ist es ein Genuss, das enge Mieder um deine Hüften zu schnüren und dein schmerzverzerrtes Gesicht zu sehen, während wir ihn peitschen!

Favea: Meine Lust wird die Gefährtin deiner Rache sein.

Welchen Gefallen mochte Delia an derlei Konversation gefunden haben? Welches Spiel spielten diese beiden? Eine Frage eher praktischer Natur geistert mir durch den Kopf: wie machen sie das mit dem Blut trinken? Hauen sie ihre Zähne wie Dracula in den Hals ihres Opfers?

Thamus: Ich werde ihn zerstören! Jeder Mann, der dich liebt, wird von dir ausgesaugt und von mir zerstört! Weil ich dich liebe!

Favea: Ich liebe dich!

Thamus: Schließen wir den Pakt über deine Verehrer?

Favea: Ja

Thamus: Keiner darf seinen Schwanz in dir versenken, weil nur mein Schwert in dein teuflisches Fötzchen gehört! Jeder wird ausgesaugt und benutzt, doch keiner erfährt Achtung und Liebe – keiner wird respektiert, jeder nur benutzt!

Favea: So soll es sein.

Thamus: So sei es, im Namen meines Vaters, es gibt keine anderen Partner für uns beide – nur DU und ICH, alles andere ist Gewürm. Es gibt weder Liebhaber noch Gespielinnen – du bist bereit diesem Pakt beizutreten bis über das Ende der Welten hinaus?

Favea: Ich bin bereit! Hail Satanas Geliebter!

Morten schlägt mit der Faust auf den Tisch. Ich zünde mir eine Zigarette an und betrachte ihn von der Seite, und frage mich insgeheim, warum er dermaßen gereizt reagiert.

»Sie sind pervers! Was anderes fällt mir dazu nicht ein.«

»Lass uns den Text Punkt für Punkt durchgehen und die moralische Ebene für kurze Zeit ausblenden.«

Mit einem Stift markiere ich die Stellen im Text, die mir aufschlussreich erscheinen. Morten verlässt mit der Bemerkung den Raum, er müsse mal zur Toilette. Als er kurz darauf zurückkommt, riecht er nach Seife.

»O.k. – können wir?« frage ich. Er nickt.

»Sie sprechen von einem anderen Mann, einem Torsten. Das geben wir an Riedlinger weiter: er soll sich noch mal das Adressbuch und die Telefonliste vornehmen und schauen, ob er etwas findet.«

Morten macht sich eine entsprechende Notiz in sein Buch. Ich fahre fort: »Sie schreibt ... Moment mal ...« – ich muss zurückblättern, um zu der entsprechenden Stelle zu gelangen, »sie schreibt, dass er – ich nehme an, mit er ist Torsten gemeint – von der Verbindung Thamus/Favea weiß, dass er Angst hat und sie deutet an, dass er es genießen würde, geschlagen zu werden. Und schau mal, hier nennt er ihn River Phoenix ...«

»Das ist wahrscheinlich der Screen Name von Torsten.«

Ich halte inne, weil ich das Gefühl habe, zwar die Fakten aufzuzählen, aber etwas Wichtiges, Essentielles zu übersehen.

Morten lehnt sich im Stuhl zurück, mit geschlossenen Augen, die Arme im Nacken verschränkt, sagt er: »Sie schreibt, sie hat sein Blut getrunken. Ist das nun eine Metapher für etwas oder etwas, das tatsächlich passiert ist? Und was meinte Thamus mit dem Vorwurf, Delia hätte ihn bei irgendetwas anrufen sollen? Ist es das, was ich denke, dass es ist? Wollte sie Thamus anrufen, während sie ... Torstens Blut schlürft oder was auch immer die da getrieben haben mögen? Verdammt – sie hat Blut getrunken!«

Bei den letzten Worten nimmt er die Hände aus dem Nacken und reibt sich müde die Augen. Ich schenke ihm ein verständnisvolles Lächeln.

»Es hört sich pervers an, das stimmt. Aber mal angenommen, dass alles was sie schreibt, eine Metapher ist, eine Metapher für Leidenschaft, Liebe und Hingabe. Sie scheint hin- und hergerissen zwischen diesen beiden Männern. Und ich werde das Gefühl nicht los, dass sie spielt. Sie weiß genau, wie Thamus reagiert: nämlich mit Wut und Eifersucht.«

Verständnislos gibt Morten zurück: »Willst du damit andeuten, dass sie Thamus provoziert hat?«

»Das können wir nicht ausschließen. Was wissen wir schon über Delia? Vielleicht war es ihr nur möglich, zu fühlen, wenn sie solche intensiven Reaktionen hervorrufen konnte.«

Morten trommelt mit den Fingern auf den Schreibtisch, greift dann nach seinem Stift und macht eine weitere Notiz in seinem Buch.

»Gut, das fällt ins Reich der Spekulationen. Dieser Torsten muss gefunden werden. Vielleicht bringt der etwas Licht in die Sache. Bleibt noch der Pakt, den Thamus und Delia geschlossen haben. Meine Güte, Elza, was ist das nur für ein Fall?«

Ich massiere mir mit leichtem Druck die Schläfen

und gebe zu bedenken: »Hältst du es für möglich, dass Torsten ein Produkt ihrer Phantasie war?«

Morten zieht fragend die Schultern nach oben. »Ich halte inzwischen beinahe alles für möglich.«

Wir wenden uns dem restlichen Material zu.

Thamus: Sei gegrüßt, Herrin der Lust!

Favea: Tausend Tode bin ich vor Sehnsucht nach dir gestorben, Geliebter und Gebieter meiner Seele, den ich jede Sekunde des Tages und jede Sekunde des Nachts vermisse!

Thamus: Nicht genug um zu zaubern, unser Leid zu beenden!

Favea: Schweige! Du weißt wohl, der Zauber kann nur im Verborgenen wirken!

Thamus: Wieso spüre ich nichts? Warum hast du uns getrennt? Wieso dies qualvolle Leid über uns gebracht? Ist das endlose Zusammengehörigkeit? Ich will dich doch fühlen, besitze mich doch endlich ganz.

Favea: Du weißt, es war notwendig. Deine Macht hätte mich verbrannt – aber als es vollbracht war, spürte ich, dass es besser wäre zu verbrennen, als ohne dich zu sein. Nun bin ich zurück, um mich dir ganz hinzugeben.

Thamus: Dann lass es doch endlich zu! Du zögerst ja nur oder beendest gar!

Favea: Du musst stärker sein als das andere und du musst stärker sein als der Tod.–

Thamus: Wer ist das andere, was ist der Tod?

Favea: Das andere ist das Licht.–

Thamus: Komm, erfülle die Adern meines Schwanzes mit deinem Blut ... Ich will es schlürfen, dir die Schamlippen zerbeißen und ausschlürfen!

Thamus: Nein, mehr, viel mehr, Unbeschreibliches muss geschehen.

U N B E S C H R E I B L I C H E S!!!

Ich zünde mir eine weitere Zigarette an, gieße mit dem inzwischen kalten Kaffee das arme Alpenveilchen und schenke Wein ein. Trotzdem fühlen sich mein Mund und meine Kehle trocken an, als hätte ich Staub geschluckt, in meinen Schläfen pocht dieser spitze, scharfe Schmerz, der resultiert aus zuviel Zigaretten und Kaffee und zuwenig Schlaf.

Es ist nicht so, dass ich prüde bin oder verklemmt, auch nicht, dass ich noch nie etwas von Sadismus oder Masochismus gehört hätte, trotzdem fühle ich, wie diese Chatunterhaltung zwischen Favea und Thamus etwas in mir auslöst, von dem ich nicht genau weiß, wie ich es nennen soll. Und es ist nicht Abneigung und Abscheu, was ich empfinde. Vielleicht ist es gerade das, was mich so erschreckt. In einer kurzen Vision sehe ich Satan, den gefallenen Engel, wie er lachend an mir vorüberzieht, mit seinen lodernden Flügeln mich streift und eine Welle von Lust durch meinen Körper strömt. Plötzlich wird mir klar: auch in mir schlummert diese Sehnsucht, ein uralter, ganz und gar atavistischer Wunsch, die Sehnsucht, sich jemanden vollständig hinzugeben und von jemanden so besitzergreifend geliebt zu werden, wie das bei Favea und Thamus der Fall war. Die unverfälschte pure Lust gepaart mit Liebe und dem Versprechen auf Unvergänglichkeit. Es ist mir natürlich klar, dass eine derartige Beziehung nur mit Schmerz und Leid verbunden sein kann. Aber es ist die Vorstellung vollkommener Liebe, vollständiger Symbiose. Fast körperlich kann ich seine verbalisierte Wut fühlen, die von ihm Besitz ergriffen hat, als Favea von dem anderen, von Torsten, erzählte.

Ich erhebe mich steif vom Stuhl, um ein paar Schritte zu gehen, nur um mich dann auf der Fensterbanknische niederzulassen.

Morten fragt mit rauer Stimme zum wiederholten Mal an diesem Abend: »Was, um Gottes willen ging hier vor?«

»Sie haben nach Göttlichkeit gesucht. Nichts anderes war es. Und Delia hat den Tod gefunden«, antworte ich leise, wohl wissend, wie resigniert und traurig ich mich anhören muss.

»Egal, was du sagst: ich halte ihn auf jeden Fall für einen Sadisten. Und wie er schreibt, hätte er keine Hemmungen gehabt, sie zu töten. Bedingungsloser, unauflöslicher Bund weit über den Tod hinaus, absolute seelische Versklavung ... strebt er an.«

»Mich würde interessieren, was es mit der Trennung auf sich hat, von der er spricht. Nichts von all dem, was wir bisher gelesen haben, deutet darauf hin ...«

Ich fühle mich unruhig, wie schon lange nicht mehr,

in meiner Unruhe durchquere ich völlig versunken mehrmals das Büro. Im Stillen gestehe ich mir ein, ratlos und verwirrt zu sein. Alles, was wir bisher gelesen haben, scheint nicht nur Morten aus dem Gleichgewicht zu bringen. Es hat etwas Anrührendes und Bedrohliches zugleich. Vielleicht bin ich aber einfach zu müde, um klar denken zu können. Ich bin froh, als Morten meine Gedanken und meine rastlose Wanderung durch das Zimmer unterbricht.

»Also gut, ich werde mich jetzt outen: ich muss zugeben, ich habe nicht den blassen Schimmer einer Ahnung, wie genau das mit dem Chat, wie ihr es nennt, funktioniert. Würdest du so freundlich sein und mir das erklären.«

Dass ihm das nicht leicht fiel zuzugeben, sehe ich daran, wie er sich das Ohrläppchen malträtiert.

»Dann kommt hier mein Weihnachtsgeschenk für dich: eine Kurzeinführung in die wunderbare Welt des Cyberspace.«

»Nein«, hebt er abwehrend die Hände, »du sollst es mir nur kurz erklären und zwar so, dass ich es verstehe. Zum Beispiel das, was hier vor uns liegt ...«

»Was hier vor dir liegt, ist eine Unterhaltung aus einem privaten Chatroom.«

»Aha! Es ist offensichtlich etwas anderes als eine E-Mail.«

»E-Mails kannst du jemanden immer schicken, ob der gerade online ist oder nicht. Chatten ist life, wie Telefon, nur schriftlich.«

»Und woher kennen die sich?«

Ich nehme ihn bei der Hand wie ein kleines Kind und führe ihn zum Computer.

»So pass auf: hier klickst du dich in den Chat rein. Nun kannst du wählen zwischen den Ländern dieser Welt – wir nehmen mal Deutschland – und den verschiedenen Chatrooms.«

Schweigend schaut er zu, wie ich mich durch die Liste der Chatrooms scrolle; das Angebot geht von anonyme Alkoholiker, über devote Frauen, Flirt, Liebeskummer bis zu Natursekt, Sklavinnen, Vampire, um nur einige zu nennen.

»Lass uns mal in den Raum Nachtcafé gehen. Anwesend sind 18 Mitglieder. Nun kannst du dich entweder an der Unterhaltung beteiligen, du kannst aber auch jemanden, der dich besonders interessiert, eine Nachricht zukommen lassen, um dich zu zweit zu unterhalten, also eine Art Separee. Ich nehme an, so lief es bei Delia ... Weiterhin gibt es noch die ...«

»Stopp, für heute würde ich den Unterricht gerne beenden, Frau Lehrerin.«

»Wir haben doch noch nicht mal richtig angefangen.«, möchte ich sagen, doch er legt mir seinen Zeigefinger auf den Mund, sagt »Psst« und küsst mich leidenschaftlich.

Als Morten gegangen ist, sehe ich mir noch mal den Eingangskorb mit den an diesem Tag gesammelten Nachrichten an. Ein Zettel aus dem Stapel flattert zu Boden.

Ich hebe ihn auf und sehe eine Telefonnummer und einen Namen mit der schlecht leserlichen Handschrift von Schneider darauf geschrieben: Antonia Martinelli wartet auf einen Rückruf. Sie hat angerufen kurz nachdem ich bei Ludmilla weggefahren bin. Einen Augenblick muss ich überlegen, wo ich den Namen schon mal gehört habe. Und mit Unbehagen stelle ich fest, dass ich etwas vollkommen vergessen habe, was wiederum in Anbetracht der anderen spektakulären Umstände nachvollziehbar ist. Ludmilla gab mir die Namen der Frauen, die damals zur Gruppe gehörten. Dazu gehörte auch Antonia Martinelli.

Zwei der Frauen sind nach Neuseeland ausgewandert, die dritte, Antonia, lebt in Freiburg. Ich schaue auf die Uhr – dreiundzwanzig Uhr – und mache mich auf den Weg. Wolken sind aufgezogen und ein eisiger Wind fährt mir durch die Jacke und lässt mich frösteln. Im Schein der Straßenlaterne sehe ich einzelne Flocken wie schwerelos im Lichtschein schweben. Das Türschloss des Autos lässt sich nicht öffnen und ich bin erleichtert als ich feststelle, dass ich das Fläschchen mit dem Türenteiser noch in der Jackentasche stecken habe. Mit Schaudern denke ich an die Batterie des etwas betagten Benz. Doch er springt mühelos an.

Antonia Martinelli wohnt in einer Parterrewohnung in der unteren Schwarzwaldstraße. Ich quetsche mich in den engen Parkplatz direkt davor. Aus der Wohnung, deren Fenster nach hinten gehen, dringt kein Lichtschein.

Ich drücke den Klingelknopf, einmal kurz, einmal lang und warte. Nichts. Ich drücke noch mal, möglicherweise schläft sie schon. Doch auch nun rührt sich nichts. Ich setze mich noch ein paar Minuten ins Auto bis ich vor Kälte anfange zu zittern, starte den Motor und fahre Richtung Schönberg nach Hause, als mir plötzlich die Nähe zu Trondheims Haus bewusst wird. In letzter Minute nehme ich die Abzweigung Richtung Stadtgarten. Doch noch ehe ich aus dem Auto aussteige, ahne ich wie zwecklos meine Fahrt wahrscheinlich war: Auch hier dringt kein Licht aus dem Innern des Hauses. Alles ist dunkel. Ich klingle trotzdem. Aber auch auf mein mehrmaliges Läuten wird nicht geöffnet. Seufzend steige ich wieder ins Auto. Ich spüre jene Art von Müdigkeit, die den Geist lähmt, jedoch den Körper nicht zur Ruhe kommen lässt. Mein Blick fällt auf die puderzuckrigen Bäume des Schlossberges und sie sehen derart anmutig und einladend aus, dass ich es für eine gute Idee halte, noch ein paar Schritte zu gehen, um den heutigen, ereignisreichen Tag zu verabschieden.

Wattige Schneeflocken schweben wie schwerelos vom Himmel. Morgen ist Heilig Abend. Und wie oft nach der stressreichen Adventszeit legt sich so etwas wie Friede über die Stadt. Nur die Säumigen unter den Weihnachtsknechten holen ihre Einkäufe jetzt noch ein. Oft überlege ich mir, ob das, was ich um diese Zeit jedes Jahr aufs Neue empfinde, konditioniertes Verhalten ist oder ob diese Tage tatsächlich jenen Frieden über die Welt legen. Ich denke unwillkürlich an frühere Weihnachten, als ich noch Kind war. An den Baum, den Mike und ich gemeinsam schmücken durften, an das beinahe unerträgliche Warten, bis die Geschenke darunter platziert waren und wir sie fiebernd auspacken durften. An den Duft von Kerzen und verbranntem Tannenreisig, Gänsebraten und Klößen, an die Weihnachtslieder, die wir inbrünstig sangen. Und ich denke zwangsläufig – jedes Weihnachten aufs Neue – an die fünf Weihnachtsfeste, die ich mit meiner Tochter und Tom verbracht habe. Fünf mal Weihnachten. Was sind schon fünf Mal Weihnachten? Es wird das dritte Weihnachten sein, das ich alleine feiern werde. Die Erinnerung an den Tag, als Katharina verschwand, bohrt sich wie spitze Nadeln in mein Herz. Der erste Schock, als mir bewusst wurde, dass sie weg war. Die entsetzlichen Stunden des untätigen Wartens. Warum haben Tom und ich es nicht geschafft, uns in dieser Situation gegenseitig zu stützen? Wir konnten es einfach nicht mehr ertragen uns gegenseitig zu sehen. Katharina war allgegenwärtig im jeweils anderen. Ich weiß nicht, ob ich es irgendwann mal wieder schaffen werde, Weihnachen im Kreis von Freunden oder Verwandten zu verbringen. Ich spüre wieder diesen Kloß im Hals und die Tränen, die hinter den Augen brennen. Nicht denken. Nicht daran denken. Denk an den Fall. Eine Zigarette. Ein tiefer Zug. Mein Herz wird noch ganz hart werden, wird zu Stein erstarren. Alle Erinnerungen tilgen, alle Gefühle löschen. Keinen Schmerz mehr spüren und keine Hoffnung. Keine Liebe. Ein unvorsichtiger Schritt bringt mich beinahe zu Fall und hindert mich, in jene Tiefen des Selbstmitleids abzutauchen, die mich immer wieder in ihren Strudel ziehen, um mich anschließend voller Hass und Wut auszuspucken.

11

Als ich endlich die Haustüre hinter mir schließe, streife ich die schweren Winterschuhe von den Füßen und lasse meine Jacke achtlos auf den Boden gleiten. Die Flasche Rosé von vorgestern Abend steht noch immer geöffnet auf dem Tisch. Ich hole mir ein Glas aus der Vitrine und gieße es voll. Der Wein ist warm, schmeckt aber ansonsten noch gut. Ich fühle mich erschöpft, weiß jedoch, dass ich jetzt noch nicht schlafen kann. Zuviel geht mir durch den Kopf. Nach stundenlanger Kopfarbeit finde ich es manchmal heilsam, einfache Tätigkeiten im Haushalt zu verrichten. Was genau betrachtet ein Segen für den derzeitigen Zustand desselben wäre. Nur der Gedanke daran, morgen früh aufstehen zu müssen, lässt mich einen Moment innehalten. Ist auch schon egal, sage ich zu mir selbst und beginne – nachdem ich das Radio eingeschaltet habe – mit den Aufräumarbeiten. Die Reste auf dem herumstehenden Geschirr sind dermaßen eingetrocknet, dass ich es erst einweichen muss, bevor ich es in die Geschirrspülmaschine stelle. Das Plätschern des Wassers vermischt sich mit den Rhythmen von Tom Jones »Sexbomb« und dem bisher immer wieder verkannten Genie meiner eigenen Gesangskünste. Während Tassen und Teller aufweichen, fege ich den Boden und bringe den Müll raus. Damit neigt sich mein Arbeitsanfall auch schon rapide seinem Ende und ich kann mich nur durch das Versprechen, noch ein Gläschen einzuschenken, dazu überreden, das Geschirr in die Maschine zu räumen. Mit der Belohnung verschwinde ich anschließend ins Wohnzimmer und lasse mich mit einem Gedichtband von Rimbaud auf das Sofa fallen. Dazu eine Zigarette ... Henning Boetius schreibt, Rimbaud war der James Dean des neunzehnten Jahrhunderts, ein Verweigerer, der sein Lebenswerk zwischen dem fünfzehnten und dem zwanzigsten Lebensjahr schrieb, der plötzlich verstummte, danach einige tausend Kilometer lief wie ein Besessener, ein radikaler Aussteiger, lange, bevor es diese Etikettierung gab. Ich blättere lustlos in dem Band, versuche es mit meinem Lieblingsgedicht

Jeanne-Marie hat Männerhände, braun von Sonne, Frost und Wind. Jeanne-Marie wirft Feuerbrände in mein Herz und will ein Kind. Jeanne-Marie von wie viel Toten klebt an deinen Händen Blut? Jeanne-Marie wer wusch die roten Hände wieder rein und gut?

Blut ... An wessen Händen klebt Blut ... Diese Zeilen katapultieren mich zurück zu Delia und Thamus. Ich lege Rimbaud zur Seite.

Nun ist das natürlich nichts Ungewöhnliches: Wenn ich an einem Fall arbeite, nimmt er mich voll und ganz in Anspruch. Jetzt aber spüre ich noch etwas anderes, eine seltsame Beklommenheit, eine Art fieberhafter Atemlosigkeit ... und nun, in der Stille meiner eigenen vier

Wände und dem Abstand vom Tagesgeschehen, sehe ich, wie tief beeindruckt ich bin von der Intensität, der leidenschaftlichen Ausschließlichkeit, dem Geheimnis in Delias Leben. Ein Leben wie ein schillerndes, geheimnisvolles Labyrinth. Gleichzeitig spüre ich Trauer um dieses verlorene Leben einer Frau, die ich nicht gekannt habe und mit der ich nun nur in Berührung komme, weil ein anderer Mensch ihr das Leben genommen hat.

In der akuten Phase einer Morduntersuchung – ich räume es ein – ist mein Schlafbedürfnis drastisch reduziert und pendelt sich an der unteren Grenze der Skala ein. Aber wenn ich zurückdenke, bin ich schon immer mit weniger Schlaf, als die meisten Menschen ausgekommen. Nach dem kurzen Rendezvous mit Arthur Rimbaud am Vorabend fiel ich in einen traumlosen und tiefen, aber kurzen Schlaf. Ich wache auf mit einem Flattern im Bauch, das es mir unmöglich macht, länger im Bett zu bleiben. Die Uhr zeigt kurz nach fünf. Mit den typisch langsamen Bewegungen einer Morgenmufflerin (manchmal habe ich das Gefühl, als blieben meine Augen bis nach der zweiten Tasse Kaffee geschlossen) brühe ich mir einen Nescafé auf. Nach zwei Tassen heben sich die Vorhänge meiner Verschlafenheit, sodass ich mich der sachlichen Nüchternheit des Badezimmers stellen kann.

Solchermaßen gerüstet fahre ich durch den noch dunklen Morgen ins Büro. Verschlafen schmiegt sich die Stadt in die weiße Pracht, die funkelnd mit dem Glitzern der Adventslichter kokettiert. Als ich mir jetzt in dieser kalten Morgenluft die Lektüre des Vorabends durch den Kopf gehen lasse, wirkt die ganze Geschichte merkwürdig verzerrt und schief. Irgendetwas stimmt hier nicht. Intuition. Ist in der Regel nichts anderes, als eine Mischung aus Fakten und Erfahrungen, die man im Unterbewusstsein gespeichert hat. Und meine Intuition sagt mir, dass etwas nicht schlüssig ist. Ich muss mir ein paar Fragen stellen: Kann es möglich sein, dass eine Frau wie Delia Landau ihren Charakter praktisch über Nacht ändert und nicht nur zur Sklavin und Gefährtin eines Satanisten oder Sadisten oder beidem wird, sondern auch noch als Prostituierte arbeitet? Meine erste Einschätzung bezüglich Delias war, dass sie mir gar nicht so unähnlich war. Könnte ich mir das für mich vorstellen? Die Antwort lautet in jedem Fall eindeutig nein. Also entweder ist etwas Gravierendes passiert, das sie so verändert hat, wobei ich mir im Moment nicht vorstellen kann, was das sein mag, oder sie hat möglicherweise für einen Artikel recherchiert oder aber jemand möchte uns glauben machen, dass es sich tatsächlich so verhält. Aber, aus welchem anderen Grund, als die Spur zu verwischen, könnte das jemand wollen? Welche Faktoren im Leben eines Menschen sind so gravierend, dass er sich um einhundertachtzig Grad wandelt? Die paar Semester Psychologie, die ich an der Fachhochschule hatte, helfen mir hier nicht weiter. Back to the roots. Ich denke an Luzius von Baeriswyl. Und an Hagen Trondheim. Die klassische Dreiecksgeschichte. Hagen Trondheim ist ein abgründiger Charakter, was er gut zu verbergen weiß. Mit diesen Gedanken fahre ich auf den Parkplatz und steige aus.

Nachdem ich im Büro die Kaffeemaschine angeworfen habe, zerre ich die Akten aus der Schublade und entwerfe einen Schlachtplan für den Tag: Ganz oben auf meiner Liste steht Hagen Trondheim. Beunruhigt ziehe ich mit Kugelschreiber einen Kreis um seinen Namen. Punkt zwei auf meiner Liste ist Regine Landau, die Mutter; dann folgen Thamus, Torsten, Agentur, Institut.

Es ist Heilig Abend, die Leute werden mir nicht gerade vor Begeisterung die Füße küssen. Ich kann es ihnen nicht verdenken. Mit Kaffee und Zigaretten gewappnet, ziehe ich die eben aufgestellte Liste und das Telefon heran. Schlesinger geht sofort ans Telefon.

»Wir brauchen Hagen Trondheim hier. Der war gestern nicht aufzutreiben. Ich hoffe, er ist nicht in Weihnachtsurlaub gefahren, sonst geben wir die Fahndung raus. Ich möchte, dass er, nachdem ich mit ihm gesprochen habe, observiert wird. Regine Landau, die Mutter auch. Nein, nicht observieren. Ich möchte mit ihr sprechen. Ich will sie beide hier haben. Heute morgen noch. Und übrigens: was ist mit dieser Rathaussache?«

»Da wollte ich gerade drauf zu sprechen kommen. Etwas Merkwürdiges ...«

Da sich das nach einer langen, schwer verständlichen Ausführung anhört, sage ich kurz: »Gut, dann machen wir das nachher.«

Der nächste Anruf gilt Gundula, unserer Internetspezialistin. Sie klingt verschlafen. »Gundula, bei der

Computerauswertung der Landau-Dateien sind wir noch auf einen Namen gestoßen, der sonst aber nicht auftaucht. Es handelt sich um Torsten, möglicherweise mit dem Screen-Name River-Phönix. Kannst du damit was anfangen? Setz dich mit Ranzmayr in Verbindung. Oberste Priorität hat Thamus. Seine E-Mail-Adresse habe ich hier, ich schick sie dir rüber, allerdings scheint er sie gelöscht zu haben. Eine richterliche Verfügung für den Provider wird im Laufe des Morgens eintrudeln.«

Dann rufe ich Reni an. Ich erwische sie im Labor.

»*Why not*, so lautet der Name einer Agentur, die Frauen an Männer vermittelt. Kannst du Adresse und Telefonnummer herausfinden?«

»Ich werde es versuchen«, antwortet sie knapp.

Die nächsten zwei Stunden widme ich den ungeliebtesten aller Aufgaben: den Bergen unerledigten Schreibkrams. Seltsamerweise ist die mit dem Erledigen dieser Arbeit einhergehende Befriedigung so flüchtig, dass sie nie Ansporn dafür zu sein scheint, diese Berge nicht – na, ich sage mal meterhoch – anwachsen zu lassen.

Müde schiebe ich die Aktenordner zur Seite, gähne herzhaft und strecke mich ausgiebig. Nach einem kurzen Klopfen an der Tür, tritt Reni ein. Sie lächelt mich mit ihrem gewinnenden Lächeln an und überreicht mir ein Blatt Papier, auf dem eine Telefonnummer und eine Adresse notiert sind.

»Kannst du zaubern?« frage ich schmunzelnd.

Reni besitzt ein unübertreffliches Talent, ihre Mitmenschen von der Dringlichkeit einer Angelegenheit zu überzeugen.

»Das gehört zu den Basics meines Berufes. Aber bevor ich zu der Agentur komme, für die Delia gearbeitet hat, habe ich noch etwas anderes. Ein gut behütetes Geheimnis, sozusagen. Offiziell findest du keinen Fleck auf Trondheims weißer Weste. Aber er war vor ein paar Jahren in einen Skandal verwickelt, der ihm in Ärztekreisen jedenfalls, noch immer anhängt. Trondheim war Oberarzt auf der geschlossenen psychiatrischen Station in der Hauptstraße. Als drei Patienten in kurzer Zeit hintereinander starben, haben einige seiner Kollegen aufgemerkt und eine Untersuchung verlangt. Dabei stellte sich heraus, dass Professor Dr. Hagen Trondheim eine umstrittene Therapie angewandt hat. Es handelt sich um die so genannte Schlafentzug-Therapie. Die Verfechter dieser Theorie gehen davon aus, dass depressive Menschen geheilt werden können, wenn ihre Schlafphasen verschoben werden. So ungefähr, jedenfalls. Bei einigen scheint die Therapie jedoch gerade gegenteilig gewirkt zu haben und ihre Depressionen verschlimmerten sich; drei von Trondheims Patienten haben sich während dieser Therapie das Leben genommen. Man konnte Trondheim offiziell nichts nachweisen, aber er musste gehen. Den Rest kennst du. Er hat sich dann mit einer Praxis in Herdern niedergelassen und vor kurzem eine kleine Privatklinik eröffnet, mit Spezialisierung auf depressive Erkrankungen. Ich weiß das alles so genau, weil einer der Suizidpatienten eine

Bekannte von mir war. Und ich sage dir noch etwas – ich habe damals mit Trondheim gesprochen, und ich hatte den Eindruck, der würde für seine Karriere die eigene Großmutter verkaufen. Ich weiß, das würden viele andere auch tun. Was es bei ihm, meiner Meinung nach verschlimmert, ist, dass er besessen ist von der Idee, diesen Menschen zu helfen. Und dabei kennt er keine Grenzen.«

Ich habe Reni aufmerksam zugehört und glaube, sie hat Recht, was ihre Charakterisierung Trondheims betrifft. Ich überlege, was das in unserem Fall zu bedeuten haben mag.

»Danke, Reni. Und was war mit dem anderen?«

»Es ist nicht wirklich etwas Neues – aber immer wieder bin ich überrascht über die Findigkeit einiger unserer Zeitgenossen, Dreck in echte rollende Rubel zu verwandeln.«

»Spann mich nicht auf die Folter, Reni!«

»Sie inserieren in Tageszeitungen und im Internet. Der interessierte Kunde ruft an und gibt seine Bestellung auf – also Alter, Aussehen der Dame und seine speziellen Wünsche. Er hinterlässt seine Telefonnummer, die an eine der Frauen weitergegeben wird. Zwischen den beiden wird ein Treffen vereinbart, das entweder in einer von der Agentur betriebenen Wohnung, in einem Hotel oder bei dem Freier stattfindet. Das Tätigkeitsfeld dieser Agentur beschränkt sich auf Freiburg und Umgebung. Der Kunde zahlt für eine Stunde Liebe 200 Euro, jede weitere Stunde kostet 150. Die Hälfte davon kassiert die Agentur. Das Finanzamt ist nicht am Gewinn beteiligt.«

»Kein schlechter Stundenlohn ...« denke ich laut, »konntest du zufällig auch in Erfahrung bringen ...« Reni lässt ihr lautes, frohes Lachen erklingen.

»Was denkst du? Meinst du, ich unterhalte mich zum Spaß mit den Leuten?«

»Delia Landau hat tatsächlich für diese Agentur gearbeitet. Wenn ich der Aussage meiner Quelle Glauben schenken kann, hat sie Anfang November Kontakt zu der Agentur aufgenommen. Angeblich hat sie bisher erst vier Freier bedient. Sie war als Spezialistin für alles Perverse registriert.«

»Das bedeutet?« frage ich.

»Sadomaso-Spiele hauptsächlich, sie war Domina, aber auch bereit, in andere Rollen zu schlüpfen ... Hier sind übrigens die Adressen der vier Freier. Ich muss nicht extra erwähnen, dass sie alle vier bestens situiert sind, eine gewisse Stellung in der Öffentlichkeit und nichts ahnende Ehefrauen haben, die sich gerade jetzt an Weihnachten wahrscheinlich teurer Geschmeide erfreuen dürfen. Das Letztere ist eine Vermutung meinerseits, die auf bestimmten Beobachtungen in der freien Wildbahn der Realität basiert«, sagt sie (oder auf ihre jahrelange Tätigkeit bei der Sitte, füge ich im Stillen hinzu).

»Du bist unglaublich!«

Ich wage nicht zu fragen, wie sie es in dieser kurzen Zeit geschafft hat, all diese Informationen zusammenzutragen.

»Das kostet dich mindestens einen deiner betrüblichen Kaffees!« Das ist ihr geflügelter Ausdruck für die schwarze Brühe, dich ich zu trinken pflege. Erst jetzt registriere ich, dass sie noch immer vor meinem Schreibtisch steht und begehrliche Blicke Richtung Kaffeemaschine wirft.

»Damit kann ich gleich dienen«, gebe ich zurück, während ich aufstehe und ihr eine Tasse mit Kaffee fülle. Mit einem Seufzer lässt sie sich auf den Stuhl fallen.

Nachdenklich schaue ich sie an.

»Reni, was war los mit dieser Frau? Sie war erfolgreich, sie verdiente eine Menge Geld, sie hatte Liebschaften und Verehrer. Warum hat sie das gemacht? Was um alles in der Welt hat sie veranlasst, ihren Körper zu verkaufen. Ich meine, sie war eine gebildete Frau und ...«

Reni unterbricht mich mit einem unfrohen Lachen.

»Sie wird es uns nicht mehr sagen, Elza. Wir mögen Freud und seine Kollegen bemühen, allein vergeblich, würde ich sagen. Vielleicht hatte sie Spaß daran, möglicherweise war das der Kick, der ihr in ihrem Leben bisher gefehlt hat, vielleicht brauchte sie, aus einem Grund, den wir noch nicht kennen, und vielleicht nie erfahren werden, dringend Geld ... und lass dir eines gesagt sein: es sind nicht die Armen und Dummen allein, die ihren Körper und wer weiß – vielleicht auch ihre Seele – verkaufen.«

»Reni, da stimmt doch etwas nicht. Das wäre fast so, als würde ich mich plötzlich entschließen nebenher ein bisschen Taschengeld als Prostituierte zu verdienen.

Würdest du mir das abnehmen? Ich kann mir nicht helfen, ich glaube das einfach nicht.«

»Merkwürdig ist es, das gebe ich ja gerne zu, aber die ermittelten Tatsachen sprechen doch eine klare Sprache.«

Darauf weiß ich im Moment nichts zu sagen. Es ist immer schwierig mit Gefühlen oder Intuition zu argumentieren. Synchron nippen wir an unseren Tassen und zünden uns eine Zigarette an. Ich hänge meinen Gedanken nach. Reni fährt fort: »Meiner Meinung nach ist es ein Phänomen unserer Zeit, wie wir Huren sehen, sie behandeln ... irgendwo habe ich mal gelesen, dass jeder zweite Mann schon einmal bei einer Prostituierten war. Es sind ja nicht nur die Frauen, die die scheinbare Konkurrenz verfluchen. Auch und gerade die Männer. Sie behandeln die Huren wie eine Ware. Anstatt dankbar zu sein. Es gab aber auch andere Zeiten, Zeiten, in denen Huren nicht Huren genannt wurden, sondern Konkubinen oder Hetären oder Geliebte, sie waren Liebesdienerinnen, Dienerinnen der Liebe, vielleicht haben sie es heutzutage oft selbst vergessen, ich finde, es gibt schlimmere Dinge, als eine Liebesdienerin zu sein.«

Ungläubig schaue ich sie an, suche nach Ironie in ihren Worten, während mir die Geschichte von der Kameliendame einfällt. »Dass ausgerechnet du eine Lanze für dieses Gewerbe brichst, fällt mir schwer zu glauben.«

»Es ist wie bei vielen Dingen: die Idee dahinter mag nicht schlecht sein – die Umsetzung lässt oft zu wünschen übrig. Um keinen Zweifel aufkommen zu lassen, ich verabscheue die Vorgehensweise von Zuhältern und anderen Menschenhändlern. Aber wenn die Frauen frei bestimmen können, wie sie dieses Gewerbe betreiben ...«

»Das mag ein Punkt sein, über den man diskutieren kann. Aber du weißt so gut wie ich, dass sie Realität anders aussieht! Ich jedenfalls bin der Meinung, dass keine Frau es nötig haben sollte, sich zu verkaufen.«

Reni betrachtet mich prüfend.

»Lass dich nicht zu tief ein, Elza. Es ist eine Ermittlung wie jede andere auch« sie hält einen Moment inne, »oder ist es diese Zeit, die dich nicht zur Ruhe kommen lässt?«

Reni gehört zu den wenigen, die wissen, dass Katharina im nächsten Monat ihren Geburtstag feiern würde. Es ist die unerträglichste Zeit im Jahr überhaupt. Der Tag rückt näher und näher, in seiner Erwartung wird der Druck auf meiner Brust größer und größer. Und jedes Jahr denke ich, vielleicht ist es unmöglich an diesem zehnten Januar Urlaub zu nehmen. Es war nie unmöglich bisher. Ich fahre weg, verbringe den Tag und die darauf folgende Nacht in einem fremden Hotelzimmer und begebe mich in die Erinnerung wie ein Sünder in die ewigen Flammen der Hölle.

Schneiders Eintreffen enthebt mich einer Antwort. Reni verabschiedet sich.

»Trondheim ist drüben, die Landau war nicht erreichbar, aber ich bleibe dran«, meldet er knapp.

»Gut, was ist nun mit der Rathaussache?«

»Offenheit war nie die Sache von Politikern. Nicht

nur, dass niemand auch nur die geringste Ahnung hat, der Tenor war: Das ist schlichtweg unmöglich bei uns. Der Pressesprecher sagte wortwörtlich: Das sind doch alles nur Phantasien einer karrieregeilen Journalistin, die sich auf Kosten anderer Menschen profilieren möchte.«

Ich stöhne. Hatte ich mir etwas anders vorgestellt?

Ich gebe ihm noch Renis Liste mit den Telefonnummern der Männer weiter, die Delia über die Agentur kennen gelernt hat.

12

Wir sind einander näher
Als wir es jemals ertragen könnten
Thamus an Favea

Gelassen, die Beine übereinander geschlagen, die Hände im Schoß verschränkt, sitzt Hagen Trondheim vor mir. Blinzelnd schaut er durch die Brillengläser. Auf seiner Stirn glänzt ein feiner Schweißfilm. Nur das leichte Wippen des Beines lässt mich ahnen, wie nervös er ist. Ich setze ihn davon in Kenntnis, dass ich das folgende Gespräch auf Tonband aufzeichnen werde. Er nickt unschlüssig, sein Blick wandert zu Morten, der dabei ist, das Band einzuschalten.

Ich räuspere mich und bitte ihn, seine Beziehung zu Delia noch einmal zu schildern.

Bedächtig nimmt er die Brille ab und beginnt mit dem Ärmel seines Pullovers die Gläser zu putzen. Nach kurzem Zögern, beginnt er zu sprechen: »Ich verstehe das nicht, ich habe Ihnen doch bereits alles gesagt – dass wir im Sommer heiraten wollten ...«

Ich unterbreche ihn. »Wann hat sie Ihnen gesagt, dass sie nicht vorhatte Sie zu heiraten? Hat Sie bei der

Gelegenheit auch Ihren Liebhaber aus der Schweiz erwähnt?«

Seine Schultern sinken nach vorne, die Brille fällt ihm aus den Händen. Mit einer flinken Bewegung bückt er sich, um sie aufzuheben.

»Das ... das ist nicht wahr«, stammelt er und fügt leise hinzu: »Ich weiß nicht, wie Sie auf diese Idee kommen ... sie ... sie hatte gar keine Zeit für so etwas.«

»Ich glaube, Sie sagen uns nicht die Wahrheit. Die Frau, die Sie heiraten wollten, betrog Sie mit einem anderen Mann. Das allein mag ja schon schlimm genug sein für jemand, der so eifersüchtig veranlagt ist wie Sie. Aber es kommt noch schlimmer: sie wollte Sie wegen dieses Mannes verlassen. Und weil das unerträglich für Sie war, töteten Sie Delia.«

Seine nassen Augen liegen tief in den Höhlen. Heiser fragt er, ob er rauchen könnte. Zustimmend schiebe ich ihm den Aschenbecher rüber, während er eine Packung Zigaretten aus der Hosentasche nestelt. Seine Hände zittern, als er sich die Zigarette anzündet. Gierig nimmt er einen tiefen Zug und strafft dann seine Schultern. »Selbst wenn das, was Sie sagen, wahr wäre, meinen Sie nicht, ich hätte dann nicht eher den anderen Mann umgebracht?« Sein Lächeln wirkt aufgesetzt. »Von dem abgesehen: ich hätte Delia nie ein Leid zufügen können. Ich habe sie geliebt!«

»Die meisten Verbrechen werden im Namen der Liebe verübt«, belehre ich ihn.

»Ich dachte, diese Zeiten wären vorbei. Heutzutage ist Untreue kein Grund mehr, jemanden zu töten«, gibt er zurück.

Ich gehe nicht auf seine Bemerkung ein und sage, meinen Blick fest auf ihn gerichtet: »Wenn das als Grund nicht gereicht hat, gab es noch andere Dinge im Leben von Delia Landau, die als Motiv in Frage kämen.«

Trondheim schluckt, hält aber meinem Blick stand.

»Was wollen Sie damit sagen?«

»Unter anderem ihren Hang zu gewissen satanischen Praktiken.«

Er wirkt erleichtert. »Ach, hören Sie auf. Ich habe doch erwähnt, dass sie darüber schreiben wollte. Das ist doch nun wirklich kein Geheimnis.«

Ich bezweifle, dass er auch nur die leiseste Ahnung davon hat, was seine geliebte Delia unter recherchieren verstand.

»Es hat sich aber inzwischen herausgestellt, dass ihre Recherche weit über das übliche Maß hinausging. Sie hatte ein enges Band geknüpft mit einem Mann, der mit Fug und Recht als Satanist bezeichnet werden kann.«

»Ich sagte Ihnen doch, dass Delia mit Leib und Seele bei der Sache war. Niemals hätte sie eine Beziehung zu solch einem Menschen aufgebaut.«

»Was macht Sie so sicher?«

Er zögert nur kurz, blinzelt mit den Augen, bevor er mit fester Stimme antwortet: »Ich habe sie gekannt.«

Das bezweifle ich im Stillen.

»Kannten Sie sie so gut, dass Sie ihr zugetraut hätten, als Prostituierte zu arbeiten?«

Er zuckt zusammen und richtet sich abrupt auf. Die Hände auf der Kante des Schreibtisches abgestützt, starrt er mich mit vor Wut verzerrtem Gesicht an.

Sein Atem geht schwer, die Pupillen geweitet in einem schweißglänzenden Gesicht. Aus dem Augenwinkel sehe ich, wie Perini sich erhebt, um mir notfalls zur Hilfe zu eilen. Nach wenigen Sekunden jedoch richtet sich Trondheim wieder auf und wischt mit dem Unterarm den Schweiß von seiner Stirn. Erschöpft sinkt er in den Stuhl zurück.

»Das kann nicht Ihr Ernst sein ... das ... das ist un ... un ... unmöglich ...« Seine Worte kommen stotternd, mit einer fahrigen Bewegung greift er nach der Zigarettenpackung. Erst beim zweiten Anlauf gelingt es ihm, die Zigarette anzuzünden. Seine helle Haut schimmert gelblich und mit einer verzweifelten, hilflosen Geste fährt er sich mit der flachen Hand über die glänzende Stirn. Unvermittelt steigt ein trockenes Schluchzen aus seiner Kehle.

Ich stehe auf und gehe um den Schreibtisch herum auf ihn zu. Er wehrt mich ab und sagt: »Es ... es ... ist O.K. ... O.K. ... schon in ... Ord...Ordnung ...«

»Wollen Sie behaupten, Sie wussten von all dem nichts?« frage ich scharf. Eigentlich wollte ich ihn fragen, ob er denn blind durch die Welt gegangen ist, ob er denn nie etwas gemerkt, nie den leisesten Hauch eines Verdachtes gehegt hätte. Ich kann es nicht. Er sieht aus, als hätte ihn ein Laster überfahren.

Er räuspert sich, bevor er antwortet, seine Stimme

klingt rau und seltsam gebrochen. »Ich glaube, Sie täuschen sich. Das hätte Delia nie gemacht. Selbst wenn sie mit diesem Raffael geflirtet hat, sozusagen auf Teufel komm raus.«

»Was hätte sie nie gemacht? Sich in einen anderen Mann verliebt? Oder als Prostituierte gearbeitet? Oder sich mit Satanisten eingelassen? Sind Sie sicher, dass Sie die Frau, die Sie heiraten wollten, gekannt haben? Sind Sie sicher, dass wir von derselben Frau sprechen? Sie gelten als sehr eifersüchtiger und besitzergreifender Mann. Sie konnten es nicht ertragen, sie verloren zu haben, verlassen zu werden.«

In seinen Augen sehe ich die Qualen, die meine Worte auslösen und die unausgesprochene Bitte, ihn endlich in Ruhe zu lassen.

Leise antwortet er: »Ja, ich war sehr eifersüchtig, das gebe ich zu. Aber das sind viele, ohne gleich ihre Partnerin umzubringen. Sie verrennen sich da in etwas.«

Ohne Appetit beiße ich in eines der Weihnachtsbrötchen, die Morten vergessen hat. Heilig Abend, geht es mir durch den Kopf – wie Trondheim sich nun wohl fühlt, nachdem er die Wahrheit über Delia erfahren hat. Deprimiert schiebe ich den Teller mit den Brötchen zur Seite. Am liebsten würde ich umgehend nach Hause gehen, mich ins Bett legen und mindestens hundert Jahre schlafen. Aus einem der angrenzenden Räume dringen die Geräusche einer Weihnachtsfeier: Gläserklirren, Lachen, Stimmen, die sich angeregt unterhalten, im Hintergrund ein Weihnachtslied, als mir blitzartig einfällt, dass ich etwas vergessen habe. Es ist Weihnachten und ich habe kein Geschenk für mein Patenkind Maria, die Tochter meiner toten Freundin. Ein Blick auf die Uhr zeigt mir, dass mir gerade mal noch zwei Stunden bleiben, um in der Stadt noch etwas zu besorgen.

Eilig schlüpfe ich in die Jacke und prüfe nach, ob ich den Geldbeutel eingesteckt habe. Ich bin schon auf dem Weg zur Tiefgarage, als mir einfällt, dass es wahrscheinlich nirgendwo in der Stadt einen freien Parkplatz gibt. Also mache ich mich zu Fuß auf den Weg ins vorweihnachtliche Inferno.

Auf der Kaiser-Joseph-Straße, dem Herz der Freiburger City, herrscht ein dichtes Gedränge von Leuten, die wie ich, buchstäblich in allerletzter Stunde ein Geschenk besorgen müssen. Am Bertoldsbrunnen steht wie jedes Jahr der Päcklewagen der VAG, eine Gruppe Teenager unterhält sich lautstark vor einer Teenie-Boutique, die für Jung und Alt stets als Treffpunkt gilt, wenn man sich in der Stadt verabredet – wir treffen uns am Bert, lautet der geflügelte Ausdruck, auch älterer Semester. Eine Straßenbahn biegt um die Ecke und bimmelt, als eine junge Frau noch schnell über die Schienen hasten will.

Ich entscheide mich für die Spielzeugabteilung eines großen Kaufhauses und werde erst als ich mitten drin zwischen nervösen Erwachsenen und aufgedrehten Kindern (warum sind die denn dabei?) stehe, gewahr, dass ich keine Ahnung habe, was ich eigentlich schenken soll. Spielt sie noch mit Puppen? Oder mit Legos? Ziemlich ratlos schlendere ich durch die Regale, einigermaßen fasziniert von all den Sachen, von denen Spielzeughersteller glauben, Kinder würden sie brauchen. Katharina wollte damals unbedingt Barbiepuppen und ein Barbiehaus und ein Barbieauto haben. Ich kann mich erinnern, dass das zwischen Tom und mir einen unserer furchtbarsten Kräche, die wir überhaupt jemals hatten, auslöste. Ich war zwar auch nicht gerade ein Fan dieser blöd glotzenden Blondine mit den Stockbeinen und dem Stupsbusen, aber immerhin, war es doch nur ein Spielzeug, eine Puppe. Aber Tom machte ein derartiges Politikum daraus, dass man hätte glauben können, Barbie sei allein verantwortlich für den Untergang der abendländischen Gesellschaft im Allgemeinen und den Zusammenbruch der Weltkultur generell. Ähnliches erlebte ich in der Kita, in der wir Katharina untergebracht hatten: die Diskussion um H-Man brachte mich mehr als einmal an die Grenzen meiner doch weit gesteckten Toleranz. Ich glaube, heute weiß kein Mensch mehr wer H-Man überhaupt war, doch die Mütter und Väter ereiferten sich roten Kopfes pro und contra, sodass ich mir überlegte, ob das unsere wichtigsten Probleme in der Kindererziehung seien. Ein mitleidiges Lächeln folgte auf meine naive Frage. Ich war irgendwie nicht vollwertig, da ich arbeitete und der Vater die arme Kleine großzog ... Lieber würde ich mich mit einer Herde wilder Tiger einsperren lassen als mit den Eltern dieser Kindergartenkinder.

Inzwischen bin ich bei der Spiele-Abteilung angekommen. Hunderte und Aberhunderte, wie soll man sich da je entscheiden können. Ich greife blindlings hinein und ziehe ein Spiel mit dem Namen *Elfenland* hervor. Bingo. Das hört sich doch gut an. Spielalter von 8 bis 88. Ich frage mich, ob man mit 89 nicht mehr darf und warum nicht und ob die zuständigen Leute in den Redaktionen sich darüber jemals Gedanken machen, was genau sie eigentlich damit meinen. Na ja, ich werde mit 88 oder 99 – wie auf manch anderem Spiel angegeben – darüber nachdenken und vielleicht Beschwerde einlegen oder eine ordentliche Nachfrage verfassen, falls ich nichts anderes zu tun haben werde.

Ich nehme noch ein anderes Spiel mit dem aufschlussreichen Namen *Labyrinth* aus dem Regal und stelle mich mit meinen Einkäufen an der Kasse an, was mich der Schmerzgrenze meiner Geduld bedrohlich nahe rückt: lange Schlangen, ebenfalls ungeduldiger, auf den Zehenspitzen trippelnder Käufer warten darauf, ihre in letzter Minuten besorgten Geschenke eingepackt zu bekommen.

Unterwegs kehre ich noch bei der Buchhandlung ein und erstehe ein Buch mit dem Titel *Und Nietzsche weinte*, im Antiquariat entdecke ich für Barbara das Buch *Der verschwundene Kopf des Damasceno Monteiro* von Antonio Tabucchi, sogar mit einer Widmung des Autors und für Mike *Die Erbschaft des Herrn de Leon*, ein wunderbar geschriebenes Buch von Anna Enquist um eine Pianistin. Und weil ich gerade dabei bin, nehme ich noch *Pontius Pilatus*, Roger Caillois und den viel gerühmten Roman von Javier Marias *Mein Herz so weiß* mit, das ich zwar schon gelesen, aber ausgeliehen und nicht zurück bekommen habe. Bücher kaufen ist für mich wahrscheinlich mit dem gleichen Glücksgefühl verbunden, wie für andere Frauen das Kleiderkaufen. Unterwegs stoße ich noch auf einen Frauenbildband von dem ich weiß, dass Mike ihn sich schon lange gewünscht hat. Auf dem Rückweg fällt mein Blick auf einen ungefähr dreißig Zentimeter großen Spiegel in einem Antiquitätengeschäft. Sofort sehe ich dieses Kleinod in Mortens karg eingerichtetem Schlafzimmer. Er würde ausgezeichnet über die kleine, aus dem Empire stammende Kommode passen. Da er nicht ausgezeichnet ist, hege ich aber Befürchtungen bezüglich des Preises. Ich gehe in das Geschäft hinein. Ein älterer Herr, ich schätze, es handelt sich um den Ladenbesitzer, fragt freundlich nach meinen Wünschen. Ich erkläre ihm, dass es mir der Spiegel im Schaufenster angetan hat und ich den Preis zu wissen wünsche.

Zu meiner grenzenlosen Überraschung kostet er keinen Cent mehr als fünfzig Euro und ich lasse ihn mir auf der Stelle einpacken. Nun würde ich noch gerne zwei Flaschen Whisky für Max kaufen; eine Sorte, die man nur in der Weinhandlung Drexler bekommt. Die aber liegt jenseits des Weihnachtsmarktes hinter dem Rathausplatz, und das ist das Problem; ich war in all den Jahren nur zwei Mal auf dem Weihnachtsmarkt. Eine Erfahrung, die ich nicht unbedingt auffrischen möchte. Die einzige Chance, die man praktisch hat, ist die, sich einfach von der Menge schieben und überraschen zu lassen, wo man rauskommt. Das muss nicht zwangsläufig da sein, wo man ursprünglich hin wollte. Bei dem Gedanken an Max' Freude über den guten schottischen Whisky, wird mir warm ums Herz und ich gebe mir einen Ruck, hole tief Luft und lenke meine Schritte in Richtung Rathausgasse, bereit, mir notfalls mit den Ellenbogen den Weg zu bahnen. Ich muss wohl so entschlossen aussehen, dass mir die Massen freiwillig ausweichen. In weniger als zehn Minuten stehe ich in Drexlers und lasse mir zwei Flaschen Whiskey für Max einpacken. Ich schaue auf die Uhr. Kurz vor Ladenschluss und bin stolz, meine Weihnachtseinkäufe innerhalb von zwei Stunden erledigt zu haben und das, ohne das kleinste Anzeichen eines Nervenzusammenbruchs.

In diesem Moment fällt mir siedend heiß ein: ich habe keine Lebensmittel daheim, ich meine damit nicht die Weihnachtsgans oder Knödel oder dergleichen, ich meine, ich habe überhaupt nichts mehr zu essen daheim.

Das Schnurren meines Handys unterbricht meine diesbezüglichen deprimierenden Überlegungen: Morten ist in der Leitung.

»Man hat Antonia Martinelli gefunden, die Freundin von Delia. Sie ist tot.«

Die vorbeilaufenden Passanten verlangsamen ihre Schritte und schauen mich neugierig an, als ich wegen des Geräuschpegels um mich herum ins Telefon schreie:

»Was? Wo? Wer hat sie gefunden? Weiß man schon in etwa was passiert ist und ...«

»Die Meldung kam eben erst rein. Ich habe sofort unser Team zusammengetrommelt. Sie sind alle unterwegs in die Schwarzwaldstraße.«

Mit einem mulmigen Gefühl im Bauch, denke ich an meinen vergeblichen Besuch bei Antonia Martinelli. Ich nehme mir in der Bertoldstraße ein Taxi und lasse mich zu meinem Auto bringen, wo ich meine Einkäufe umlade und mit Blaulicht losfahre.

Die uniformierten Kollegen sind bereits da, ein Krankenwagen steht in der Einfahrt. Jürgen Ruf, der die Eingangstüre bewacht, kennt mich und lässt mich mit einem freundlichen Gruß passieren.

Auf das, was ich hier sehe, war ich nicht vorbereitet, in keiner Weise. Herausgerissene Schubladen, aufgeschlitztes Sofa, umgeworfene Stühle, die Bücher liegen wild verstreut auf dem Boden, genauso wie der Inhalt eines halben Dutzend Aktenordner. Mitten drin in diesem wüsten Chaos liegt eine Frau mit dem Gesicht zum Boden, den Körper in einer wilden Drehung verrenkt. Edgar, Paolo und Reni sind schon bei der Arbeit, Morten inspiziert vorsichtig den Raum, packt hin und wieder einen Gegenstand in die für die Spurensicherung vorgesehenen Plastiktüten. Er begrüßt mich mit blassem Gesicht. »Das sieht schlimm aus.«

Als ich mich der Leiche nähere, sehe ich, was er meint. Sie liegt in einem See von Blut, ihre Haare sind steif und rot, als hätte ihr jemand rote Paste reingeschmiert.

»Kann ich sie schon umdrehen?«

»Warte noch einen Moment«, gibt mir Edgar zur Antwort. Einer der uniformierten Polizisten rennt auf die Toilette um sich geräuschvoll zu übergeben. In einer Ecke des Zimmers sitzt wie im Schüttelfrost zitternd, eine kleine, blondhaarige Frau, die Hände vors Gesicht geschlagen und gibt stoßweise spitze Schluchzer von sich.

»Wer ist denn das?« frage ich Morten flüsternd.

»Sie hat die Leiche gefunden.«

»Und warum um Gottes willen kümmert sich niemand um die Frau?« sage ich aufgebracht, weiß aber im gleichen Augenblick, dass es einfach nicht möglich war. Ich schaue mich nach einem Mitglied des Rettungsdienstes um und winke ihn heran.

»Kümmern Sie sich doch bitte um die Frau. Ich nehme an, sie hat einen Schock. Wenn sie wieder bei sich ist, möchte ich mit ihr sprechen.«

Wir gehen zusammen hin. Ich knie mich nieder und fasse sie an den Schultern. Sie beginnt hysterisch zu kreischen. Der Rettungssanitäter spricht mit leiser, beruhigender Stimme auf sie ein, bis sie sich von ihm willenlos hinausführen lässt. Ich gehe hinterher und sage noch einmal eindringlich, dass er sich bei mir melden soll, wenn sie ansprechbar ist und er solle sie doch im Krankenwagen lassen. Er nickt und geht mit der immer noch zitternden Frau hinaus.

Inzwischen hat Reni die Leiche umgedreht. Ihr blauer Wollpulli ist bis zum Rollkragen aufgeschlitzt. Trotz des vielen Blutes kann ich die Wunde auf dem Bauch erkennen: ein schiefer Stern: das umgedrehte Pentagramm der Satanisten. Wie betäubt stehe ich da und kann den Blick nicht von der Blutlache, in der die Frau liegt und dem Pentagramm lassen.

Morten tritt heran und sagt: »Angerufen hat eine Gerti Hollander sie hat die Leiche entdeckt. Sie sagte nur, da wäre eine Leiche, hat die Adresse und ihren Namen genannt und dann war außer ihrem Schluchzen nichts mehr zu hören. Sie hatte nicht einmal den Hörer aufgelegt.«

»Morten schau dir das an: sie hat ebenfalls ein Pentagramm auf dem Bauch. Wie Delia Landau. Sie waren Freundinnen. Warum musste Antonia Martinelli sterben? Und dann: Niemand außer dem Mörder und uns weiß von dem Pentagramm.«

Morten wirkt krank und übernächtigt. Er niest mehrere Male hintereinander. »Hat es dich erwischt?« frage ich.

Er verzieht das Gesicht. »Genau das, was mir jetzt noch gefehlt hat – auf jeden Fall wissen wir, dass es sich mit Sicherheit um den gleichen Täter handelt.«

Ich wende mich an den Arzt, der gerade neben mich tritt: »Wie lange ist sie denn ungefähr schon tot?« Er meint: »Das muss die Obduktion beantworten. Aber so lange kann das noch nicht sein. Muss irgendwann heute Nacht passiert sein.«

13

Es ist der Abend des 24. Dezember. Heilig Abend. Die Wirklichkeit scheint absorbiert von einem Vakuum des Schreckens und einer Art von Gefühllosigkeit, die aus Überarbeitung und Müdigkeit heraus entsteht. Jetzt werden wir an diesem Tag, an einem Tag, der für viele Menschen ein Festtag, ein Tag der Liebe ist, der Freude und des Schenkens, nun werden wir an diesem Tag den Menschen, die Antonia nahe standen, sie liebten, die Botschaft ihres Todes überbringen, eines sinnlosen Aktes der Gewalt.

Ich stehe in ihrer Wohnung, in der sie gelebt hat und in der sie nun auch gestorben ist und starre die Wände an. Rauche eine Zigarette nach der anderen und mache mir Vorwürfe. Hätte ich diesen Tod verhindern, ihr Leben retten können? Sie hat angerufen und darum gebeten, dass ich sie zurückrufe. Was mag sie gewollt haben? Wäre sie noch am Leben, wenn ich gleich zurückgerufen hätte?

War der Täter noch in der Wohnung als ich klingelte? Hat er mein Klingeln gehört, saß still da, wartete und hörte meine Schritte, knirschend im Schnee als ich kam und wieder ging? Wartete auf das Geräusch eines startenden Autos? Hat er vom Fenster aus beobachtet, wie ich noch einige Minuten im Auto saß und wartete? Ein eiskaltes Kribbeln arbeitet sich von meinen Füßen hoch bis in die Fingerspitzen.

»Bevor wir in die Pathologie fahren, möchte ich noch mit der Frau sprechen, die sie gefunden hat. Hoffentlich ist sie jetzt ansprechbar. Morten, klär das doch bitte ab«, sage ich.

Morten mustert mich besorgt, nickt dann und geht nach draußen zum Rettungswagen, in dem sich die Frau aufhält. Ich gehe nochmals in Ruhe durch die Wohnung, habe hin und wieder Fragen an das Team der Spurensicherung, ziehe mir Gummihandschuhe an und schaue in den Schränken und Schubladen nach. Im untersten Fach des Schrankes befinden sich eine Reihe Aktenordner; ich knie mich nieder, um die beschrifteten Rückenteile zu entziffern. Ich zucke schreckhaft zusammen, als jemand sanft die Hände auf meine Schultern legt. Erleichtert atme ich auf, als ich Morten sehe, doch er sieht so seltsam aus – etwas scheint nicht zu stimmen. Mein Herz wird klein, zu klein, für seine flatternden Schläge.

»Was ist los, Morten?«

»Noch ein Mord, Elza.«

»Meine Güte, was ist los mit dieser Stadt? Morten –«, ich weiß, ich höre mich hysterisch an, aber ich fühle mich an der Grenze dessen, was ich ertragen kann.

»Wir haben zwei Morde auf die wir uns konzentrieren müssen. Ich verstehe nicht, warum die Einsatzzentrale uns ruft, wo wir hier noch mit dem Tatort beschäftigt sind.«

»Die Sache liegt etwas anders, die Leiche liegt ebenfalls am Güterbahnhof, dieselbe Stelle, an der auch Delia gefunden wurde – und sie hat ebenfalls ein Pentagramm an ihrem Körper.«

Einen Moment lang bin ich fassungslos.

»Mein Gott, das fass ich einfach nicht. Morten, sag dass es nicht stimmt, dass ich nur einen schlimmen Traum habe.«

Ich richte mich auf, im gleichen Moment wird mir schwarz vor den Augen, sodass ich mich an Morten festhalten muss, um mein Gleichgewicht nicht zu verlieren. Er hält mich eine Weile in seinen Armen.

Reni und Edgar stehen in der Türe, wohl lange genug, dass sie mitbekommen haben, um was es geht.

»Da scheint jemand was dagegen zu haben, dass wir Weihnachten feiern«, sagt Edgar. Niemand antwortet ihm. Ich streife die Plastikhandschuhe ab und stopfe sie in meine Jackentasche. Reni tippt eine Nummer in ihr Telefon und ich höre, wie sie in ihrem vertraut resoluten Ton Verstärkung anfordert. Ich bin dankbar, dass sie mir das abnimmt und Stärke zeigt in einem Moment, in dem ich das Gefühl habe, von den Ereignissen überrollt zu werden. Ich rufe Jim Mullen an, damit sie Gerti Hollanders Aussage aufnimmt. Dann machen wir uns auf den Weg zum Güterbahnhof.

14

Als wir ins Freie treten, hat es wieder begonnen zu schneien. Wir fahren in bedrückendem Schweigen durch die Stadt, Richtung Güterbahnhof.

Die Straßen sind wie ausgestorben. Weihnachtliche Ruhe hat sich nach Ladenschluss über die Stadt gelegt: nur wenige Autos sind unterwegs, die Geschäfte sind geschlossen, die Menschen bereiten sich auf das Fest der Liebe vor. Die Auswirkungen werden wir – erfahrungsgemäß – heute Abend und in der Nacht zu spüren bekommen: Selbstmordversuche, geprügelte Ehefrauen und Kinder, Familienkräche, Betrunkene. Das Fest der Liebe fordert seinen Tribut.

Die Liebe fordert immer ihren Tribut. Die Liebe ist eines der tödlichsten Geschosse, die ich jemals gesehen habe. Vielmehr das, was wir mit diesem Wort bezeichnen. Vielleicht ist es die illusionäre Natur dieses Gefühles. Katharina hatte kurz bevor sie verschwand, die Angewohnheit zu fragen, warum die Dinge so heißen, wie sie heißen. Mama, warum heißt der Stuhl Stuhl und nicht Tisch. Warum heißen Steine, Steine und nicht Tasse. Wer hat die Wörter erfunden?

Die Wörter sind da. Wir füllen sie mit Bedeutung. Die

gegenständlichen Bezeichnungen füllen wir mit Bedeutung. Die irrationalen Wörter füllen wir mit Illusionen. Ich frage mich, ob es an Weihnachten liegt, dass ich so häufig über die Liebe nachdenke. »Hinter der geliebten Person herzulaufen und sie nie zu erreichen ist die einzige Möglichkeit, die es für die Liebe gibt, sich nicht zu verschleißen«, so Heraklit über die Liebe. Ich weiß nicht, warum mir dieser Satz gerade jetzt einfällt.

Langsam breitet sich die Dämmerung aus. Im Zwielicht des Abends sieht die Tote friedlich aus, ganz so, als hätte sie sich zum Schlafen in dieses weiße Bett aus Schnee gelegt, um dennoch nie mehr aufzuwachen. Doch als ich näher komme löst sich das Bild von Friedlichkeit auf. Es wirkt auf mich wie die Wiederholung jener Nacht, als wir Delia an genau der gleichen Stelle fanden. Auch ihr hat man die Kehle aufgeschlitzt. Wie bei einem Schattentheater bewegen sich die uniformierten Kollegen in dem Setting aus Schwarz-Grau-Weiß: sie sperren den Tatort ab, stellen Lampen auf, machen Notizen.

Lange und lockige rote Haare umrahmen ein ebenmäßig weißes Gesicht, in dessen leblosen Zügen sich eine verlorene Traurigkeit spiegelt. So schön. So verloren.

Bei Delia empfand ich etwas von einer Theateraufführung, ganz so, als könnte es nicht sein, dass diese Frau, deren Kraft man selbst in ihrem Tod noch spürte, dass diese Frau dem Tod übergeben wurde; bei Antonia wiederum empfand ich Entsetzen über die Brutalität, mit der der Mörder vorgegangen war. Hier bei diesem durchscheinenden Mädchen kann ich mich des Eindrucks nicht erwehren, dass sie im Leben nie glücklich gewesen, dass ihr ganzes Wesen von Sehnsucht nach etwas Unerfüllbarem durchtränkt ist. Ich schüttle diese melancholischen Gedanken ab und gehe, wie schon drei Tage zuvor, das Gelände um die Halle ab.

»Wer hat sie denn gefunden«, will ich von dem Polizeibeamten an der Absperrung wissen.

»Es war ein anonymer Anrufer, der sagte, am Güterbahnhof liege eine Leiche. Es könnte ein Obdachloser gewesen sein, der hier unten in der Halle Zuflucht suchte.«

Es könnte aber auch der Mörder persönlich gewesen sein, der sich im Triumph seiner Taten nicht zurückhalten konnte, geht es mir durch den Kopf.

15

Als wäre ich persönlich verantwortlich für diese Morde begrüßt mich Klesemann mit den Worten: »Linden, findest du nicht, dass das etwas zu weit geht? Ich wollte gerade in meinen wohlverdienten Weihnachtsurlaub fahren. Meine Frau wird sich scheiden lassen.«

Klesemann hat keine Frau, hatte noch nie eine und wird – da bin ich mir ziemlich sicher, da sich sein Leben hauptsächlich im Labor abspielt – auch nie eine haben. Ich weiß, dass das Klesemanns Art ist, mit den Dingen, die er Tag für Tag sieht, fertig zu werden. Aber mir ist momentan nicht nach einem Schlagabtausch, wie er sonst üblich ist für uns beide. Mit kaum verhohlener Ungeduld erwidere ich: »Vielleicht haben wir es hier mit einem Serienmörder zu tun. Ich brauche schnellstens Ergebnisse ...«

Er unterbricht mich und sagt: »Das ist mir klar. Darum habe ich ein zweites Team hier, sodass die beiden Obduktionen parallel laufen können.«

Ich bin dankbar für seine vorausschauende Umsicht. Schweigend ziehen wir uns die Labormäntel über und gehen in den Obduktionsraum. Morten ist drüben im anderen Raum, in dem die Leiche des unbekannten

Mädchens von Ludwig und seinem Team obduziert wird. Klesemann beginnt wie immer mit der äußerlichen Leichenschau. Antonia Martinellis weißer Körper ist bis auf die Wunde am Hals und das Pentagramm auf dem Bauch unversehrt. Sie neigte zur Molligkeit, ohne dass man sie als dick hätte bezeichnen können. Die dunkelbraunen Haare sind kurz geschnitten. Sogar in ihren leblosen Zügen steht der temperamentvolle Charme der Südländerin geschrieben.

Klesemann spricht seine Untersuchungen wie immer in ein Mikrofon, das er am Kragen angebracht hat. Schweigend sehe ich zu, wie er die drei Körperhöhlen öffnet, um die Gewebeproben zu entnehmen. Er arbeitet konzentriert, sicher und schnell.

»Wir haben hier«, mit einer Armbewegung fordert er mich auf, näher zu kommen, »wir haben am Hinterkopf eine Wunde. Die Kopfschwarte ist geplatzt, ein epidurales Hämatom mit ausgeprägter Schädelfraktur. Diese Verletzung führte zur Bewusstlosigkeit. Anschließend wurde ihr in liegendem Zustand teilweise der Hals durchtrennt. Allgemeine Blutleere. Der Tod muss nach ungefähr zehn Minuten eingetreten sein; mit einer Körpertemperatur von vierunddreißig Grad und einer ausgeprägten Leichenstarre in allen Gliedern können wir den Todeszeitpunkt zwischen dreiundzwanzig und vierundzwanzig Uhr vorigen Tages ansetzen.«

Ich unterbreche ihn: »Gibt es einen Hinweis darauf, mit welchem Gegenstand ihr der Schädel zertrümmert wurde?«

Mit dem Unterarm fährt er sich über die schweißnasse Stirn.

»Momentan kann ich dazu noch nichts sagen, wir müssen schauen, ob sich in der Wunde Partikel des Gegenstandes finden.«

Schweigend fährt er mit seiner Arbeit fort. Mein Blick fällt auf die rote, sternförmige Wunde auf der Bauchdecke.

»Was ist mit der Wunde auf dem Bauch? Wurde sie ihr post mortem zugefügt?«

»Eindeutig! Wenn sie noch einen Blutkreislauf gehabt hätte, würde das anders aussehen.«

Meine Augen werden schwer, während ich dem Rest der Obduktion schweigend zuschaue. Den Abschluss übernimmt Wolfgang Schmitt. Nachdem wir uns unserer Labormäntel entledigt haben, treten wir in den kahlen Flur hinaus.

Ulrich Klesemann zieht ein Päckchen Kaugummi aus seiner Hosentasche und streckt es mir entgegen. »Seit ich nicht mehr rauche ...« sagt er geistesabwesend. Dankend nehme ich einen. Wir schauen beide gleichzeitig auf unsere Uhren.

Schon höre ich die Tür des anderen Obduktionsraumes aufgehen. Morten, grau im Gesicht, kommt uns mit schwerem Schritt entgegen.

16

Im Besprechungsraum ist es schier unerträglich heiß. In den bleichen Gesichtern der Kollegen ist ihre Erschöpfung deutlich zu sehen.

Mit dem Fund der dritten Leiche scheint auch die letzte Hoffnung auf ein paar ungestörte Weihnachtsfeiertage zu schwinden. Nach einem kurzen Räuspern beginnt Morten mit einem Abriss der Geschehnisse der vergangenen drei Tage.

»Gut beginnen wir mit Delia Landau, gefunden am Abend des 21. Dezember: sie wurde bis zum Tod gewürgt, die Halsschlagader wurde nach Eintreten des Todes durchgeschnitten; ebenfalls post mortem wurde die Wunde auf der Bauchdecke zugefügt. Mit ziemlicher Sicherheit ist auszuschließen, dass der Fundort auch Tatort war. Was im Übrigen auch zu riskant für den Täter gewesen wäre. Sie war im Begriff Hagen Trondheim zu heiraten, hatte einen Liebhaber in der Schweiz, nach Aussagen dieser beiden Männer, sowie aufgrund der Auswertung der Computerdateien hatte sie Kontakt mit einem oder mehreren Satanisten. Gestern Abend ging auf ihrem Notebook eine Mail mit folgendem Wortlaut ein: »*Die Macht Satans wird jeden töten, der es wagt, sich ihm entgegen zu stellen! Der Herr der Finsternis lebt – Hail Satanas!«* Das könnte man durchaus als Drohung auffassen. Heute um 13.30 Uhr wird die Leiche von Antonia Martinelli gefunden, ein paar Stunden später die Leiche einer jungen unbekannten Frau.«

Er hält inne, nimmt einen Schluck Kaffee aus seiner Tasse fordert mich mit einem Blick auf weiterzumachen.

»Antonia Martinelli, so lautet der Namen des zweiten Opfers, war eine Freundin von Delia Landau. Dreißig Jahre, allein lebend in der Schwarzwaldstraße. Sie arbeitete auf Honorarbasis als Sozialarbeiterin. Für Details ist es natürlich noch zu früh; fest steht jedoch, dass sie durch einen Schlag auf den Kopf das Bewusstsein verlor. Mit einem scharfen Messer oder einem Skalpell wurde anschließend der tödliche Schnitt am Hals ausgeführt. Nach dem Tod wurde ihr, wie der Landau auch, auf der Bauchdecke die sternförmige Wunde, das Pentagramm zugefügt. Gefunden wurde sie von Gerti Hollander, einer Arbeitskollegin, mit der sie am Morgen verabredet war. Hollander hatte einen Schlüssel für die Wohnung, da sie, während die Martinelli verreist war, deren Blumen gegossen hatte. Die Martinelli war zwar seit drei Tagen wieder zurück, doch zu einem Treffen sollte es erst an diesem Morgen kommen. Sie hatten sich in einem Café in der Innenstadt verabredet.

Als die Martinelli nicht kam, fuhr Gerti Hollander mit der Straßenbahn zu der Wohnung in der Schwarzwaldstraße, um den Schlüssel einzuwerfen. Da sie aber noch eine Mappe mit Arbeitsunterlagen dabei hatte, die sie abgeben wollte, klingelte sie und als niemand öffnete, schloss sie die Tür auf und fand ihre Kollegin ›abgeschlachtet‹ vor.«

Ich blicke in die fahlen, konzentrierten Gesichter meiner Kollegen – Wieland schält seine obligatorische Tafel Schokolade aus der Verpackung, Schneider gießt sich Mineralwasser in ein Glas, Anno reißt kleine Fetzen Papier vom Rand seines Schreibblockes und formt sie zu winzigen Kügelchen, Gundula spielt nervös mit ihren Fingern. Ich weiß, sie hat zwei kleine Kinder daheim, die normalerweise von ihrer Mutter versorgt werden; vor kurzem hat sie eine Andeutung gemacht, dass die Mutter operiert werden müsste.

Morten übernimmt: »Das dritte Opfer: eine junge Frau zwischen achtzehn und fünfundzwanzig, Identität unbekannt. Ihre Leiche lag am Güterbahnhof vor der Werkshalle, an der gleichen Stelle, an der auch Delia Landau gefunden wurde. Die allgemeine Blutleere, die bei der Obduktion festgestellt wurde, bedeutet, dass sie durch die teilweise Durchtrennung des Halses zu Tode kam. Es wurden jedoch keine anderen Wunden gefunden, was bei näherer Betrachtung mehr als merkwürdig ist. Es ist sehr schwer, jemand, der im Vollbesitz seiner Kräfte ist diese Wunde zuzufügen. Lukas meinte bei der Obduktion, man könnte glauben, sie hätte sich hingelegt und darauf gewartet, dass ihr der Hals aufgeschlitzt wird ... Die Todeszeit ist nicht exakt zu bestimmen; aber drei bis vier Tage dürfte hinkommen. Auch sie trägt das Pentagramm auf dem Bauch. Was vielleicht wichtig werden kann: das Mädchen litt unter Anorexie.«

Ein Raunen und Rascheln erhebt sich und Anno Schlesinger resümiert: »Wir haben drei Frauen, die im Zeitraum von drei Tagen ermordet wurden. Das erste Opfer wird zuletzt gefunden, an der gleichen Stelle wie das zweite. Bei zwei von ihnen war die Todesursache das Durchtrennen der Halsschlagader; bei der dritten wurde der Schnitt nach dem Tod ausgeführt. Alle drei tragen ein Pentagramm auf dem Bauch. Zwei von ihnen werden an der gleichen Stelle abgelegt. Das heißt, wir können davon ausgehen, dass es sich um denselben Täter handelt.«

»Priorität hat die Identifizierung der unbekannten Frau«, sage ich, »Wie schnell können wir Flugblätter mit dem Foto bekommen?«, wende ich mich an Wieland. »Morgen. Ich kümmere mich gleich darum«, gibt er Schokolade kauend zurück.

»Gut – zusätzlich werden wir wohl mit dem Bild der Toten alle, die mit Delia Landau und Antonia Martinelli zu tun hatten, abklappern. Diese drei Morde stehen in Verbindung, und weil das so ist, muss jemand auch das rothaarige Mädchen kennen.«

Anno fragt: »Was ist mit der Presse?«

»Das hat Zeit. Jemand muss sie doch vermissen, sie ist immerhin schon drei oder vier Tage tot! Doch niemand, auf den diese Beschreibung zutrifft, wurde als vermisst gemeldet.«

»Da bei allen drei Leichen das Zeichen der Satanisten

gefunden wurde, kann man davon ausgehen, dass man den oder die Täter auch in einschlägigen Kreisen suchen muss. Eine Anfrage an den Provider von Thamus läuft, ebenso die Suche nach dem anonymen Schreiber der Mail. Trotzdem dürfen wir nicht außer Acht lassen, dass sowohl Trondheim als auch Baeriswyl starke Motive hatten, zumindest Delia Landau zu töten. In der Schweiz sind uns im Moment sozusagen die Hände gebunden, aber bei Trondheim möchte ich, dass er observiert wird. Da wir für diese Aufgabe ein zu kleines Team sind, werden wir noch drei Leute aus anderen Dezernaten abziehen müssen. Ich weiß, Bauermeister wird das nicht gefallen und Müller wird toben.« Allgemeines, zustimmendes Raunen.

Im Stillen frage ich mich, ob wir mit unserem zwanzigköpfigen Team und drei Leichen zurechtkommen. Wir alle kommen kaum zum Schlafen und wenn sich das über Wochen hinzieht, wird die Stimmung gereizt und die Arbeit leidet darunter. Inzwischen hat sich am Tisch eine Diskussion um Satanismus im Allgemeinen und Eifersucht im Besonderen entsponnen, der ich eine Weile schweigend zuhöre. Als die Theorien immer verstiegener werden, beende ich die Diskussion, indem ich an die Verteilung der Aufgaben erinnere. Damit entlasse ich das Team in den Feierabend.

Sie werden zum größten Teil nach Hause gehen zu ihren Familien, zu Frau und Kindern oder zu ihren Eltern, zu Freunden und Freundinnen. Morten hat den Versuch unternommen, mich zum Essen einzuladen. Aber allein der Gedanke, mich heute Abend in anderer Gesellschaft als meiner eigenen zu bewegen, ist mir zuwider. Was mich am meisten daran ärgert, ist, dass ich mich immer wieder erkläre oder entschuldige; als wäre es nicht mein gutes Recht, Heilig Abend so zu verbringen, wie ich es möchte.

Kalter, stinkender Rauch schlägt mir entgegen, als ich meine Bürotür öffne. Mir ist flau im Magen, ob vor Hunger, Müdigkeit oder Einsamkeit ist nicht zu sagen; es ist jene Art von Flauheit, die sich ganz gut mit dem Cognac vertreiben lässt, den Reni mir im Laufe des Tages auf den Schreibtisch gestellt hat.

Noch ehe ich mich setzen kann, klopft es und Ranzmayr betritt mit einem müden Lächeln im Gesicht den Raum. »Hat man dir das Haus unterm Arsch weggepfändet oder was ist sonst los mit dir, Linden? Findest du den Heimweg nicht?« Ich möchte zu einer scharfen Erwiderung ansetzen, besinne mich aber vorher und frage zurück: »Bist du eigens hier, um das herauszufinden? – Einen Cognac?«

Er brummelt etwas, das ich als Zustimmung auffasse. Ich hole zwei Gläser aus dem Schrank und fülle sie mit dem Cognac. Ranzmayr nippt an seinem, ich trinke meinen wie einen Magenbitter in einem Schluck herunter.

Brennend fließt die Flüssigkeit durch meinen Hals und schwappt warm an den Magenwänden hoch. »Gibt's was Neues?« frage ich.

Ranzmayr nickt, tut es mir nach und trinkt den Cognac in einem Zug. Bedächtig stellt er sein Glas zurück auf den Schreibtisch und sagt: »Da gibt es noch einen Restposten ... ein paar Seiten nur ... durch einen Papierstau sind sie im Drucker hängen geblieben ... Ich dachte, ich bringe es dir vorbei, schätze es könnte dich interessieren ...« Aus der Innentasche seiner Jacke zieht er die zusammengerollten Seiten und übergibt sie mir.

Es sind nicht mehr als fünf Blätter. Mit einer Zigarette und einem weiteren Cognac setze ich mich in die Fensterbanknische und beginne zu lesen:

Thamus: Erzähl mir was von uns, Favea! Ich vermisse dich so sehr!

Favea: Glaubst du, Geliebter, dass es Seelen gibt, die sich aus einer anderen Welt kennen, die sich schon viele Leben lang kennen, glaubst du, dass deine Seele so alt ist, dass sie meine wieder erkennen könnte? Du bist so sehr Bestandteil meines Denkens und meiner Lust geworden.

Thamus: Ja, das glaube ich! Du erfüllst mich mit Stolz.

Favea: Du fesselst mich, du nimmst meine Gedanken gefangen, die Erinnerung an deine Stimme jagt mir Schauer der Wollust durch den Körper.

Thamus: Und meine Lenden, die sind so saftig!

Favea: Thamus, mein Leben ... die Liebe zu dir lässt mir die Sinne schwinden.

Thamus: Erst wenn wir unser Mahl verzehrt, sind wir endgültig vereint.

Favea: In alle Ewigkeit vereint.

Thamus: Ewig. Ja. Meine Geliebte. Doch jährlich wird eine erneute Vereinigung notwendig!

Favea: Ein Glücksgefühl strömt bei diesem Gedanken durch meine Adern. Wir müssen es irgendwo festhalten, sodass die Nachwelt davon erfährt.

Thamus: Du willst alles aufschreiben?

Favea: Ja, ich will, dass das Blut der Menschen gefriert, allein beim Klang unserer Namen.

Thamus: Geliebte, ich will ein Kind von dir

Favea: Ich werde dir ein Kind schenken. Ein Kind des wahren Bösen und niemand soll mehr behaupten können, das Böse gäbe es nicht!

Thamus: Die Frucht deines Leibes soll meinen dunklen Kuss empfangen, Favea!

Favea: So sei es!

Die Seiten gleiten mir aus der Hand, verteilen sich auf dem Boden. In meinem Hals sitzt ein Kloß. Eine namenlose Depression bemächtigt sich meiner. Was ist los mit diesen Menschen? Warum wollen sie töten? Ein Kind zeugen, um es zu fressen? Sich andere Menschen unterwerfen, sie zu ihren Sklaven machen? Oder ist das alles nur ein Synonym? Ein Synonym für die Sehnsucht nach Liebe? Nach Zugehörigkeit? Jemandem zu gehören, jemanden zu besitzen und besessen zu werden? Sich für die Ewigkeit verbünden, weil es in dieser Welt inzwischen nichts mehr gibt, was noch von Dauer wäre? Ich finde keine Antwort, ich bin ratlos. Entsetzt. Traurig. Ja, traurig darüber, in diesen Abgrund schauen zu müssen.

Wie von Furien gehetzt stürze ich mich kopflos in die Nacht hinaus. Nur den einen Wunsch im Kopf: weg, weg von diesem Abgrund, der sich vor mir auftut. Am Himmel türmen sich apokalyptisch Wolkenformationen in Grauschattierungen. Es ist kälter geworden, wider Erwarten hat nicht Tauwetter eingesetzt, sondern ein Schneetreiben, heftiger noch als das letzte Mal. Ich fahre durch die stillen, nächtlichen Straßen, ohne ein Ziel zu haben. Nach Hause will ich jetzt nicht. Zu meiner Rechten taucht der Schlossberg auf und meiner inneren Stimme folgend, parke ich das Auto am Straßenrand. Mit kräftigen Schritten, blind für die Umgebung kämpfe ich mich den schneebedeckten Abhang hoch. Eingeschneite Welt in Watte gepackt. Bauschige Flocken legen sich auf meine Haare, Schultern und Rücken, die Nässe dringt durch die Schuhe, meine Füße sind nass und kalt; ich gehe besinnungslos, ohne nach rechts und links zu schauen, ohne Richtung, ohne Ziel bis der Weg sich lichtet und ich mich auf dem Kanonenplatz wieder finde. Unter mir die Lichter der schlafenden Stadt. Außer Atem halte ich inne. Ich strecke mein Gesicht den fallenden Flocken entgegen. Von hier oben betrachte ich die Stadt mit ihren schillernden Lichtern und den puderzuckrigen Dächern; irgendwo läuten Glocken. Ich bin müde, so verdammt müde. Ich lehne mich an eine der mächtigen Kastanienbäume und überlege, was ich als nächstes tun werde. Doch recht bald merke ich, dass diese Frage im Moment gar nicht vordergründig ist. Ich empfinde eine gewisse Irritation, der nachzuspüren mir im Wust der Gefühle nicht einfach erscheint. Bilder von frisch geborenen Babys kommen und gehen, von Babys, die ermordet werden, um von ihren Eltern gefressen zu werden. Es ist mir im Moment völlig unmöglich, das Ganze mit nüchternem Verstand, schon gar nicht mit Abstand zu betrachten. Ein Strudel von Emotionen verhindert jeden klaren Gedanken. Ganz ruhig und der Reihe nach, Miss Linden, ermahne ich mich selbst. Ich pflege in solchen Situationen, Punkt für Punkt aufzulisten und abzuhaken. Ich will es nicht, versuche, den Gedanken unten zu halten, es nützt nichts: vor meinen Augen nimmt meine Tochter Katharina Gestalt an. Katharina, die vielleicht solchen Leuten in die Hände gefallen sein mag, Leuten, denen ein Menschenleben nur soviel bedeutet, wie sie es für ihre perverse Lust nutzen können, denen die Qual und das Leid anderer Lebewesen Nahrung sind. Es wird mich mein Leben lang begleiten, es wird nie anders sein, ich weiß es. Aber schlimmer als die Gewissheit ihres Todes je sein könnte, ist die Ungewissheit, die quälende, nagende Angst, was mit ihr geschieht, welches Leid, welche Qualen sie möglicherweise erdulden muss. Unvorstellbare Bilder gehen mir durch den Kopf und das Wissen, dass ich als Mutter versagt habe. Tränen schießen mir in die Augen, heiße Tränen auf kalter Haut; ich weine hemmungslos und laut. Dann schnäuze ich die Nase und wische mir das Gesicht trocken. Mit vorsichtigen, tastenden Schritten trete ich den Rückweg nach unten an. An einigen Stellen haben sich hubbelige Eisschichten gebildet, an anderen liegt der frisch gefallene Schnee trügerisch locker. Plötzlich komme ich mir alt vor, eine alte, gebeugte Frau, bar jeglicher Lebensfreude, angefüllt mit Schmerz und Wut, ja auch Angst, so voller Angst, dass ihre Schritte so vorsichtig, zögernd sind, als könnte der nächste in den Abgrund führen. Einem Impuls folgend, verlasse ich das Steintreppchen, wechsle auf die dick verschneite Wiese und renne mit ausgestreckten Armen und einem wilden Aufflackern im Herzen den Hang hinunter. Mehrmals rutsche ich aus und falle.

Völlig durchnässt und mit stechenden Schmerzen in der linken Schulter komme ich unten an.

Drei tote junge Frauen in drei Tagen. Das ist ein trauriger Rekord. Wer ist wohl diese rothaarige Frau und wie stand sie in Beziehung zu Delia? Ein furchtbarer Gedanke geht mir durch den Kopf: Ludmilla – konnte es möglich sein, dass auch sie in Gefahr ist? Hat der Mörder es etwa auch auf sie abgesehen?

Nachdem ich das Auto gestartet und die Heizung bis zum Anschlag gedreht habe, wähle ich Mortens Nummer und bin erleichtert ihn gleich am Apparat zu haben.

»Ludmilla – ich glaube wir sollten sie bewachen«, sage ich atemlos.

»Wenn du etwas weißt, was ich nicht weiß, wäre ich dankbar, es zu erfahren. Wir werden bei dem jetzigen Ermittlungsstand kaum Personal für eine Observierung zugeteilt bekommen. Was macht sie denn plötzlich so verdächtig?«

»Nein, du verstehst nicht ... es deutet nichts darauf hin, dass Ludmilla die Täterin ist – aber ich glaube, dass sie möglicherweise in Gefahr ist.«

In dem darauf folgenden Schweigen höre ich seinen Atem. Ich zittere vor Kälte und zwei Mal fällt mir die Zigarette, die ich anzünden möchte, aus der Hand. »Ich muss gestehen, ich kann dir nicht ganz folgen«, antwortet er endlich.

»Morten, zwischen diesen drei Frauen gibt es eine Verbindung, da bin ich mir ganz sicher. Was ist, wenn der Mörder es als nächstes auf Ludmilla abgesehen hat?«

»Wie kommst du darauf?«

»Überleg doch mal. Sie war ihre beste Freundin, Antonia war eine Freundin ...«

»Und warum hat er dann nicht Ludmilla zuerst umgebracht, und warum sollte er ihre Freundinnen umbringen?«

»Weil sie etwas wissen, was ihm gefährlich werden könnte.«

Morten gibt einen genervten Schnaufer von sich.

»Gut, ich werde sehen, was ich erreichen kann. Melde mich dann bei dir.«

Nun ist mir etwas leichter ums Herz.

Doch noch immer bin ich unruhig, habe das Gefühl etwas übersehen zu haben, besser ausgedrückt, etwas nicht zu sehen, was ich sehen sollte. Der Gedanke, in das leere, kalte Haus heimzukehren, keine Ruhe zu finden und Stunde um Stunde zu grübeln, ist nicht gerade dazu angetan, meine Stimmung zu heben. Einen Moment hege ich den Gedanken, meine nassen Kleider zu wechseln. Aber inzwischen fühlt es sich schon nicht mehr so nass an.

Ein Blick auf die Uhr sagt mir, dass es nicht so spät ist, wie ich ursprünglich dachte. Kurz vor zehn. Ich wende den Wagen und fahre zurück ins Büro, um in den Akten die Nummer von Francis Luckner herauszusuchen. Vielleicht kann er Licht in das Dunkel bringen, das mich im Moment umgibt.

Noch vom Büro aus wähle ich seine Nummer. Das Freizeichen klingt hohl und vermittelt mir das Gefühl, dass am anderen Ende der Leitung niemand abnehmen wird.

Es ist Weihnachten, sage ich mir, er ist wahrscheinlich verreist oder bei Freunden ... dann, plötzlich als ich schon wieder auflegen möchte, wird der Hörer abgenommen. Luckners Stimme hört sich ruhig und sehr männlich an.

»Ich bin Elza Linden von der Mordkommission. Im Zuge der Ermittlungen sind wir auf Ihre Adresse gestoßen.« Ich erzähle ihm von den drei Frauenleichen, die mit dem Pentagramm der Satanisten gefunden wurden. Von der Journalistin, die einen Artikel über Satanismus schreiben wollte, und andeutungsweise von den Gesprächen, die Favea und Thamus im Chat geführt haben. Als ich ende, befürchte ich schon, dass meine Ausführungen zu konfus geklungen haben könnten. Doch zu meiner Erleichterung stimmt er einem sofortigen Treffen ohne Einwände zu und erklärt mir, wie ich den Weg zu ihm finde.

17

Weh' aber euch, Land und Meer!
Denn der Teufel ist zu euch hinab-
gekommen; seine Wut ist groß, weil
er weiß, dass ihm nur noch eine kurze
Frist bleibt.
Offenbarungen des Johannes

Wie viel Macht haben religiöse Vorstellungen und allgemeingültige Vorurteile über uns? Wie tief verankert ist die gängige, vorherrschende Meinung über Gut und Böse in uns, wie sehr verschleiert sie uns möglicherweise den Blick auf das Wesentliche?

Mein Vater war überzeugter Atheist, meine Mutter gehörte ebenfalls keiner Glaubensrichtung an. Diesem Umstand verdanke ich den Luxus und das Glück, unbehelligt von Glauben und Aberglauben – was in meinen Augen, wenn ich es genau betrachte das Gleiche ist – aufzuwachsen.

Nicht dass ich als Kind zu bestimmten Gelegenheiten nicht damit gehadert hätte. Wenn meine Klassenkameraden die opulenten Feste von Kommunion und Konfirmation feierten, hasste ich meine Eltern aufrichtig (dankbar war ich allerdings, dass sie Weihnachten trotz allem einen Baum aufstellten, und noch dankbarer für die Geschenke darunter).

Später war ich dann froh darüber, stolz sogar, unbehelligt von jedwedem rachsüchtigen Gott, jungfräulich Gebärenden und anderen Scharaden aufgewachsen zu sein. Trotzdem oder gerade deswegen, übten die Geschichten aus der Bibel immer eine gewisse Faszination auf mich aus. Aber ich habe sie als Geschichten betrachtet, wie die Märchen der Gebrüder Grimm oder die melancholischen Geschichten von Andersen.

Und oft war ich im Stillen verwundert darüber, wie manche Menschen an Gott oder den Teufel glaubten, von deren Existenz erfüllt, überzeugt waren. Glaubten sie auch an Rotkäppchen oder Schneewittchen oder an Hexen? Vor einiger Zeit las ich ein Buch von Gerald Messadié, eine Universalgeschichte des Bösen. Im Vorwort erzählt Messadié von seiner katholisch geprägten Jugend und dass ihm als Kind gedroht wurde, der Teufel würde in der Nacht kommen und ihn an den Füßen packen. Er schreibt, dass das ein schwerer pädagogischer Fehler gewesen wäre, denn er zog daraus den Schluss, dass eine theoretisch so bedeutsame Person kaum Respekt verdiente, wenn sie an einem Kind derart lächerliche und derbe Späße verübte. Schlimmer noch, so schrieb er weiter, war der Ort, den die Erwachsenen dem Teufel zugeteilt hatten: er pflege sich auf den Toiletten herumzutreiben, was ihn (Messadié) sehr erstaunte, aber vielleicht litt der Teufel ja an Verdauungsstörungen ... Wenn man die Ehre hat, so Messadié, Gottes Gegenspieler zu sein, dann wohnt man woanders. Ich fand die Lektüre damals sehr erfrischend.

Natürlich finde ich diese Morde erschreckend, schockierend. Aber lässt man einmal das ganze Brimborium weg, bleiben es Morde, brutale Morde, die nichts desto weniger ein Motiv haben. Und die simple Frage lautet: Aus welchem Grund wurden diese drei Frauen ermordet? Wurden sie tatsächlich Satan geopfert – oder möchte man uns das nur glauben machen? Was verbindet sie miteinander? Der Reaktion meiner Soko zufolge war es Satan höchst persönlich der die Morde verübte!

Solchermaßen in Gedanken verstrickt, fahre ich zu Luckner. Das Haus liegt an einen Hang geschmiegt und ist von hier unten nur über eine schmale, gewundene Steintreppe zu erreichen. Auf beiden Seiten wird die Treppe in kleineren Abständen von in den Boden eingelassenen Lampen flankiert, die aufflammen, kaum habe ich einen Fuß auf das Grundstück gesetzt.

Luckner erwartet mich schon an der Tür, als ich oben ankomme.

So herzlich, als würden wir uns schon lange Zeit kennen, schüttelt er mir die Hand und führt mich in die behagliche Wärme seines Hauses. Ich bin beeindruckt von der Großzügigkeit und dem sprödem Charme der zum Studio ausgebauten Etage. »Ich habe schon mal einen Wein geöffnet, in der Hoffnung, dass Sie einen guten Tropfen nicht ablehnen werden.« Francis Luckner ist mir auf Anhieb sympathisch.

Er führt mich zu einer Sitzecke mit Sofa und Sessel. Auf dem Boden steht ein türkisches Tablett, wie ich früher auch eines besessen habe, und sehe, dass er einen meiner Lieblingsweine ausgesucht hat. Nachdem die Rauchfrage zu meiner Zufriedenheit geklärt ist und wir andächtig den Wein auf unserer Zunge haben zergehen lassen, beginne ich zu sprechen.

»Ich weiß nicht genau, wie ich es erklären soll, was genau ich meine ... also, angenommen, ich wäre Satanist und hätte diese Morde verübt, warum würde ich dann diesen expliziten Hinweis direkt auf der Leiche hinterlassen? Nicht, dass ich davon ausgehe, dass Leute, die den Teufel anbeten, sich besonders durch Rationalität auszeichnen, ich denke da mehr an einen banalen, rudimentären Selbstschutz.«

Luckner lacht schallend.

»Eine Skeptikerin also – ich denke, ich weiß, was Sie ausdrücken wollen. Auf Ihre Frage werde ich gleich zurückkommen. Zunächst einmal muss gesagt werden, dass es den Satanismus an sich nicht gibt.«

Luckner muss auf die fünfzig zugehen, er ist groß, muskulös, leger geschnittene Hose und Pullover kaschieren die Neigung zur Korpulenz, die grauen Haare trägt er sehr kurz geschnitten, ein offener und neugieriger Blick aus braunen Augen taxiert mich.

»Es wird Ihnen vielleicht etwas langweilig vorkommen, aber mir ist es wichtig, dass wir das als Grundlage sozusagen für unser weiteres Gespräch haben. Wir unterscheiden fünf Formen des Satanismus: den reaktiven, paradigmatischen, konformen Satanismus, der als Protesthaltung gedeutet werden kann und sich orientiert an der christlichen Teufelsvorstellung. Als Beispiel gelten die klassischen Teufelspakte und einige Rockgruppen. Dann den gnostisch umgewerteten Satanismus, dessen Anhänger in Gott den Unterdrücker und in Satan den Befreier des Menschen sehen.

Charles Manson war Vertreter der dritten Kategorie, nämlich Gott und Satan sind eins als zwei Pole einer Ganzheit.

Autark, sekundär und achristlich, vom Christentum abgeleitet, aber zu einer eigenen, nicht mehr christlichen Form ausgebildet sind die bekanntesten großen Sekten First Church of Satan und Temple of Set, die übrigens ihre eigenen Seiten im Internet haben.

Als fünfte Form gelten die synkretisch gebrochenen, in dem Satan nicht im Mittelpunkt steht, aber eine wichtige Rolle spielt, das sind thelemische Kulte, die sich auf Aleister Crowley beziehen. Kaum eine Person oder eine Gruppe, die sich als satanistisch versteht, entspricht in der Realität einer dieser Klassifizierungen in reiner Form. Denn das Fehlen einer echten Tradition – expliziter Satanismus entstand erst in der jüngeren Vergangenheit – sowie die Vielzahl an Motivationen und Erwartungshaltungen der aktiven und potentiellen Satanisten verhindern eindeutige Zuordnungen oder verleihen ihnen zumeist keine dauerhafte Gültigkeit.«

Während er spricht geht mein Blick durch die breite Fensterfront, durch die ich die weißen Wipfel einer

Tannenreihe sehen kann und die entfernten Lichter Freiburgs. Seine tiefe Stimme, seine Begeisterung und fundierte Kenntnis des Themas ziehen mich in einen beinahe hypnotischen Bann. Ein Name in seinen Ausführungen lässt mich aufhorchen.

»Wer war Crowley? Mir ist, als hätte ich diesen Namen schon einmal gehört; nur leider weiß ich im Moment nicht, in welchem Zusammenhang.«

Er runzelt die Stirn und nimmt einen Schluck Wein aus dem Glas, bevor er antwortet. »Crowley hat ein Deck mit Tarotkarten, zusammen mit Lady Harrys entworfen ...«

Ich schlage mir mit der flachen Hand auf die Stirn.

»Natürlich, die Karten ... jetzt erinnere ich mich.«

Luzius von Baeriswyl hat mir das Deck Karten gezeigt, mit dem er legt und gesagt, es wäre von Crowley. Nur dass mir das zu jenem Zeitpunkt nichts sagte.

»Aber kann man davon ausgehen, dass jemand der diese Karten von Crowley besitzt, zwangsläufig Satansanhänger ist?« frage ich zweifelnd.

»Das können Sie nicht. Es ist ein weit verbreitetes Denken. Wahrscheinlich sind viele Benutzer in Unkenntnis der Hintergründe.«

Ich weiß nicht, ob ich erleichtert oder enttäuscht über seine Aussage sein soll. Wäre es eine narzisstische Kränkung, Baeriswyl – wenigstens diesbezüglich – falsch eingeschätzt zu haben?

Ich bitte ihn, mit seinen Ausführungen fortzufahren. Er schiebt die Ärmel seines dicken Wollpullovers nach oben und stopft sich dann eine Pfeife. Das Aroma des Tabaks steigt mir in die Nase und erinnert mich an meinen Vater. Er lehnt sich zurück, die Augen halb geschlossen und fährt fort: »Die in Deutschland wichtigsten Satanistengruppen sind die Ordo Saturni, der Thelema-Orden des Argentum Astrum und die Fraternitas Saturni.«

Inzwischen schwirrt mir der Kopf von den ganzen satanischen, mir unbekannten Umtrieben und ich sage: »Ich möchte Ihnen etwas zeigen.« Ich reiche ihm einen Teil der Chatunterhaltung zwischen Favea und Thamus.

Aus seiner Hosentasche zieht er eine Brille mit runden, goldgerahmten Gläsern und setzt sie auf, bevor er zu lesen beginnt. Während er liest, zünde ich mir eine Zigarette an, gespannt beobachte ich ihn. Er liest konzentriert und langsam und beginnt noch mal von vorne, als er fertig ist. Bedächtig legt er anschließend die Blätter vor sich auf den Boden, nimmt die Brille ab und reibt sich die Augen.

»Sagen Sie mir, wie Sie das einschätzen: Was ist das? Ist das ein Spiel, was die beiden da gespielt haben? Oder haben wir es hier mit ausgekochten Sadisten zu tun?«

Nachdenklich nippt er an seinem Wein, dreht das Glas zwischen seinen Händen hin und her, bevor er antwortet: »Das ist natürlich oft die Frage bei solchen Bekanntschaften aus dem Cyberspace. Hier nicht. Zumindest von seiner Seite aus war es kein Spiel. Bei ihr bin ich mir nicht so sicher. Er will Faveas totale Hingabe

– nur dann wird die ewige Ekstase möglich sein. Aber er ist sich ihrer nicht sicher; das äußert sich in seiner Wut, wenn er davon spricht, den anderen zu vernichten und Favea zu peitschen. Sie dagegen scheint seine Eifersucht auf den anderen zu genießen, ansonsten hätte sie ihn gar nicht ins Spiel gebracht, es bestand ja keine Veranlassung dazu. Damit hat sie sich, meiner Meinung nach, auf ein gefährliches Spiel eingelassen. Ein Spiel mit dem Feuer. Möglicherweise hat sie mit ihrem Leben dafür bezahlt.«

»Aber als klassischen Ritualmord würden Sie es nicht bezeichnen?«

»Schauen Sie, auch den klassischen Ritualmord gibt es in Wirklichkeit nicht. Im April 93 wurde der 15-jährige Sandro Beyer im thüringischen Sondershausen von drei Jugendlichen umgebracht, die sich selbst als Mitglieder eines satanischen Kults bezeichneten. Die Sensationspresse war schnell zur Hand mit Erklärungen, die Jugendlichen hätten den Leibhaftigen verehrt und ihr Treiben sei nur die Spitze des Eisberges. Hunderttausende Deutsche würden den Satan anbeten, schwarze Messen und blutige Opfer seien keine Seltenheit. Nach den wirklichen Hintergründen fragte kaum jemand, diese kamen erst später ans Licht. Mangelnde Orientierung durch Elternhaus und Schule, soziale Verwahrlosung und Horrorvideos erwiesen sich im Laufe des Prozesses als die wahren Ursachen für den Mord. Eine krude, selbst gebastelte satanische Ideologie diente am Ende nur noch als Anlass und Rechtfertigung für den

Gewaltexzess. Aber mit dem Satanismus hatte die Öffentlichkeit ein bequemes Erklärungsmuster gefunden, das sie der Notwendigkeit entband, sich eigene Gedanken zu machen und weitergehende Fragen zu stellen. Für die angebliche Okkultwelle im Allgemeinen wie für den Satanismus im Besonderen gilt, dass erstens ihre Bedeutung weit überschätzt wird und zweitens kaum je gesicherte Erkenntnisse vorhanden sind. Zahlen werden je nach Bedarf produziert und entbehren oft jeder Grundlage. Der Satanismus stellt gesamtgesellschaftlich gesehen eine sehr marginale Erscheinung dar. Allenfalls ist er eines von vielen Symptomen, die auf die oft beklagte soziale und politische Orientierungslosigkeit und den häufig konstatierten Werteverlust hinweisen. Die Ursachen dafür liegen jedoch woanders. Auch psychische Störungen werden von satanischen Ritualen eher angezeigt denn ausgelöst. Eine versachlichte Diskussion würde dem Satanismus einiges von seiner scheinbaren Gefährlichkeit nehmen.«

Er lacht, als er meine überraschte Mine wahrnimmt. »Nicht dass Sie nun denken, ich möchte für diese Menschen eine Lanze brechen, weit gefehlt. Man sollte es nur realistisch betrachten. Und um es noch mal zu erwähnen, ganz ungefährlich kommt mir dieser Thamus nicht vor.«

Vom Wein, der Wärme und nicht zuletzt von der Vielfältigkeit dieses Themas schmerzt mir der Kopf und ich sehne mich nach der frischen kalten Luft einer Dezembernacht.

»Ich würde mich gerne ein bisschen an die frische Luft begeben«, schlage ich Luckner vor.

»Das ist in der Tat eine gute Idee.«

Wir ziehen uns die Jacken über und gehen über die schmale in den Berg gezwungene Treppe nach oben, die uns auf einen mit feinem Kies bestreuten Waldweg führt. Jetzt wo es aufgehört hat zu schneien, ist der Himmel klar, Sterne blinken in der Unendlichkeit des Alls, die Luft ist so kalt, dass es beim Einatmen schmerzt.

»Zu welcher Gruppe würden Sie denn Thamus einordnen?«

Unsere Schritte knirschen im Schnee und unser Atem entschwebt als kleine Wölkchen in die Nacht.

»Das ist natürlich schwer zu sagen. Dafür habe ich zu wenig Einblick. Wenn er einer Gruppe angehören würde, müsste er darüber Stillschweigen bewahren. Da die wenigsten das können, müssen Sie nach versteckten Hinweisen suchen. Ich erkläre mich gern bereit, das von Ihnen gesicherte Material nach solchen Hinweisen zu durchsuchen. Vielleicht ist er aber auch ein Sadist, der den satanischen Hintergrund als Kick braucht. Und es ist mit Sicherheit nicht auszuschließen, dass es sich um Ritualmorde handelt. Wenn ich eine These aufstellen müsste, wäre es folgende: Thamus muss eine sehr rigide und auch prüde, lustfeindliche Erziehung genossen haben. Das glaube ich zu erkennen, an der besonders vulgären Sprache und der Herabwürdigung des Geschlechtsaktes, den er mit Leiden verbindet. Auf der anderen Seite hat er eine unermesslich große Sehnsucht nach Liebe, nach Nähe, nach Verbundenheit. Aber auch Angst vor Ablehnung. Darum der Bund mit Satan. Er bezieht Satan in den Zweierbund mit ein, lässt ihn über das Ende der Welten hinaus den Pakt mit Favea besiegeln. Nehmen Sie es mir nicht krumm: aber er tut mir aufrichtig Leid.«

Wir gehen durch die Nacht, ich habe meine Arme um meine Schultern geschlungen, Luckner hat beide Hände in den Manteltaschen vergraben. Ich weiß, was er meint. Immer wieder geht mir durch den Kopf, was Thamus geschrieben hat, und immer wieder werde ich das Gefühl nicht los, dass Delia nur glaubte, es wäre ein Spiel für sie. Sie spielte mit seiner Einsamkeit, mit seiner Sehnsucht, seiner Wut und auch seiner Gier – darüber hinaus hat sie nicht bemerkt, dass aus dem Spiel Besessenheit wurde. Aber darunter lag noch etwas anderes, das ich wahrgenommen habe: Liebe – zart und zerbrechlich. Die beiden liebten sich und schlugen diese Liebe regelrecht kaputt. Dieser Gedanke macht mich traurig und ich wünschte sie hätten die Chance gehabt, die sie sich selbst versagten.

Es ist spät in der Nacht als ich nach Hause komme. Zu meiner grenzenlosen Überraschung dringt Licht aus dem Haus. Mike ist zurück. Ohne meine mittäglichen Einkäufe auszuladen, stürme ich ins Haus und rufe »Mike, Mike, wo bist du?«

Er kommt aus der Küche und wir fallen uns in die

Arme. »Ich bin so froh, dass du da bist. Ich kann dir gar nicht sagen wie froh ich bin.«

»Wo treibt sich mein Schwesterherz an Heiligabend denn des nächtens herum?« fragt er lächelnd.

»Ich werde es dir erzählen, bei einem Glas Wein. Wie ist es dir ergangen. Wie war es in Schottland, wie war die Ausstellung, waren Angus und Jenny auch dort?«

»Du meine Güte, mach langsam ... ich habe dir etwas mitgebracht.«

»Wart mal einen Moment«, sage ich und laufe nach draußen, um nun doch meine Einkäufe zu holen.

Wir packen ungeduldig unsere Geschenke aus und ich denke es ist wie früher, wie wir das Papier von den Päckchen rissen und achtlos auf den Boden warfen, vor Neugier beinahe platzen.

»Oh nein, Mike, wie schön ...« Mike hat mir eine neue Motorradlederjacke aus London mitgebracht (den Abstecher nach dahin machte er eigens dafür) und einen schottischen Whisky vom Feinsten. Ich finde vor Freude kaum Worte. Er freut sich ebenfalls über die Geschenke und küsst mich auf die Wange.

»Und nun erzähle, was passiert ist – ich platze fast vor Neugier. Hast du einen Liebhaber? Oder wo kommst du her?«

Ich seufze. »Ich war beruflich unterwegs. Wir haben hier innerhalb von drei Tagen drei tote Frauen, du kannst dir vorstellen, was das bedeutet ...«

»Meine Güte, drei Leichen in drei Tagen. Das gute alte Freiburg mausert sich wohl zur Hauptstadt der

Kriminellen. Die Frage, ob ihr den Schuldigen schon habt, ist wohl überflüssig, wenn ich dich so betrachte.«
Er lächelt sein warmes, jungenhaftes Lächeln.

»Lass uns über etwas anderes reden, mein Kopf schwirrt und ich bin um jede Ablenkung dankbar.«

»Na das finde ich aber nicht in Ordnung. Ich hätte gerne eine spannende Geschichte gehört. Aber ich kenne dich ja. Schweigsam wie ein Grab, wenn es um diese Dinge geht.«

»Du hättest ruhig mal anrufen oder zumindest eine Mail schicken können. Ich habe dich vermisst. Wie ist es dir denn ergangen?«

»Es war die Hölle. Zuerst hat sich herausgestellt, dass die Zimmerbuchung schief gelaufen ist. So musste ich in einem anderen Hotel absteigen, was meine Laune nicht gerade verbessert hat. Die Ausstellungsräume waren in Ordnung, die Eröffnung ein Fiasko ... Doch dort habe ich eine Frau getroffen, in die ich mich sofort verliebt habe. Jane, dunkelhaarig, schlank, rassig, auch Fotografin. Doch sehr, wie soll ich sagen, meinen Reizen sehr verschlossen, unzugänglich. Bis sie eines Abends völlig unerwartet in mein Hotelzimmer kam. Wir verbrachten eine heiße Nacht miteinander und am nächsten Morgen war sie weg. Wie vom Erdboden verschwunden. Mein Selbstbewusstsein sank in schwindelnde Tiefen.«

Ich muss laut lachen. Mike, der alte Frauenheld, ließ sich von einer rassigen Schönheit vernaschen und dann war sie plötzlich verschwunden. Das ist ihm mit Sicherheit nur ganz selten passiert.

»Das ist aber noch nicht alles. Zwei Tage später rief sie an. Aus Chicago. Was soll ich sagen, ich nahm den nächsten Flug dorthin.«

»Ja und?«

»Ihr Mann störte leider unsere traute Zweisamkeit.«

Er reibt sich gedankenverloren das Kinn. Beim näheren Hinsehen, entdecke ich einen blau gefärbten Fleck. Er entdeckt meinen amüsierten Blick, woraufhin wir beide zu lachen beginnen. Mike meint: »Morgen koche ich für uns. Einverstanden?«

»Wie könnte ich nicht einverstanden sein?«

18

Ich weiß nicht wie spät es ist und wie lange ich geschlafen habe, ich fühle mich desorientiert und niedergeschmettert, als ich von einem Traum aufschrecke, an dessen Inhalt ich mich schon nicht mehr erinnern kann. Ich drehe mich auf die andere Seite, um noch einmal einzuschlafen, jedoch vergeblich. Misslaunig lasse ich mich aus dem Bett gleiten und gehe nach unten in die Küche. Ich drehe die Heizung auf und mache Wasser für einen Kaffee heiß und trinke Mineralwasser aus der Flasche.

Es ist sechs Uhr morgens und ich weiß die Welt draußen schläft noch tief und fest. Die Kinder meist glückselig und zufrieden mit ihren Weihnachtsgeschenken, die Eltern erschöpft von zu viel Wein und zu schwerem Essen. Die Leichtigkeit, die ich am vergangenen Abend gespürt habe, ist verflogen. Die Vorstellung, heute, an Weihnachten die Überbringerin neuer entsetzlicher Nachrichten zu sein, bereitet mir Magenschmerzen. Mit einem tiefen Atemzug raffe ich mich auf und gehe in Mikes Schlafzimmer, nur um festzustellen, was ich ohnehin angenommen hatte: gleichmäßige Atemzüge künden von seinem tiefen Schlaf.

Es wäre mir ein gewisser Trost gewesen, ein paar Worte mit ihm zu wechseln, in dieser Zeit der Ungewissheit, jemand Vertrauten in meiner Nähe zu haben.

Ich wähle Mortens Nummer, wohl wissend, dass seine Freude sich um diese Uhrzeit in Grenzen halten würde.

Ein gedehntes und schläfriges Hallo bestätigt mir, dass ich ihn aus dem Schlaf geholt habe.

»Ich fahre nach Oberhausen zu Ludmilla. Nein, ich möchte nicht, dass du mitkommst. Wie sieht es mit der Observierung von Trondheim aus. Hat sich was ergeben?«

»Du hättest es als Erste erfahren, wenn etwas gewesen wäre, ansonsten wirst du den Bericht heute Morgen auf deinem Schreibtisch finden.«

»Morten, ich war heute Nacht noch bei Luckner.«

Gähnend fragt er: »Wer um Gottes willen ist denn Luckner?«

»Das ist der vom Institut für Grenzwissenschaften. Delia hatte seine Adresse bei ihren Sachen.«

»Und?« Mortens Interesse hält sich in Grenzen.

Bevor ich mich eines besseren besinne, sage ich: »Ich weiß nicht, ob wir nicht blindlings in die falsche Richtung laufen ...«

»Ach Elza, nun kommst du schon wieder damit ... die Sache ist doch so ziemlich eindeutig ...«

Seine Überheblichkeit macht mich wütend.

»Wie kannst du das behaupten? Ich meine, ausgerechnet du. Normalerweise bist ...«

»Halt ... Elza, du verrennst dich in etwas, nicht ich.

Ich habe keine Ahnung, warum du es nicht ganz deutlich sehen kannst: dieser Satanist, dieser Thamus, er hat Delia und Antonia ermordet und das unbekannte Mädchen geht auch auf sein Konto. Die Pentagramme, die er auf den Leichen hinterlassen hat, die anonyme Mail, der Chat und die Mails die wir in Delia Landaus Computer gefunden haben .... Eindeutiger kann es doch nicht mehr sein.«

»Eben, es ist mir zu eindeutig.«

»Und wie soll jemand Außerstehender, jemand außer dem Mörder von dem Pentagramm wissen? Wie soll er diese E-Mail geschrieben haben? Der anonyme E-Mail-Schreiber ist der Mörder, und der ist identisch mit Thamus!«

»Was, wenn der gar nicht weiß, dass Delia tot ist. Das wäre doch eine Möglichkeit. Ich fahre jetzt nach Oberhausen.«

Aber ich nehme mir vor, sobald ich zurück bin, Ranzmayr anzurufen und ihn etwas zu fragen, was mir schon die ganze Zeit durch den Kopf geht. Wenn es sich so verhält, wie ich es annehme, wäre es eine Erklärung. Für einige meiner Fragen mit Sicherheit.

»Findest du es nicht etwas früh am Morgen?« fragt Morten missmutig.

»Das finde ich nicht. Nein.« Ich beende das Gespräch.

Ich muss sie aus dem Bett geholt haben, mit noch verträumten Augen schaut sie mich fragend an. Sie hat einen weißen Frotteebademantel an, ist aber barfuss und zittert vor Kälte.

»Gibt es etwas Neues? Haben Sie etwa den Mörder gefunden ... ah aber kommen Sie doch rein, es ist ja so kalt.«

»Warten Sie ich ziehe mir nur was über«, mit diesen Worten verschwindet sie für ein paar Minuten. Ich gehe, wie letztes Mal schon, in die Küche. Gawain kommt mir schwanzwedelnd entgegen, schnuppert ein bisschen an mir herum, stupst mich mit seiner Nase, um dann an den Herd zurückzukehren. Als Ludmilla zurückkommt ist sie bekleidet mit einem selbst gestrickten, dicken Pullover und einer Jeans. Sie füllt Wasser in die Kanne der Kaffeemaschine, holt Filterpapier und eine Dose aus dem Schrank, achtlos schüttet sie das Kaffeepulver aus der Dose in den Filter und schaltet die Maschine ein. Mit ein paar geübten Griffen schichtet sie anschließend Holzscheite in das Innere des Ofens und entfacht ein Feuer. Rasch streift sie die vom Holz staubigen Händen an der Jeans ab, holt zwei Tassen aus der Spülmaschine und eine Tüte Milch aus dem Kühlschrank. Inzwischen ist der Kaffee durchgelaufen und sie gießt die dampfende Flüssigkeit in die Tassen.

Sie setzt sich mir gegenüber und ich sehe, wie elend sie aussieht. Ihre Augen wirken klein und geschwollen, die Nase gerötet, in der Hand hält sie ein Taschentuch. Sie sieht so schlecht aus, dass ich am liebsten auf der Stelle wieder umgekehrt wäre.

»Ich habe eine Erkältung«, sagt sie erklärend.

»Ich hätte Sie nicht so früh gestört, wenn der Anlass es nicht erfordern würde ...« Was für eine Floskel, was für eine Phrase.

»Ich wüsste nicht, was Sie mir noch Entsetzliches mitteilen könnten ...«

»Man hat Antonia gefunden. Sie wurde auch ermordet.«

Einen Augenblick lang glaube ich, sie hat mich nicht verstanden, so bewegungslos sitzt sie da, noch das Taschentuch an der Nase, dann steht sie auf und rennt aus der Küche. Ich gehe dem würgenden Geräusch nach und finde sie über die Toilette gebeugt. Immer wieder aufs Neue wird sie von einem Würgen geschüttelt und übergibt sich.

Ich befeuchte einen Waschlappen, der auf der Ablage liegt mit kaltem Wasser und presse ihn an ihre Stirn. Langsam hebt sie den Kopf und steht auf. Ohne ein Wort zu sagen, geht sie zurück in die Küche. Mit einer Stimme, die kaum mehr ein Flüstern ist fragt sie: »Was ist passiert? Und warum auch noch Antonia?«

Ich versuche so schonend wie möglich von den Umständen zu berichten.

Mit feuchten Augen und blassem Gesicht hält sie ihren Blick auf mich gerichtet.

Ich bitte sie, mir von Antonia zu erzählen.

»Der Kontakt zu Antonia war seit einiger Zeit nicht mehr so eng, wie er es schon einmal war. Seit die Gruppe auseinander gegangen ist, hat sich das verlaufen.« Die Antwort ist dürftig, aber vielleicht im Zustand des Schocks verständlich.

»Gab es einen bestimmten Anlass?«

»Nein, den gab es nicht. Es ist nur so, dass meine

Arbeit, die an keine festen Zeiten gebunden ist, mich sehr fordert. Bei Antonia war es ähnlich. Als Sozialarbeiterin, sie war überdurchschnittlich engagiert, hatte sie beinahe so unmögliche Arbeitszeiten wie ich. Delia war da freier, die konnte ihre Artikel schreiben, wann immer sie wollte.«

»Wie sehr waren Delia und Antonia befreundet?«

»Ich würde es als solide Freundschaft bezeichnen. Sie kannten sich schon, warten Sie, seit der Schulzeit? Von der Uni? Bevor Delia in Hamburg an der Journalistenschule studierte, hat sie hier in Freiburg ein oder zwei Semester Germanistik und Soziologie studiert und ich glaube, Antonia ebenfalls. Ich meine, bevor sie auf die Fachhochschule ging, um Sozialpädagogik zu studieren.«

»Halten Sie es für möglich, dass Delia sich Antonia anvertraut hat? Dass sie ihr von der Sache mit dem Satanisten, von Luzius und von der Agentur erzählt hat?«

Ludmilla zieht ihre Beine auf den Stuhl und umschlingt sie mit beiden Armen, das Kinn auf die Knie gestützt. Ihre großzügig geschwungenen Lippen wirken beinahe transparent, so blutleer sind sie. Es gab mal eine Zeit, da war ich völlig versessen drauf, anhand von Lippenformen Charakteranalysen zu erstellen. Diese großzügig geschwungene, breite Form, die Unterlippe sinnlich gerundet, mit einer Kerbe an der Oberlippe war für mich immer der Inbegriff von Sinnlichkeit, Großzügigkeit und Weiblichkeit. Ich betrachte fasziniert ihren Mund.

»Mit Sicherheit hat sie Antonia nichts davon erzählt, dass sie eine Hure ist«, eine gewisse Schärfe und Härte liegen in ihren Worten. »Sie hätte nicht nur gewusst, dass Antonia versucht hätte, sie davon abzubringen, sondern dass sie keine ruhige Minute mehr hätte verbringen können. Antonia hatte da sehr konventionelle Ansichten, rigide Vorstellungen. Auch die Satanistensache ... das ist im Prinzip das gleiche ... Antonia war eine Frau, die mit beiden Beinen im Leben stand, mit felsenfesten Überzeugungen. Sie war zwar eine Heidin, aber sie war überzeugt davon, dass das Böse existiert. Dass es Macht haben kann über die Menschen, wenn sie es nur zulassen wollen. Delia wusste das.«

Sie putzt sich die Nase und nimmt einen Schluck des inzwischen kalten Kaffees.

»Delia war anders. Ich weiß nicht, ob sie sich ein Bild machen können, wie Delia war. Sie hatte diese Kraft, diese unbändige Kraft. Sie konnte so fasziniert sein von Dingen, die sie tat und wenn sie etwas machte, ging sie ganz darin auf. Insofern war sie weniger Spielerin als man geneigt wäre zu glauben. Sie konnte sich einer Sache voll und ganz widmen. So muss es auch mit diesem Satanisten gewesen sein. Obwohl ich es nicht verstehe. Delia war unangepasst, sie war im Grunde ihres Herzens eine Anarchistin. Manchmal hatte ich Angst, dass ihr das das Genick brechen könnte. Was sich letztendlich jetzt bewahrheitet hat.«

»Warum glauben Sie das?«

»Es ist doch so, nicht wahr? Sie hat sich in eine Sache verstrickt, die sie das Leben gekostet hat.«

»Das wissen wir noch nicht.«

Zögernd fragt sie: »Und Antonia? Hatte sie auch Kontakt mit ihm?«

Ich wiederhole meine vorherige Antwort.

Ludmilla wischt sich mit der Hand übers Gesicht, mit Eifer in der Stimme sagt sie: »Vielleicht hat sie etwas raus gefunden? Vielleicht wusste sie etwas, das sie nicht wissen sollte?«

Und vielleicht hat sie damit nicht einmal so Unrecht, denke ich.

»Also ist es kaum vorstellbar, dass Antonia – fasziniert wie Delia – sich auch auf diese Sache eingelassen haben könnte?«

Ihr entschiedenes Nein kommt sofort und ohne Zögern.

»Vergessen Sie es. Eher schließt der Papst einen Pakt mit dem Teufel, als Antonia mit den Teufelsanbetern.«

Unvermittelt beginnt sie zu weinen. Sie hat den Kopf auf den Knien und in ihren Armen vergraben, ihr Körper wird geschüttelt und kleine trockene Schluchzer dringen unter dem Dach ihrer blonden Haare hervor. Ich lege meine Hand auf ihren Arm. »Ludmilla ... kann ich etwas für Sie tun? Vielleicht jemanden anrufen, dass er kommt?«

»Ich bin schwanger«, sagt sie. »Wussten Sie, dass ich schwanger bin? Nein, Sie brauchen niemand anrufen. Meine Schwester kommt heute Nachmittag.«

»Ist es sehr indiskret, wenn ich frage, was mit dem Vater ist?«

Sie lächelt und ihr Lächeln wirkt entspannt und zärtlich.

»Jost. Er kommt heute von seiner Reise zurück. Er war in Indien und hat Schmuck eingekauft. Vielleicht kennen Sie ihn sogar, auf dem Kartoffelmarkt hat er einen Stand.«

»Vielleicht.«

»Ich habe mit Delias Mutter telefoniert wegen der Beerdigung. Da sie aus der Kirche ausgetreten war ... ich weiß ehrlich gesagt gar nicht, ob sie ein normales Begräbnis bekommen hätte. Ich habe auch versucht Antonia zu erreichen, um ... mein Gott ... ich dachte an eine Beerdigung, an der die alte Gruppe teilnimmt, mit einem Ritual zur Verabschiedung. Ein keltisches Begräbnis ...«

»Wahrscheinlich geben wir sie noch im alten Jahr zur Beerdigung frei. Ich werde es Ihnen sagen. Das verspreche ich.«

»Ach so, würden Sie sich bitte mal dieses Bild anschauen? Kennen Sie die junge Frau?«

»Was ist mit ihr?« fragt sie mit banger Stimme.

»Sie wurde ebenfalls ermordet.«

Eine steile Falte erscheint auf ihrer Stirn, doch sie schüttelt den Kopf.

»Ich habe sie auf jeden Fall noch nie gesehen. Tut mir Leid.«

19

Noch immer hüllt undurchdringlicher Nebel Schicht um Schicht die Welt in weißgraue Streifen. Als ich ins Büro komme, fühle ich mich zerschlagen und elend. Ich hole mir am Automaten zwei Schokoriegel und eine Coke und setze mich damit vor den Computer. Wie schon erwartet liegt in Delias Postfach eine E-Mail.

Es ist wieder eine Zahl, die im Absender steht, und nach einem Vergleich sehe ich, dass es nicht die gleiche wie beim letzten Mal ist. Ich öffne die Datei.

Aber anders als beim letzten Mal habe ich nicht eine Mail vor mir, sondern, die Aufforderung die Seite »Lord Almighty« herunterzuladen. Ich klicke auf Download und warte. Fast acht Minuten zeigt der Computer an, die er braucht um das Dokument zu öffnen. Dann ertönt Musik, die sich merkwürdig fremdartig anhört. Es folgt ein Video auf dem drei Figuren zu sehen sind. Eine davon trägt ein Kreuz. Alle drei gehen auf einen Berg. Das Kreuz wird abgelegt. Das Klopfen eines Hammers ist zu hören. Die Musik ändert sich, hat nun etwas Wildes, Bedrohliches durch den spärlichen Einsatz von Trommeln. Das Kreuz mit dem Mann wird nach oben gezogen, richtet sich auf. Dann erscheint auf dem Bildschirm die Mitteilung: Jesus ist tot.

Und noch immer dieser rituelle, unheimliche Sprechgesang. Das ganze bricht ab und ein schwarzer Bildschirm mit roten Buchstaben erscheint: »Es lebe Satanas!« Ich weiß nicht, was diese Spielereien sollen, ein bisschen verärgern sie mich sogar, es mutet in seiner grausamen Naivität so kindisch an.

Um meine fruchtlosen und düsteren Gedanken loszuwerden, schaue ich was auf dem Schreibtisch liegt. Und endlich: Reni hat mir die Adresse von Thamus auf den Tisch gebracht:

Raffael Lamech, alias Thamus, wohnt erst seit kurzem in Freiburg, vorher Frankfurt, er ist Manager bei einer Firma, die Musicals produziert. 35 Jahre, unverheiratet, und jetzt kommt's – Reni ich küsse dich – vor fünf Jahren wurde gegen ihn ermittelt wegen Verdachts auf Körperverletzung. Das Opfer, eine damals 25-jährige Studentin hatte sich, laut ihrer Aussage mit ihm eingelassen. Er soll sie in eine Satanistengruppe eingeführt haben. Sie war mehrmals bei schwarzen Messen dabei. Warum sie dann plötzlich Anzeige erstattete, war nicht ganz so klar. Sie sagte, sie wäre während einer schwarzen Messe vergewaltigt worden. Ein interner Vermerk aber lautete, dass sie sich an Lamech rächen wollte, da er ihr den Laufpass gab. Die Sache ließ sich jedoch nicht erhärten. Das Opfer hat die Anzeige zurückgezogen.

Ich lege das Dossier zur Seite und greife nach der Mappe mit den Unterlagen zu Trondheims Observierung. Ich weiß nicht genau, was ich mir davon versprochen habe, aber ich bin enttäuscht, er hat nichts weiter getan, als von seiner Wohnung in die Klinik und wieder zurück zu fahren.

Ich setze mich an meinen Lieblingsplatz in die Fensternische und rauche Zigarette um Zigarette, trinke Kaffee, fühle mich nervös und zur Untätigkeit verdammt und das Gefühl, dass etwas an diesem Fall nicht stimmt, ergreift mehr und mehr Besitz von mir. Ich spiele mit dem Gedanken Claussen anzurufen. Claussen ist Polizeipsychologe in Hamburg. Vor wenigen Monaten hat er für uns ein Täterprofil eines Kindermörders erstellt. Kurz entschlossen greife ich nach dem Hörer und wähle seine Nummer in Hamburg, die ich auswendig kenne.

Ich freue mich, seine Stimme zu hören, als er abnimmt.

»Nehme an, es handelt sich um einen rein freundschaftlichen Anruf zur Weihnachtszeit«, bemerkt er in seiner trockenen, liebenswürdigen Art.

Setzt dann aber hinzu: »Ich weiß mit was du es gerade zu tun hast. Habe meine Ohren überall.«

»Dann brauch ich ja nicht viel zu sagen, außer meiner Hoffnung Ausdruck verleihen, dass du ein paar Tage im verschneiten Freiburg verbringen willst.«

Und zu meiner Überraschung sagt er: »Merkwürdig, dass du das erwähnst, Linden. Ich habe einen Kollegen, der sich irgendwo bei euch im Schwarzwald zur Ruhe gesetzt hat. In Glotterbad oder so ähnlich. Vor Wochen hat er mich schon eingeladen und ich trage mich tatsächlich mit dem Gedanken, der Einladung zu folgen.« In seiner gewohnt schroffen Art fügt er hinzu: »Ich melde mich, wenn ich angekommen bin.«

Ich strahle. So leicht hätte ich es mir nicht vorgestellt. Mit einem Lächeln im Gesicht lege ich auf, gönne mir den Luxus der Erinnerung an die Zeit, als ich Studentin war und Claussen mein Professor. Ich erinnere mich, wie ich ihn anfangs gehasst habe, weil er anscheinend mit nichts was ich tat oder sagte zufrieden war.

Wie ich Claussen kenne, setzt er sich in den nächsten Zug und wird, wenn nicht heute, so spätestens morgen ankommen.

Ich hole mir noch eine Coke am Automaten und schaue auf dem Rückweg in Renis Zimmer. Sie hat einen Zettel auf dem Schreibtisch hinterlassen, auf dem steht: Liebste Elza ... ich bin im Labor und mit einem Smiley unterzeichnet.

Als ich ins Büro zurückkomme sehe ich zu meiner Überraschung eine Gestalt am Fenster stehen. Als sie mich hört, dreht sie sich um und mir entfährt ein überraschtes Oh, als ich Luzius von Baeriswyl erkenne. In charmantem Schweizerdeutsch sagt er: »Ich hoffe, Sie haben nichts dagegen. Die Tür war offen und als ich auf mein Klopfen keine Antwort bekam, trat ich ein. Ich sah, dass das Licht angeknipst war und dachte mir, sie kommen sicher gleich zurück.« Er hat dunkle Schatten um die Augen und ist schlecht rasiert, seinen Pullover trägt er auf der verkehrten Seite und auch sein Lächeln täuscht mich nicht über diese Aura von Verzweiflung und Einsamkeit.

»Nein es stört mich keineswegs. Ich habe schon an Sie gedacht.«

Er setzt sich und fragt, ob er rauchen dürfe.

Wir rauchen gemeinsam.

»Ich fahre zu Milla. Ich kann ein paar Tage bei ihr wohnen. Es war ... nicht auszuhalten alleine ...«

Ich nicke.

»Milla hat mich angerufen und mir von Toni erzählt. Wir kannten uns nur flüchtig. Ich mochte sie. Sie war so eine warmherzige, offene Frau.«

»Was hat sie Ihnen noch erzählt?«

»Wir haben nur ganz kurz telefonieren können, die Verbindung im Auto war zu schlecht.«

Ich frage mich, ob es nun meine Aufgabe ist diesem Jungen zu sagen, dass die Frau die er liebte eine Prostituierte war, dass sie ein heißes, gefährliches Verhältnis mit einem Satanisten hatte. Ist das meine Aufgabe? Wo doch Bauermeister beschlossen hat, dass wir im Moment keine Grundlage für eine offizielle Aufnahme des Verfahrens hätten? Die andere Frage die ich mir stelle: ist er ein Verdächtiger? Nach wie vor kann ich das nicht ausschließen. Auch Mörder verspüren Schmerz und Verzweiflung, wenn sie einen geliebten Menschen getötet haben und oft sind sie außerstande, es als das zu sehen was es war: nämlich Mord. Was, wenn er auf welchen Wegen auch immer erfahren hätte, was Delia treibt. Aber wie passen dann Antonia und die unbekannte Tote ins Bild?

Ich stelle mir vor, wie Ludmilla ihm erklären muss, was mit Delia los war und glaube, es ist auf jeden Fall besser, er erfährt es von mir.

»Hören Sie, da gibt es ein oder zwei Dinge über Delia, nach denen ich Sie noch fragen muss. Hat sie Ihnen wirklich nie etwas über den Kontakt zu dem Satanisten erzählt?«

»Nicht direkt. Sie erwähnte mal, sie hätte eine spannende Person kennen gelernt, der ihr bei der Recherche nützlich sein könnte. Das war alles.«

»Luzius, wussten Sie, dass Delia für eine Agentur arbeitete?«

»Ich dachte sie würde für mehrere Agenturen arbeiten?«

Einen Moment stockt mir der Atem, sollte er alles gewusst und toleriert haben?

»Sie schrieb doch für mehrere Zeitungen.«

»Das meine ich nicht. Sie bekam von einer Agentur Männer zugeteilt, die sich, na sagen wir mal, ein bisschen amüsieren wollten.«

Er schaut mich ratlos an und auch ein bisschen als wäre ich nicht ganz richtig im Kopf. Kopfschüttelnd drückt er die Zigarette aus.

»Tut mir Leid, das verstehe ich nicht.«

Meine Güte. Bleibt mir denn gar nichts erspart? Ich widerstehe nur knapp dem Wunsch, einfach aufzustehen und rauszugehen, durch die Kälte zu laufen, den Schnee unter meinen Schritten hören, den sanften Tau des Nebels auf meiner Haut ... Hatte man in der Schweiz einen speziellen Ausdruck für Prostitution?

»Sie war eine Prostituierte.« Das kommt härter, als ich es wollte.

Die Erkenntnis, was meine Worte bedeuten, sickert nur nach und nach durch. Seine Augen weiten sich, den Mund geöffnet, zieht er die Augenbrauen zusammen.

»Sie meinen ... sie war eine ... Schlampe?«

»Wenn das das Schweizer Wort dafür ist, dann ja.«

Ich wünschte Morten käme endlich und würde dieses Problem sozusagen von Mann zu Mann lösen.

»Wenn ich das gewusst hätte, hätte ich sie umgebracht.« Es scheint ihm nicht im Mindesten klar zu sein – oder es ist ihm egal – zu wem er das sagt.

»Ich habe mit einer Schlampe geschlafen? Sie hat mich die ganze Zeit über angelogen? Betrogen?« Er ist wütend, so wütend, wie ich noch kaum jemanden je gesehen habe. Sein Gesicht ist gerötet, die Augen zu Schlitzen gekniffen, die Hände zu Fäusten geballt. Er kommt auf mich zu und hält erst an, als sich unsere Nasenspitzen beinahe berühren. Sein Atem riecht nach Kaugummi und Zigarettenrauch. Leise fragt er: »Glauben Sie ... glauben Sie, dass das Böse existiert?«

»Wie würden Sie denn das Böse definieren?« frage ich zurück, da wir uns hiermit auf ein Gebiet begeben, das ich für schwierig erachte.

Resigniert zuckt er die Schultern und wendet sich ab, um sich auf den nächsten Stuhl zu setzten. Ich bleibe stehen und warte auf seine Antwort.

»Das ist nicht leicht, nicht wahr? Ist es definitiv als böse zu betrachten, wenn ein Mensch einem anderen das Leben nimmt? Ich würde sagen ja. Aber wie sieht es aus, wenn der andere ihm keine Wahl ließ, wenn er selbst so böse war, dass keine Wahl blieb?«

»Man hat immer eine Wahl. So ist das nicht. Und manche entscheiden sich für das Böse.«

Eine Reportage, die ich kürzlich gelesen habe, fällt mir ein. Es ging um Kindersoldaten in Afrika; und all die anderen Nachrichten, die täglich zu lesen sind über Kriege in so vielen Teilen dieser Erde, über Korruption, Mord und Totschlag, über die Gier von Menschen nach mehr Macht, mehr Reichtum fallen mir ein. Baeriswyl sieht elend und blass aus. Hoffentlich klappt er mir hier nicht zusammen.

»Hören Sie«, sage ich, »beruhigen Sie sich, setzen Sie sich. Ich mache Ihnen einen Kaffee.« Ein anderes Heilmittel fällt mir spontan nicht ein. Doch die Kaffeedose ist leer und niemand hat daran gedacht Nachschub zu besorgen. Leise fluchend schiebe ich sie zur Seite.

»Könnte ich lieber auch eine Coke haben?« fragt er und zieht aus seiner Hosentasche eine Packung Hustenbonbons. Unbemerkt rutscht ein weißes Plastikröhrchen mit heraus; es rollt unter dem Stuhl durch bis zur Schreibtischkante. Ich zünde mir eine Zigarette an und lasse absichtlich das Feuerzeug fallen. Anschließend stecke ich das Feuerzeug und das Röhrchen in meine Hosentasche.

»Ich hole Ihnen am Automaten eine Coke. Bin gleich

zurück.« Ich bin froh um die kurze Atempause, die mir der Gang zum Automaten verschafft. Nachdem ich die Tür hinter mir geschlossen habe, hole ich das Röhrchen hervor und begutachte seinen Inhalt: es ist bis zur Hälfte mit kleinen weißen Pastillen gefüllt. Weder das eine noch das andere geben Auskunft über das Medikament. Ich mache einen Abstecher ins Labor und drücke einer Assistentin, deren Namen ich mir nicht merken kann, das Röhrchen in die Hand, damit sie es zur Untersuchung gibt. Auf dem Flur begegne ich Morten.

»Wo gehst du hin«, will er wissen.

»Ich gehe mich erschießen.«

»Was ist los?«

»Von Baeriswyl sitzt in meinem Zimmer. Ich habe ihm von Delia erzählt, du weißt schon ...« Beinahe ist es so, dass ich diesen Sachverhalt nicht mehr aussprechen kann, sondern den Drang habe, einen Euphemismus zu verwenden.

»Oh Gott. wie hat er es aufgefasst?«

»Er war begeistert. Das kannst du dir vorstellen. Morten, zeig ihm noch das Bild von der unbekannten Toten. Frag ihn, ob er sie kennt.«

»Linden«, höre ich es hinter mir rufen. Ich drehe mich um; Wieland holt mit raschen Schritten aus, außer Atem fuchtelt er mit einer Akte vor meiner Nase herum. »Du wirst es kaum glauben. Es ist ein unglaublicher Zufall. Eigentlich wollte Dr. Markovich gestern schon in Hawaii bei seiner Tochter sein, die du übrigens kennen müsstest, sie ist in deinem Alter und hat auch auf der Polizeischule in Schwenningen studiert ... sie heißt Patrizia Markovich und lebt, wie gesagt nun in Hawaii, mit ihrem Mann, der, ich kann es nicht genau sagen, was er macht, auf jeden Fall hat er eine Menge Kohle, was ich sagen wollte, sie arbeitet nicht mehr als Polizistin sondern schreibt jetzt Gedichte, ihr erster Gedichtband wurde in den Himmel gelobt, ich werde es mir wohl mal kaufen müssen, obwohl Gedichte nicht so mein Ding sind ... also die Sache verhielt sich so: Dr. Markovich, der übrigens ein unglaublich interessanter Mann ist, möchte in sein Flugzeug steigen ...«

»Wieland«, unterbreche ich ihn mit ruhiger Stimme, was mir nicht leicht fällt, »was genau möchtest du mir mitteilen?«

»Wenn du mich einmal aussprechen lassen würdest, nur einmal, hätte ich es dir gesagt, aber du kannst ja nicht eine Minute zuhören ... also er möchte in sein Flugzeug steigen, da bekommt er einen Anruf vom Krankenhaus, dass seine Frau, die wegen irgendeiner Gallengeschichte dort behandelt wird, ins Koma gefallen wäre, sodass er sofort kehrt machte. Im Krankenhaus fiel ihm das Flugblatt mit dem Foto unserer unbekannten Rothaarigen in die Hände. Daraufhin hat er uns angerufen. Dr. Markovich war der Zahnarzt unserer unbekannten Toten!«

»Wow.« Sein letzter und wichtigster Satz wäre in dem ganzen Wust der Erzählung beinahe untergegangen.

»Sie war das letzte Mal vor drei Jahren bei ihm, da

war sie fünfzehn. Ausgezeichnete Zähne, sagt Markovich, so was sieht er selten, obwohl ...«

»Wieland«, es gelingt mir nicht einen gewissen ungeduldigen Ton zu unterdrücken.

»Ja also ... sie heißt Maverick Rosenkrantz. Sie lebte in einer Pflegefamilie, die noch ein Kind hatte, der Vater ist aber gestorben.«

In aller Seelenruhe zieht er einen Kaugummi aus seiner Hosentasche, knüllt das Papier zu einem kleinen Ball, den er hoch in die Luft wirft und versucht aufzufangen. Was ihm jedoch nicht gelingt. Den Kaugummi im Mund hin und her schiebend fährt er fort: »Aber Markovich wusste den Namen der Pflegefamilie, der natürlich ein anderer war, nicht mehr. So musste ich jemand vom Jugendamt auftreiben, was an Weihnachten gar nicht so einfach ist. Zum Glück habe ich eine Schwägerin, die beim Jugendamt als Sachbearbeiterin arbeitet, die Helga, aber um diese Zeit sind ja beinahe alle verreist und ich musste über eine andere Verwandte, die übrigens vor Jahren kurz mit dem Besitzer vom Playboy verheiratet war, über die Hedi also konnte ich ihren Aufenthaltsort herausfinden. Du musst wissen, wir haben nämlich nicht viel Kontakt, was weniger an mir liegt ...« Mir ist schon ganz schwindlig von Wielands weit reichender Bekanntschaft; ich räuspere mich laut, in der Hoffnung, Wieland begreiflich zu machen, dass ich mehr an Maverick Rosenkrantz, als an seinen Verwandtschaftsverhältnissen interessiert bin. Er schaut mir keineswegs irritiert in die Augen und fährt unbeirrt fort: »Ich habe sie dann gerade noch im Hotel erreicht und sie gab mir eine Telefonnummer, an die ich mich wenden konnte.«

Mir schwirrt der Kopf und ich weiß nicht genau, wen er nun eigentlich wo erreicht hat. Abwartend schaut er mich an. Nun wird ein Lob von mir erwartet.

»Das ist wunderbar, Wieland«, sage ich automatisch und hoffe, dass er bald zum Kern der Sache kommt.

»Also dieses Mädchen – das habe ich alles von der Sozialarbeiterin erfahren, die übrigens eine wunderbare Frau ist, stell dir vor, sie interessiert sich auch für Astrologie und hat den gleichen Kurs gebucht wie ich ... das habe ich dir noch gar nicht erzählt«, er räuspert sich, als er meinem mordlüsternen Blick begegnet und fährt fort: ... ja, also – dieses Mädchen, diese Maverick war die Tochter eines etwas losen Frauenzimmers, die in Schwierigkeiten kam und das Mädchen dann in Pflege gab.«

Er holt tief Luft und schaut mich an, als hätte er den Stein der Weisen verschluckt. Ich hole ebenfalls tief Luft und verkneife mir jeglichen Kommentar, denn das hätte unweigerlich zur Folge, dass Wieland noch weiter ausholen würde, möglicherweise seine Theorien zu losen Frauenzimmern im Allgemeinen und Erziehung im Besonderen ausbreitet und das möchte ich um jeden Preis verhindern.

»Und? Was ist mit den Pflegeeltern? Hast du herausbekommen, wer sie sind?« Mit aufreizender Ruhe holt er aus seiner Tasche erneut das Kaugummipäckchen und wiederholt das Spiel mit dem Papier. Auch dieses Mal landet es auf dem Boden.

»Sie wurde von einer Familie ... wart mal ... ja, genau ... Landau, Regine und Claus Landau aufgenommen ...«

Einen Moment ist es ganz ruhig, sogar Wielands Redeinkontinenz versiegt, und ich überlege, ob ich das verstanden habe, was ich glaube verstanden zu haben.

»Sag das noch mal. Wieland, du meinst, sie war ... die Pflegetochter von dieser Regine Landau? Von unserer Regine Landau?«

Wieland strahlt übers ganze Gesicht.

»Genau von dieser Regine Landau.«

Nachdem ich die Überraschung verarbeitet habe, macht sich Ärger in mir breit. Wenn Regine Landau die Pflegemutter war, muss sie das Mädchen doch auf dem Bild erkannt haben, das die Kollegen ihr gezeigt haben. Warum hat man es nicht für nötig erachtet, mir davon zu berichten? Ich bin außer mir. Das ist nicht nur eine Nachlässigkeit, das ist Sabotage! Ich lasse Wieland stehen, der mir noch etwas hinterher ruft. Ich kann nur das Wort Astrologie verstehen.

»Wer war mit dem Foto der Toten bei der Landau?« brülle ich Morten durchs Handy an.

»Das weißt du doch. Holzapfel und Rubenstein haben das übernommen«, antwortet er fassungslos über meinen Ausbruch.

»Ich will die beiden sofort sprechen, sie sollen sich auf der Stelle in der Einsatzzentrale einfinden«, brülle ich noch immer und knalle den Hörer auf die Gabel.

Als ich in ins Büro der Einsatzzentrale komme, stehen Holzapfel und Rubenstein sichtlich betreten an Gundulas Schreibtisch. Auch sie schaut fragend. Ich habe mich auf dem Weg hierher etwas beruhigt und bin nun in der Lage, meiner Stimme einen moderaten Klang zu verleihen.

»Ihr wart mit dem Bild der unbekannten Toten bei Regine Landau?«

Beide nicken unisono und werfen mir verständnislose Blicke zu. Einen solchen Fauxpas habe ich in meiner ganzen Laufbahn noch nicht erlebt. Die Wut kocht aufs Neue in mir hoch und nur mit Mühe schaffe ich es, die nächste Frage in einen halbwegs neutralen Ton zu kleiden: »Gibt es irgendeinen plausiblen Grund, warum ihr die Tatsache, dass die Tote Regine Landaus Pflegetochter war, unter den Tisch fallen lasst?« Bei den letzten Worten schlage ich mit geballter Faust auf den Schreibtisch. Die beiden zucken zusammen. Sie sehen sich gegenseitig an und ziehen hilflos die Schultern nach oben. Sie kommen mir vor wie siamesische Zwillinge, was mich aus irgendeinem Grund noch mehr in Rage bringt. Jetzt beginnen sie auch noch gleichzeitig zu sprechen und verstummen gleich darauf wieder. Holzapfel räuspert sich und sagt: »Heißt das ... dass das Mädchen ... dass die Landau das Mädchen gekannt hat? Dann hat sie uns angelogen! Sie sagte, sie würde die Tote nicht kennen, sie hätte sie nie vorher gesehen.«

Ich bin zu überrascht, um mich für mein ungerechtes, wenn auch verständliches Verhalten zu entschuldigen. Meine Nerven sind zum Zerreißen gespannt, mit eiskalter Wut in der Stimme sage ich: »Ich will sie hier haben. Sofort!« Rubenstein geht zu einem der hinteren Schreibtische und telefoniert. Holzapfel setzt sich an den PC. Ich lasse mich müde auf den nächsten Stuhl fallen. Gundula kommt auf mich zu und versucht mich zu trösten. »Manchmal geht halt etwas schief. Elza, du bist überarbeitet. In Berlin war ich in einer Gruppe, in der ich durch Meditation lernte, Ruhe zu finden ...«

»Danke Gundula. Ich kenne das. Aber es hilft jetzt nichts. Wir sind alle überarbeitet ...« Meditation! Himmel!

Rubenstein kommt zurück. »Ich habe einen Wagen hingeschickt, der die Landau herbringt.« Ich nicke müde. »Was genau hat sie gesagt? Ich möchte, dass ihr Wort für Wort wiederholt, was sie gesagt hat und wie sie dabei ausgesehen hat.«

Holzapfel beginnt zu erzählen: »Wir haben ihr das Bild gezeigt. Sie schaute es sich lange und genau an. Sie war blass. Aber ihre Stimme war fest als sie wörtlich sagte: »*Dieses Mädchen kenne ich nicht. Tut mir Leid.*« Ich gab zu bedenken, dass es sich vielleicht um eine Freundin ihrer Tochter handeln könnte, doch sie schnitt mir das Wort ab, sie meinte, *nein sicher nicht, ich habe sie noch nie vorher gesehen* und *entschuldigen Sie mich, ich habe noch einen Termin und muss gleich aus dem Haus*. Aber erst jetzt fällt mir auf, dass sie überhaupt nicht aussah, als würde sie gleich aus dem Haus gehen.

Ihre Frisur war unordentlich, das Gesicht irgendwie verquollen und ungeschminkt.«

Morten sitzt am Computer und versucht ein Lächeln, als er mich sieht. »Was war denn vorhin los?«

Ich lasse mich erschöpft auf den Stuhl neben ihm fallen.

»Die Tote ist identifiziert«, sage ich nur.

»Das scheint dich aber nicht sehr glücklich zu machen. Wer ist sie?«

»Maverick Rosenkrantz. Die Pflegetochter von Regine Landau und die Stiefschwester von Delia.«

»Was?« reagiert Morten verwirrt. Ich erzähle ihm in reichlich gekürzter Fassung von Wielands Entdeckung, von dem Zahnarzt, der im Krankenhaus das Flugblatt mit dem Foto der Toten entdeckt hat und Wielands Odyssee durch das Jugendamt. »Darum war ich so aufgebracht. Ich wusste, jemand sollte mit dem Bild bei Regine Landau gewesen sein und ich konnte mir nicht vorstellen, dass sie glatt leugnet, die Tote zu kennen. Ich dachte, es wurde aus irgendeinem Grund versiebt. Holzapfel und Rubenstein waren mit dem Foto bei der Landau und sie hat gesagt, sie würde das Mädchen nicht kennen. Sie hätte sich doch denken können, dass wir drauf kommen. Ich versteh das nicht. Die Frau ist doch nicht dumm.«

»Vielleicht stand sie unter Schock. Stell dir vor, zuerst wird deine Tochter umgebracht und drei Tage später, stehen zwei Polizisten vor der Tür, die dir das Bild deiner Pflegetochter zeigen, die ebenfalls umgebracht wurde.«

»Das ist Quatsch, Morten. Wenn du eine Mutter wärst, wüsstest du, dass diese Reaktion völlig ausgeschlossen ist. Sie hat mit Absicht gelogen! Warum? Was will sie uns verschweigen?«

20

»Warum haben Sie uns angelogen, Frau Landau? Aus welchem Grund haben Sie verschwiegen, dass die Tote Ihre Pflegetochter war?« Klirrend fallen meine Worte in die Stille.

Trotz der betont aufrechten Haltung, spüre ich ihre Niedergeschlagenheit. Mit übereinander geschlagenen Beinen, die Hände im Schoß verschlungen, sitzt sie vor mir. Um die Augen Fältchen, die wahrscheinlich aus Schlafmangel resultieren und heruntergezogene Mundwinkel. Sie blickt mich prüfend an, als wollte sie abwägen, mit welcher Lüge, sie sich bei mir Einlass verschaffen könnte. Sie nimmt einen tiefen Atemzug, ihr Blick geht durch mich hindurch, als sie leise, aber klar zu sprechen beginnt.

»Ich möchte Ihnen eine Geschichte erzählen. Es ist keine schöne Geschichte, es ist die Geschichte der bösen Stiefmutter. Aber leider ist es kein Märchen. Ich wusste, dass mein Mann eine Geliebte hatte. Wir waren offen in solchen Dingen. Auch ich hatte einen Geliebten. Was immer Sie davon halten mögen, es ist mir egal: wir blieben wegen Delia zusammen. Sie war damals zwölf und sie war ein außergewöhnlich schwieriges, empfindsames

Kind. Heute glaube ich, es hätte sie weniger belastet und weniger Unglück über die Familie gebracht, wenn wir uns tatsächlich getrennt hätten. Vielleicht war es auch nur eine Ausrede für uns, aus der Angst heraus, ein neues Leben beginnen zu müssen. Wer weiß das heute schon. Rosemarie, so hieß diese Frau, die Mutter von Maverick, wurde schwanger. Was ich erst später erfahren habe, Rosemarie war Bardame in einem einschlägigen Club. Sie rutschte nach und nach in die Abhängigkeit von Heroin. Sie verlor ihren Job, so zweifelhaft der auch sein mochte, landete auf der Straße. Das war der Zeitpunkt, zu dem Claus so verzweifelt war, dass er mit mir darüber sprach. So sehr Claus ihr helfen wollte, sie ließ es einfach nicht zu. Das Jugendamt nahm ihr das Kind weg, als es ein Jahr alt war. Vernachlässigt und unterernährt. Kurz und gut, Claus verlangte von mir, dass wir das Kind in Pflege nehmen sollten. Damals war ich kurz davor, mich von ihm zu trennen. Doch dann ging die Beziehung mit Elias, meinem Freund in die Brüche, er ging zurück nach Israel, ich konnte und wollte nicht mit. Es war eine furchtbare Zeit.«

Sie sitzt steif und reglos auf ihrem Stuhl, den Blick an mir vorbei in die Vergangenheit gerichtet.

»Ein Jahr lang wehrte ich mich vehement gegen seinen Wunsch, das Kind aufzunehmen. Schließlich habe ich nachgegeben. Wir nahmen Maverick auf, da wir wegen Delia sowieso eine Haushälterin hatten, hatte es auf meine Berufstätigkeit keinen Einfluss. Aber Sie müssen bedenken, das Kind war zwei Jahre alt, als es zu uns kam. Ich war kleine Kinder nicht mehr gewohnt und ich hatte sowieso noch nie einen Hang, mich mit kleinen Kindern abzugeben. Ich habe Claus gehasst und ich habe das Kind gehasst. Was ich versucht habe, nicht nach außen zu zeigen. Aber Maverick wusste es. Auch sie mochte mich nicht. Delia dagegen war begeistert von ihrer neuen Schwester. Die beiden haben sich geliebt. Delia war immer Mavericks großes Vorbild. Mit zwanzig ging Delia aus dem Haus. Maverick war zehn inzwischen. An ihrem fünfzehnten Geburtstag kam ein Brief von Rosemarie. Sie war inzwischen in Amerika und wollte Maverick wieder haben. Ich war erleichtert, obwohl ich sie insgeheim inzwischen auch lieb gewonnen hatte. Aber die Art, eine gewisse Distanz und Kälte zu leben, war zu eingebürgert. So ging Maverick mit sechzehn nach Amerika und ich habe nie wieder etwas von ihr gehört. Delia hat mich gelöchert deswegen. Sie sagte, alle Briefe, die sie an Maverick schriebe, kämen zurück mit dem Vermerk Adressat unbekannt. Sie gab mir die Schuld. Das ist die Geschichte von Maverick, ihrer bösen Stiefmutter und der liebenden Schwester. Jetzt sind sie alle tot.« Ihre Schultern fallen herab, als sie endet; die Augen feucht von den Tränen, die sie nicht zulassen will. Ich empfinde Mitleid mit ihr.

»Aber Maverick kam zurück nach Deutschland. Sie hat sich nie bei Ihnen gemeldet?«

»Nein. Das hat sie nicht.«

»Sie litt unter Anorexie, des Weiteren wiesen die Laboruntersuchungen einen hohen Spiegel an Psychopharmaka in ihrem Körper nach. Ihr Gesundheitszustand war erbärmlich.« Das Letztere sind die neuesten Laborergebnisse, die ich im Sog der Geschehnisse schon beinahe vergessen hatte.

»Es tut mir Leid. Da kann ich Ihnen nicht weiterhelfen.«

»Delia muss Kontakt zu ihr gehabt haben. Anders ist es nicht vorstellbar.«

»Wir können sie ja nun nicht mehr fragen.«

Ihr Tonfall ist bitter.

»Bevor Maverick nach Amerika ging, haben Sie da nicht einmal nachgefragt, bei der Mutter? Hat es sie nicht interessiert, wohin das Mädchen gehen sollte?«

»Nein. Dem Brief lag ein Ticket bei und die Adresse.«

Ich versuche mich in ihre damalige Lage zu versetzen und kann trotzdem nicht verstehen, wie bereitwillig sie dieses Mädchen nach Amerika zu einer fremden Frau schicken konnte. »Die Adresse hätte ich gerne.«

Sie zögert einen Moment, bevor sie ihre Tasche öffnet und sagt: »Das dachte ich mir. Hier ist sie.«

Sie reicht mir einen Luftpostumschlag, aus dessen aufgeschlitztem Ende weißes Briefpapier herausschaut. Ich lege ihn zur Seite. Quälendes Schweigen entsteht.

Ich frage: »Wussten Sie, dass Delia der Prostitution nachging?«

Ich beobachte scharf ihre Reaktion. Sie schaut mich ungläubig an, dann lacht sie und sagt: »Das glauben Sie doch selbst nicht. Was immer Sie herausgefunden haben mögen, es handelt sich mit Sicherheit um einen Irrtum.«

»Sehr wahrscheinlich nicht. Wussten Sie es und konnten es nicht ertragen? Haben Sie Ihre Tochter umgebracht?«

Zorn spiegelt sich in ihren Augen.

»Das ist wohl das Letzte. Wenn Sie nach diesem Strohhalm greifen müssen, können Ihre Ermittlungen wohl kaum etwas zu Tage gefördert haben, das Sie dem Mörder näher bringt.«

Ihre Worte und ihr Lachen klingen in meinen Ohren, noch lange nachdem sie gegangen ist. Regungslos sitze ich hinter meinem Schreibtisch und suche nach Brüchen, Lügen und Ungereimtheiten in ihrer Geschichte. Ob es sich so verhalten hat, wird sich über das Jugendamt und die Mutter in Amerika zu großen Teilen nachprüfen lassen. Noch einmal rufe ich mir ihre Reaktion auf die Konfrontation mit der Prostitution ins Gedächtnis; die Überraschung schien echt, genauso wie die Sicherheit, dass es sich nur um einen Irrtum handeln kann.

Da war kein Zögern, kein Zweifeln zu spüren gewesen.

Anders als bei Baeriswyl. Er war wütend, außer sich, aber er hat es geglaubt, er hatte keinen Zweifel. Ich spinne den Gedanken weiter: Also hätte er sich vorstellen können, dass Delia für Geld mit Männern ins Bett ging. Wie wäre seine Reaktion gewesen, wenn er es erfahren hätte? Wäre das Grund genug gewesen, Delia zu töten? Trondheims Reaktion war völlig konträr: ihm hat es einen Schlag versetzt, bei ihm hatte ich das Gefühl, dass die dünne Schicht, die er zum Schutz trug, wie eine Wand aus Eis in tausend Sprünge zerbrach. Und ich selbst? Alles was ich von dieser Frau weiß, macht es mir unvorstellbar zu glauben, sie hätte ihren Körper verkaufen können. Vielleicht haben Männer ein anderes Denkmuster, wenn es um solche Dinge geht? Aber andererseits passt auch die Beziehung zu Thamus nicht zu dieser Art Frau, wie ich sie mir vorstelle. Würde diese Frau, würde Delia Landau eine Beziehung eingehen, in der jemand wie Thamus Macht über sie ausüben wollte? Psychische, physische, sexuelle Gewalt? Nein. Und dennoch war es so. Einen kurzen Moment geht mir etwas durch den Kopf, ich denke an Statistiken. Statistisch gesehen, ist es eher selten, dass zwei Mitglieder einer Familie einem Gewaltverbrechen zum Opfer fallen.

Und trotzdem ist hier genau das passiert. Statistisch gesehen ist es eher unwahrscheinlich, dass in zwei unterschiedlichen Mordermittlungen multiple Personen die Opfer sind. Im Laufe meines letzten Falles entpuppte sich das Opfer als multiple Persönlichkeit. Delia Landau war keine multiple Person, auch wenn es viele Widersprüche gibt. Wenn mich Statistiken ansonsten wenig überzeugen, aber manchmal können sie hilfreich sein. Das heißt, dass in diesem Fall etwas nicht stimmt. Dass jemand versucht, uns falsche Tatsachen unterzujubeln. Nur: Wer und vor allem warum?

Ich habe nichts als mein Gefühl, das mir sagt, dass

hier etwas nicht stimmt. Das Verhör mit Trondheim fällt mir ein. Da war etwas, das er gesagt hat ... etwas, das ich gehört, aber nicht beachtet habe. Aber je mehr ich es zu fassen versuche, desto mehr entwindet es sich mir.

Ein kurzes, rhythmisches Klopfen an der Tür reißt mich aus meinen Überlegungen. Nach Atem ringend, noch mit Jacke und Schal bekleidet betritt Anno Schlesinger den Raum. Umständlich schlüpft er aus der Jacke und hängt sie über die Stuhllehne. Während er aus seiner Aktentasche eine Packung Kaffee und eine Schachtel Zigaretten holt und auf den Schreibtisch legt, hält er mir einen Vortrag über die Gefährlichkeit von Zigaretten- und Kaffeekonsum. Das Ende seines Vortrags mündet in ein Murmeln, aus dem ich Lungenkrebs und Herzinfarkt herauszuhören glaube. Schwer atmend greift er nach der Packung Zigaretten und bittet mich um Feuer. Mit der Zigarette im Mundwinkel steht er auf, um Kaffee zu kochen. »Morgen hör ich auf! Spätestens an Silvester! Allerspätestens, wenn wir diesen Fall abgeschlossen haben! Dieses Schauspiel wiederholt sich ungefähr einmal im Monat. Anno hat Übergewicht, leidet unter Minderwertigkeitskomplexen und zu allem Überfluss ist er ein Hypochonder. Instinktiv greife ich ebenfalls zu einer Zigarette und sage klagend: »Das kannst du mir nicht antun, Anno. Dann werde ich die einzige Raucherin in diesem Laden sein.«

»Du hast natürlich Recht«, gibt er zu, »aber schreibt das auf meinen Grabstein, Elza, dass ich nur aus Rücksicht auf dich nicht aufhöre zu rauchen. Aber eigentlich bin ich wegen etwas anderem hier.« Er grinst, »mal schauen, was du dazu meinst.«

»Hast du noch andere Laster, von denen ich nichts weiß«, frage ich mit gespieltem Entsetzen.

Mit einem koketten Lächeln geht er zur Kaffeemaschine. Beinahe tänzelnd balanciert er mit den gefüllten Tassen durch den Raum. Nach einem genüsslichen Schluck beugt er sich nach vorne und sagt: »Ich habe gerade mit den vier Männern gesprochen, du weißt schon, mit den Freiern ...«

»Das ging aber außergewöhnlich schnell. Und keiner hat wahrscheinlich zugegeben, Delia gekannt zu haben, nehme ich an.«

»Sie waren natürlich äußerst unangenehm überrascht; schließlich konnte ich sie aber überzeugen.« Er lächelt süffisant. Annos Überzeugungskraft steht nicht immer im Einklang mit meiner Vorgehensweise und selten mit den Objekten seiner Überredungskunst. Dennoch kann man ihm einen gewissen Erfolg nicht absprechen.

»Schlesinger, du wirst doch nicht ...«

Er lacht schallend.

»War gar nicht nötig. Ich deutete nur an, dass ihre Ehefrauen gewisse Eröffnungen zur Weihnachtszeit sicher zu schätzen wüssten. Sozusagen als nette Zugabe zu den Colliers und Pelzmänteln.«

»Also, ist das nun auch klar.« Ich fühle mich merkwürdig enttäuscht, um etwas betrogen, von dem ich nicht einmal sagen könnte, was es genau sein soll. Bis jetzt hatte ich immer noch Hoffnung! Hoffnung, dass mein Gefühl, meine Erfahrung mit Menschen mich nicht trügt. Auch wenn ich Delia Landau nicht lebend gekannt habe, so ist sie mir doch vertraut geworden im Laufe der Ermittlungen. Eine Frau, die meine Freundin hätte sein können, wenn wir uns jemals begegnet wären. Die Enttäuschung sickert wie galliges Gift in meinen Magen. Nur an der Peripherie nagt etwas, eine Frage, ein Zweifel? Flüstert höhnisch: Doppelmoral, Doppelmoral ...

»Sie war keine Nutte.«

Ich horche überrascht und erleichtert auf.

»Was dann? Anno, rück jetzt mit der Sprache raus.«

»Delia Landau hat sich bei dieser Agentur tatsächlich angemeldet und hat sich diese vier Männer vermitteln lassen. Unabhängig voneinander sagten alle vier das Gleiche aus: Sie wollte eine Reportage schreiben. Es ist, so beschrieb mir das einer der Männer, ein Soziologe übrigens, eine ziemlich neue Form der Prostitution. Es hat nicht den üblen Beigeschmack eines Bordells und gilt als ziemlich exklusiv. Die Frauen arbeiten privat und auf Abruf, sie sind nirgendwo als Prostituierte registriert. Und sie verdienen ganz gut. Sie hat den Männern Geheimhaltung versprochen. Schließlich hatten sie keine andere Wahl.«

»Mensch, dann kommst du jetzt damit, wo ich gerade der Mutter erzählt habe ... aber sie hat es nicht geglaubt. Ich denke, sie hat ihre Tochter ganz gut gekannt. Von Baeriswyl hat es schon härter getroffen.«

Kaum habe ich das ausgesprochen, durchzuckt es

mich blitzartig und ich schließe einen Moment vor meiner eigenen Begriffsstutzigkeit die Augen: Luzius von Baeriswyl am Fenster meines Büros, mir den Rücken zugewandt mit seinen langen, braunen Haaren ... die Frau, die bei Delia im Auto saß – wie die Nachbarin sagte, mit langen braunen Haaren, das Gesicht hätte sie nicht gesehen.

»Schlesinger, versuch Baeriswyl aufzutreiben, vorhin war er noch hier, Perini hat zuletzt mit ihm gesprochen, dann wollte er nach Oberhausen zu Ludmilla fahren. Ich möchte ihn hier haben. Ich glaube nämlich, dass er die Person war, die am Tag des Mordes bei Delia im Auto saß.«

»Du meinst, er hat sie umgebracht?«

»Das weiß ich nicht. Aber er hat uns auf jeden Fall nicht die Wahrheit gesagt.«

21

Die nachfolgend einberufene Sitzung steht ganz im Zeichen der neuesten Entwicklung der drei Fälle. Die Identifizierung des Mädchens, mit der wir so schnell nicht gerechnet hätten und damit auch der Zusammenhang zu Delia Landau, ihrer Halbschwester.

»Ein Zahnarzt hat auf einem unserer Flugblätter die Tote erkannt und identifiziert. Es handelt sich um Maverick Rosenkrantz. Sie war die Tochter von Claus Landau, Delias Vater und Roswitha Rosenkrantz. Sie kam im Alter von zwei Jahren in die Familie Landau und blieb bis zu ihrem sechzehnten Lebensjahr dort. Dann ging sie zu ihrer leiblichen Mutter nach Amerika. Noch wissen wir nicht, wann und warum sie nach Deutschland zurückgekehrt ist. Wahrscheinlich war sie die rothaarige Frau, die der alte Mann erwähnt hat. Die Anfrage nach der Mutter in Amerika läuft bereits.«

Unter missbilligenden Blicken zünde ich eine Zigarette an. Anno Schlesinger tut es mir grinsend und mit einem komplizenhaften Augenzwinkern nach. Dann berichtet er über das Resultat seiner Ermittlungen über die Agentur. Ein Aufatmen geht durch die Runde. Das ist ein ganzer Packen Arbeit, der nicht getan werden muss.

Der nächste Punkt, den ich anspreche, stößt auf weniger Begeisterung: »Luzius von Baeriswyl war möglicherweise am 21. Dezember doch in Freiburg.« Ich wiederhole noch einmal die Aussage von Delias Nachbarin, die am Tag des Mordes eine Frau mit langen braunen Haaren in Delias Auto gesehen haben will. Und mein Erlebnis, als Baeriswyl in meinem Büro stand und ich ihn von hinten ebenfalls für eine Frau hielt.

»Dann haben wir Glück, dass er sich momentan auf deutschem Hoheitsgebiet aufhält. So können wir ihn behandeln wie einen deutschen Verdächtigen«, meint Schneider.

»Ja, da haben wir Glück. Wir sollten aber nicht aus den Augen verlieren, dass er ebenso aus Angst gelogen haben kann. Wir müssen sein Alibi für die anderen beiden Morde erfragen«, gebe ich zurück.

Perini sagt: »Für Ludmilla Francia habe ich eine Streife organisiert, die öfter am Haus vorbeifährt und nach dem Rechten schaut. Jemand aus einem anderen Dezernat war nicht zu bekommen. Die meisten sind in Urlaub.«

Ich möchte antworten, dass das wohl als Schutz eher dürftig ist, lasse es aber dabei bewenden, hauptsächlich weil ich auch keine andere Lösung weiß.

»Hat sich bei Trondheim etwas getan«, frage ich stattdessen.

»Nichts, die meiste Zeit hat er in der Klinik verbracht, die Praxis hat er derzeit geschlossen.«

In meinem Kopf dröhnt ein Geschwader Kampfflieger, mein Mund ist trocken vom vielen Rauchen und ich merke, wie meine Konzentration nachlässt. Wenn ich in die Gesichter meiner Kollegen blicke, sehe ich, dass es ihnen ähnlich geht. Mein Vorschlag, eine fünfzehnminütige Pause einzulegen, wird von allen begrüßt. Froh, mich bewegen zu können, gehe ich zum Getränkeautomaten in der Kantine, um mir eine Cola zu holen. Ich nehme noch eine für Morten mit. Die Kantine liegt verlassen da; geschmückt mit Kerzen und Zweigen strahlt der große, ansonsten kahle Raum trostlose Einsamkeit aus. Ich gehe zu der breiten Fensterfront und öffne ein Fenster. Kalte Luft strömt herein und mildert meine bohrenden Kopfschmerzen. Nach ein paar tiefen Atemzügen schließe ich mit einem Seufzer das Fenster und gehe zurück in den Besprechungsraum. Gundula hat Kaffee gemacht und reicht die Kanne an ihren Nachbarn weiter. Irgendjemand muss auch hier die Fenster geöffnet haben, die Luft ist erträglicher und weniger stickig als noch vorhin. Ich öffne die beiden Colaflaschen und reiche Morten eine davon über den Tisch. Wieland schiebt sich ein Stück Schokolade in den Mund und gibt mir mit einem Nicken zu verstehen, dass er bereit ist, die Besprechung mitzuschreiben. Seine Stenokenntnisse sind in diesem Fall eine große Erleichterung.

Ich berichte von meinem Besuch bei Francis Luckner. »Wissenschaftlich wird der Satanismus in fünf Sparten eingeteilt. Ich bin mir nicht sicher, ob ich das noch zusammen bekomme und auch nicht, was für eine Rolle das in unserem Fall spielt. Wir werden sehen. Die erste

Form ist der reaktive, paradigmatische und konforme Satanismus, der sich an der christlichen Teufelsvorstellung orientiert. Als Beispiel dienen die klassischen Teufelspakte. Der gnostisch umgewertete Satanismus dagegen, sieht in Gott den Unterdrücker und in Satan den Befreier des Menschen. Die dritte Form, deren Vertreter auch Charles Manson war, sieht Gott und Satan als zwei Pole einer Ganzheit. Nun kommen wir zu den großen Sekten, autark, sekundär und achristlich: die First Church of Satan, Temple of Set. Die fünfte Form gilt als synkretisch gebrochen, das heißt Satan steht nicht im Mittelpunkt, wenngleich er eine wichtige Rolle spielt. Das nur als kurzer Abriss, ich weiß, wie verwirrend das klingt, mir geht es auch nicht anders. Luckner konnte nicht sagen, ob es sich bei Thamus um ein Mitglied einer satanischen Gruppe handelt. Allerdings hat er eingeräumt, dass er trotzdem gefährlich sein kann.«

Ich bin nicht sicher, ob dieser kurze Abriss nicht mehr Verwirrung als Klärung in die Ermittlungen bringt. Ich fahre fort: »Ludmilla Francia sagt aus, Delia und Antonia wären seit der Studienzeit Freundinnen gewesen. Das Foto das ich ihr von der unbekannten Toten zeigte, sagte ihr nichts. Als ich zurück ins Büro kam, war eine weitere anonyme Mail eingegangen. Sie zeigte ein Video über die Kreuzigung Jesu. Inzwischen haben wir auch die Adresse und den Namen von Thamus. Es handelt sich um Raffael Lamech, der als Manager für eine Firma namens Bohemien-Konzerte arbeitet. Interessant für uns ist, dass er vor fünf Jahren eine

Anzeige wegen Körperverletzung hatte, und zwar im Zusammenhang mit satanischen Praktiken. Es konnte ihm jedoch nichts nachgewiesen werden und die Frau zog die Anzeige zurück. Die Kollegen in Frankfurt haken da noch mal nach. Tja und dann hat uns Claussen seinen Besuch angekündigt. Möglicherweise hilft uns ein Täterprofil seinerseits weiter. Ich rechne morgen mit seiner Ankunft und bitte euch hiermit, ihn zu unterstützen bei allem, was er braucht.«

Nicht in allen Augen lese ich Begeisterung. Jedoch wissen alle, dass wir im Moment jede Hilfe gebrauchen können und keiner möchte in dieser Situation die Diskussion um Profiler aufgreifen.

Erst nachdem sich die Runde aufgelöst hat, fällt mir das Tablettenröhrchen, das Luzius von Baeriswyl aus der Tasche fiel, ein. Aber solange kein Bericht vom Labor vorliegt, ist das unerheblich.

22

Dich will ich, da für mein Bett
Dich die goldene Venus bestimmte;
Dich begehrte ich schon, als ich
Dich noch nicht gekannt. Eher als
Mit den Augen erblickt ich im
Geist deine Züge.
Aus Ovidi Heroides Brief von Paris
an Helena

»Was? Was sagen Sie da?« Fassungslosigkeit gepaart mit Wut und Entsetzen liegen in dieser Frage, in diesem Ausruf. Mit nichts weiter als einer schwarzen Lederhose bekleidet steht er im Türrahmen. Seine grauen Augen funkeln mich zornig an. Einen Moment lang befürchte ich, dass er mir die Türe vor der Nase zuschlägt. Doch dann fallen seine Schultern nach vorne, tonlos sagt er: »Kommen Sie rein.«

Ich folge ihm in ein spärlich und ausschließlich schwarz möbliertes Wohnzimmer. Ohne mich weiter zu beachten geht er zu der breiten Fensterfront. Ich stelle mich hinter ihn. Der Blick durch das Fenster fällt auf einen parkähnlichen Garten; Hecken, Büsche und

Bäume, geduckt unter der weißen Last. Abrupt dreht er sich um. »Setzen wir uns«, sagt er. Das Leder seiner Hose reibt seidig knirschend aneinander, als er sich in den Sessel setzt. Ich setze mich ihm in den Sessel gegenüber. Schwerfällig zieht er eine Zigarette aus der Packung und zündet sie an. Mit der Zigarette im Mundwinkel fragt er: »Reden Sie schon. Was ist passiert?«

Ich wiederhole: »Delia Landau, Favea ist tot. Sie wurde ermordet.«

Er drückt die Zigarette aus, schüttelt den Kopf. Schließt die Augen und öffnet sie gleich wieder. Mit zitternden Händen zieht er die nächste Zigarette aus einer zerknautschten Packung. »Meine Favea?« In seiner Stimme liegt so viel Zärtlichkeit und ein Schmerz, der mir ins Herz schneidet. Wie immer man sich einen Satanisten vorstellen mag: Raffael Lamech hat nichts davon. Seine Haare sind kurz und blond, durchzogen mit ein paar silbergrauen Fäden. Ein klarer Blick aus dunklen Augen, die Lippen schmal, aber nicht verkniffen, ein leichter Bauchansatz ist an dem ansonsten schlanken Köper zu sehen. Hin und wieder – ganz selten noch in meinem Leben – trifft man Männer oder auch Frauen (das ist nicht geschlechtsspezifisch), die jene Art von Stärke, nein, Stärke ist nicht das passende Wort, Macht trifft es besser, die jene Art von Macht ausstrahlen, in der nicht Widerstand gedeiht, sondern eine Macht, die anziehend ist, einladend wie warme Milch am Abend, Macht, die unwillkürlich in Bann zieht. Und nach allem was ich gelesen habe, was er und Delia sich geschrieben haben, hatte ich nicht diese warme, fürsorgliche und mitfühlende Stimme, nicht diesen Menschen, sondern ein Ungeheuer erwartet. Ich denke, kaum bin ich fünf Minuten in der Nähe dieses Mannes, scheint er mich auch schon mit einem Bann zu belegen, alles spricht dafür, dass er ein Ungeheuer ist, kein Mensch, der auch nur annähernd gesund ist, verspürt den Wunsch, zu morden und Menschenfleisch zu essen. Härter, als vielleicht nötig, frage ich: »Wo waren Sie am Sonntag, dem 20. Dezember, am Montag, dem 21. Dezember, und am Mittwoch, dem 23. Dezember?« Gleichzeitig lege ich Kopien der Ausdrucke aus Delias Computer auf den Tisch. »Wie Sie sehen, wissen wir Bescheid.« Wieder dieser misstrauische, intelligente Blick, der bis tief in mein Innerstes zu sehen scheint. »Ich war beruflich unterwegs«, kommt seine leise Antwort. »Wo? Und kann das jemand bezeugen?« »Möglicherweise. Möglicherweise aber auch nicht.« »Dann sind Sie allerdings in ernsthaften Schwierigkeiten.« Er lächelt ein böses, kleines Lächeln. »Ach so. Jetzt verstehe ich. Sie haben alles durchschnüffelt, was Favea und ich uns geschrieben haben ... Und natürlich haben Sie ein bisschen in meiner Vergangenheit gewühlt und sind fündig geworden. Dann haben Sie zwei und zwei zusammengezählt.« Er hebt kaum merklich seine schöne, tiefe Stimme. »Vergessen Sie nicht: ich bin nie verurteilt worden. Man konnte mich nicht überführen, mir nicht nachweisen, dass ich ein Gesetz überschritten oder gebrochen habe und: Wir haben Religionsfreiheit in Deutschland. Nun glauben Sie, weil Sie ein paar harmlose E-Mails und Chats gelesen haben, ich hätte meine Favea ermordet!« Er schaut mich an, fixiert meinen Blick, zuckt nicht einmal mit der Wimper, bis ich aufgebe und den Blick abwende. »Haben Sie sie ermordet? Es würde einiges dafür sprechen.« »Beweisen Sie es mir«, sagt er kalt. »Beweisen Sie mir, dass Sie es nicht waren«, gebe ich ebenso kalt zurück. »Ich habe nicht die geringste Lust Ihnen irgendetwas zu beweisen. Machen Sie doch was Sie wollen.« Ich spüre, dass es ihm ernst ist damit, es ist ihm tatsächlich egal, es lässt ihn völlig kalt. »Ich kann Sie mitnehmen zur Vernehmung.« »Gehen wir?« ist sein einziger Kommentar. Einerseits ist da diese Kaltschnäuzigkeit, aber dahinter glaube ich noch etwas anderes zu spüren, die Ahnung einer Verletzung, das Tosen von Schmerz über den Verlust und die Angst, ich könnte das entdecken. »Sie dürfen selbstverständlich ...«

»Können Sie sich sparen. Ich brauche keinen Anwalt.« Bei diesem Wortwechsel ist er völlig ruhig geblieben. Ich beschließe meine Taktik zu ändern. »Was sagen Ihnen die Namen Antonia Martinelli und Maverick Rosenkrantz?«

Noch immer zeigt er kein Anzeichen von Nervosität oder irgendein anderes Zeichen von Schuld.

»Ich nehme an, Sie wünschen, die Namen sollten es tun, ich meine, mir etwas sagen.« Schon wieder diese geschickte Art, keine Antwort zu geben, sondern eine Gegenfrage zu stellen. »Leider spielen meine Wünsche

nicht die tragende Rolle, wie Sie zu glauben meinen.«
»Das sollten Sie ändern.«

»Herr Lamech, beantworten Sie meine Fragen.«
»Diese Namen sagen mir nichts.«

»Auch der Name Rosenkrantz nicht?«

»Das glaube ich, eben erwähnt zu haben. Wer soll denn das sein?«

Gut. Ich krame aus meiner Jackentasche die Bilder der drei toten Frauen. Als erstes lege ich Delias Foto vor ihn, um seine Reaktion zu sehen, um vielleicht noch einmal diese Art von Liebe bei ihm zu spüren, wie vorhin. Doch er blickt nur kalt und neugierig vom Foto zu mir. Lediglich am Zittern seiner Hände kann ich sehen, dass er ein Meister der Selbstbeherrschung ist.

»Sie haben Delia Landau ermordet. Genauso wie Antonia Martinelli und Maverick Rosenkrantz.«

Auf meine Anschuldigung geht er mit keinem Wort ein, erhebt keinen Einwand. Ich lege ihm das Foto von Antonia Martinelli hin. Er streift es mit einem gelangweilten Blick und sagt: »Was soll dieses Spiel? Ich kenne diese Frauen nicht.«

Seine Kaltschnäuzigkeit irritiert mich. Habe ich mir seinen Schmerz nur eingebildet, als ich von Faveas Tod sprach? Wie kann er jetzt leugnen Delia gekannt zu haben? Er betrachtet mich aufmerksam und schweigsam. Dann nimmt er Delias Foto und reicht es mir über den Tisch. Mit der Zigarette im Mundwinkel sagt er: »Das ist nicht Favea. Es ist nicht Delia!« Die Erleichterung ist herauszuhören, die Freude darüber, dass es sich um einen Irrtum handelt, dass seine geliebte Favea noch am Leben ist.

Ein Bogen wilder Gedanken spannt sich in meinem Kopf: hier stimmt etwas nicht, etwas läuft ganz und gar falsch. Entweder er gehört zu jenen Durchgeknallten, aber eiskalten Psychopathen und neurotischen Lügnern oder aber er sagt die Wahrheit und irgendetwas bei unseren Ermittlungen lief schief. Angesichts seiner Überzeugung in der Stimme, muss ich mir erst ins Gedächtnis zurückrufen, dass Regine Landau ihre Tochter identifiziert hat, dass es sich um niemand anders als um Delia Landau handelt und ein schrecklicher Gedanke bemächtigt sich meiner: hat sie etwa gelogen? Ist die Tote tatsächlich nicht Delia Landau? Warum sollte sie das tun? Und wer ist sie dann, wenn nicht Delia Landau?

Mit beinahe wilder Verzweiflung zeige ich ihm das Foto von Maverick. Er greift danach und erstarrt. Mit dem Anhalten seines Atems scheint er die ganze Welt mit einzubeziehen. Schweigend hält er das Foto in den Händen. Ein zorniger, hasserfüllter Blick trifft mich und macht mir eine Gänsehaut. Dann legt er das Bild zurück. Ich höre ein Knacken, er ballt seine Hände zu Fäusten. Es ist still. Ich kann das Brechen der Eiszapfen hören, die vom Dachbalken hängen. Es wird tauen, geht es mir unnötigerweise durch den Kopf.

Heiser vor Schmerz und mit vor Wut zitternder Stimme fragt er: »Was haben Sie mit ihr gemacht? Was haben Sie mit meiner Favea gemacht?«

Ich stehe auf und gehe um den Tisch herum, stelle mich mit dem Bild vor ihn. Leise frage ich: »Ist das Favea?«

Er nimmt mir Mavericks Bild aus den Händen. »Das ist Favea, ja.« Ich traue ihm nicht, weiß nicht, welche Art Spiel er hier versucht zu spielen.

»Es handelt sich bei dieser Frau um Maverick Rosenkrantz, sie war die Stiefschwester von Delia Landau. Das hier«, und ich zeige auf Delias Foto, »das hier ist Delia Landau.«

Mir ist nicht klar, was hier passiert ist; fieberhaft suche ich nach einer Erklärung. Gedankenfetzen kommen und gehen, bis sich in meinem Kopf eine Idee formt, wie es gewesen sein könnte. Maverick kommt zurück nach Deutschland, sie wohnt bei Delia. Delia ist viel beschäftigt, hat wenig Zeit; Maverick fühlt sich allein. Sie sucht Trost in der virtuellen Welt des Computers. Ob sie sich mit Delias Wissen oder heimlich unter ihrem Namen eingeloggt hat, ist sekundär. Sie ist unter Delias Identität im Netz gesurft. Dann hat sie Thamus kennen gelernt. Für ihn war sie Favea. Delia. Doch als es darum ging, gegenseitig Bilder zu tauschen, hat sie ihr eigenes eingescannt und verschickt. Ansonsten wäre bei ihrem Treffen aufgefallen, dass sie sich – warum auch immer (vielleicht war es nur Bequemlichkeit) – als Delia ausgab. So könnte es gewesen sein.

Seine latente Arroganz, seine Kälte sind verschwunden. Er erhebt sich schwerfällig aus dem Sessel und geht zum Fenster. Lamech, alias Thamus wirkt jetzt älter, würde ich nicht seinen stahlharten Charakter spüren, würde ich sagen, gebrochen.

Ohne mich zu beachten, geht er an das vorhanglose Fenster, von dem aus man in den verschneiten Garten blicken kann, dahinter erheben sich in der Ferne schemenhaft die Umrisse eines Bergkammes.

»Es wird tauen. In wenigen Tagen wird nichts von all diesem Schnee mehr übrig sein, wissen Sie das? Was sagen Sie, wie sie hieß? Maverick? Was für ein seltsamer Name für ein Mädchen! Sie wird Delia für mich bleiben, auf immer wird sie meine Favea sein. Es spielt keine Rolle mehr. Nichts spielt mehr eine Rolle. Jetzt. Sie hatte sich auf das Frühjahr gefreut, sie sagte ...« Abrupt unterbricht er sich. »Aber das wollen Sie nicht hören. Nicht wahr? Ich weiß, wie es sich für Sie darstellt. Doch es ist mir gleichgültig.« Ein leichtes Beben seiner Schultern und das Stocken in seiner Stimme verraten mir, dass er weint. Er spricht weiter, verliert sich in Erinnerungen. »Wir wollten zusammen weg gehen von hier. Nur sie und ich. Es sollte außer uns nichts geben! Zum ersten Mal in ihrem Leben hat sie sich auf den Frühling gefreut. Sie sagte, weißt du wie die Lindenblüten duften, weißt du wie Holunder riecht, wenn es geregnet hat? Sie sagte, ich möchte dich lieben und die Sterne über mir sehen ... Wir wollten die Welt neu erleben ...«

Mein Magen krampft sich zusammen. Ich sehe es vor mir, ich kann die Lindenblüten und den Holunder im Regen riechen; ich kann das weiche Gras unter meinem Körper fühlen und die Sterne am Himmel sehen. Seine

Trauer schnürt mir die Kehle zusammen. Es kostet mich beinahe unüberwindliche Kraft, mich aus diesem Sog zu lösen und nach einer Zigarette zu greifen. Mit rauer Stimme frage ich: »Herr Lamech, wer ist Torsten?«

Ruckartig dreht er sich herum. Wischt sich mit dem Handrücken die Spuren seiner Tränen vom Gesicht. Ich drücke meine Zigarette aus und gehe auf ihn zu.

»Torsten«, wiederholt er nur. Dann beginnt er sorgfältig die verwelkten Blätter des Ficus Benjamini, der beinahe so groß ist wie er und auf dem Boden neben dem Fenster steht, zu zupfen. Die gelben Blätter knüllt er zu einem Knäuel und legt sie in den Topf. Er schluckt, antwortet mit belegter Stimme: »Er war ihr Liebhaber. Wussten Sie das nicht?«

»Erklären Sie es mir.« »Da gibt es nicht viel zu erklären. Sie hat uns beide gleichzeitig im Chat kennen gelernt. Und fühlte sich von uns beiden angezogen. Ich wollte, dass sie ihn aufgibt. Doch sie tat es nicht. Sie hat gerne ein bisschen gespielt. Aber das war mit ein Grund, warum ich sie so liebte.«

»Was wir brauchen ist seine Adresse.«

»Damit kann ich nicht dienen. Das Einzige was ich Ihnen geben kann, ist sein Screen Name. River Phoenix.« Er lacht unfroh. »Genau, er ist ein kleiner dummer Angeber. Aber Delia sagte, er sieht fast genauso aus, wie River Phoenix. Das sagte sie. Er ist ein Nichts, ein dreckiger kleiner Wurm. Er wollte sie nicht wirklich. Aber er hat sie gefickt, verdammt, dieses Schwein ... Das hatte er mir voraus, den Sex mit ihr.«

Mit einem beklommenem Gefühl verlasse ich die Wohnung von Lamech und versuche das Gehörte zu verarbeiten, versuche, den Mann, den ich eben kennen gelernt habe, mit dem Mann in Verbindung zu bringen, der sich als Thamus mit Favea unterhielt.

Delia war nicht Favea. Maverick war Favea. Und nun? Ich komme mir vor, wie in einem dieser Verwirrspiele. Warum wurden diese drei jungen Frauen umgebracht? Wo liegt der gemeinsame Nenner? Delia und Maverick waren Stiefschwestern. Delia und Antonia waren Freundinnen.

Kannten sich Maverick und Antonia? Kannte Thamus die richtige Delia und Antonia?

Wie sieht es mit Hagen Trondheim und Luzius von Baeriswyl aus? Kannten diese beiden Maverick. Zumindest Trondheim muss sie gekannt haben, geht es mir durch den Kopf. Sie hat doch ein paar Monate bei Delia gewohnt. Aus welchem Grund sollte sie ihm das verschwiegen haben? Und aus welchem Grund verschweigt er, Maverick gekannt zu haben?

23

Drei tote Frauen, drei Männer, die als Mörder in Frage kommen. Ich bin so müde, am liebsten möchte ich nach Hause und mich ins Bett legen, um Triaden von Ewigkeiten zu schlafen, doch ich weiß, dass Schlaf Mangelware bleiben wird, solange dieser Fall nicht gelöst ist. Ich beschließe, noch mal kurz in der Einsatzzentrale vorbeizuschauen und dann nach Hause zu gehen.

Jim Mullen ist noch da. Sie sitzt vor dem PC und gleicht Ermittlungsdaten miteinander ab. Mit einem Lächeln und einem freundlichen Hallo begrüßt sie mich.

»Wir haben inzwischen die Telefonnummer von Rosemarie Rosenkrantz. Sie wohnt in Salem, im Bundesstaat Oregon. Verheiratet mit einem Börsenmakler, gut situiert.« Jim reicht mir den Zettel mit den Notizen.

»Wie viel Uhr ist es denn jetzt dort«, frage ich mich selbst. Aber sie antwortet prompt: »Halb drei nachmittags.«

Jim wendet sich wieder dem Computer zu, ich gieße kalten Kaffee in eine Tasse, von der ich annehme, dass es meine ist und zünde mir eine Zigarette an. Ich trage das Telefon auf den Schreibtisch in der Ecke, um in Ruhe telefonieren zu können. Der Telefonhörer wird beinahe sofort abgehoben und eine Frauenstimme meldet sich mit Hello.

»Sind Sie Rosemarie Rosenkrantz ...« frage ich. »Yes, I am«, kommt die Antwort. »Die Mutter von Maverick Rosenkrantz?«

Sie antwortet auf Deutsch: »Das bin ich. Warum?«

»Wann haben Sie Ihre Tochter zuletzt gesehen?« Nun spüre ich Unsicherheit in ihrer Stimme.

»Sie ist vor wenigen Monaten nach Deutschland zurück.«

»Haben Sie in der Zwischenzeit etwas von ihr gehört? Hat sie sich mal gemeldet?«

»Würden Sie mir bitte sagen, was passiert ist?«

»Wir haben hier eine Leiche, von der wir annehmen, dass es sich um Ihre Tochter handelt. Haben Sie ein Bild von ihr, das sie mir faxen oder mailen können?« Am anderen Ende der Leitung ist es still, dann höre ich ein Schluchzen.

»Frau Rosenkrantz ...«

Auf Englisch antwortet sie: »I can send you a pic from Maverick. Your e-mail-address, please.«

Ich gebe ihr die Adresse durch und sage, dass ich gleich zurückrufen werde. Nachdem ich aufgelegt habe, gehe ich zum Computer, um mich einzuloggen. Es dauert keine zehn Minuten, da kommt die E-Mail mit der Bilddatei, die ich herunterlade. Ein rothaariges, blasses Mädchen lächelt mir entgegen. Maverick Rosenkrantz war schön. Vielleicht nicht im landläufigen Sinn, aber in ihren Augen liegt eine Intensität, ein Strahlen, gespeist von einer inneren, geheimnisvollen Quelle. Ich greife abermals zum Telefonhörer und drücke die Wiederwahltaste. Rosemarie Rosenkrantz ist sofort am Apparat.

»Ist sie es?« fragt sie mit angespannter Stimme.
»Ja. Es tut mir Leid. Ich muss Ihnen ein paar Fragen stellen.«
Sie erzählt mir die Geschichte, von ihrer Drogenabhängigkeit und ihrer Arbeit in der Nachtbar, von ihrer Liebe zu Claus Landau und der Unfähigkeit, das Baby zu versorgen. Was sie erzählt, deckt sich mit der Version von Regine Landau. Sie beschönigt nichts und lässt nichts weg.
»Ich habe mich gefreut, als Maverick nach Amerika kam. Nachdem ich John kennen gelernt habe, hat sich mein Leben von Grund auf geändert: keine Drogen und kein Alkohol mehr.« Die Vergangenheit wäre begraben gewesen.

Doch Maverick hätte unter entsetzlichem Heimweh gelitten. Unter Depressionen. »Nach zwei Jahren sagte sie, sie wolle zurück nach Deutschland. Ich konnte sie nicht davon abhalten. Es war unmöglich.«

Sie weint. Sagt, hätte sie es getan, wäre Maverick noch am Leben. Ich versuche sie zu trösten, soweit das möglich ist. Ich verspreche ihr, sie sofort zu benachrichtigen, wenn wir wissen, wann Maverick beerdigt wird. Sie gibt mir ihre Handynummer und sagt, sie würde mit dem nächsten Flug nach Deutschland fliegen. Also, nun wissen wir auch das. Maverick Rosenkrantz flog im

August von Oregon nach Frankfurt, nahm von dort den Zug nach Freiburg, um erst einmal bei ihrer geliebten Schwester Delia unterzukommen. Sie wollte in Freiburg Archäologie studieren. Warum findet niemand aus Delia Landaus Bekanntenkreis diese Tatsache erwähnenswert? Ist es möglich, dass niemand von dieser Schwester wusste?

Ich sitze da und starre ins Leere. Zeichnet sich hier etwas ab? Rosemarie Rosenkrantz hat etwas gesagt ... ich habe es vergessen, etwas, das ein Unbehagen in mir ausgelöst hat. Eine Kleinigkeit, etwas, das man leicht überhören kann. Jetzt ärgere ich mich, dass ich das Gespräch nicht aufgezeichnet habe. Ich versuche, das Gespräch zu rekonstruieren, jedes Wort zu wiederholen. Aber ich bin müde und als mich Jim an den Schultern berührt, erschrecke ich und merke, dass ich beinahe eingeschlafen wäre.

»Ich gehe jetzt. Und du solltest auch nach Hause gehen und ein bisschen schlafen, Elza.«

»Genau das werde ich jetzt auch tun, Jim. Gute Nacht.«

Gerade als ich meine Jacke anziehe und das Licht ausknipsen will, klingelt das Telefon. Ich schließe für einen kurzen Moment die Augen und überlege ob ich abnehmen soll. Zwei Minuten später wäre ich weg gewesen. Ich nehme ab. Es ist Benedict. »Wir haben die Personalien von River Phoenix, Chefin. Er heißt Torsten Reich und wohnt in der Wiehre in einer Wohngemeinschaft. 28 Jahre, Student der Politikwissenschaft.« Einen Moment zögere ich – doch es ist bereits nach Mitternacht und die

Müdigkeit pulsiert durch meine Adern. Ich packe die Unterlagen zusammen und fahre nach Hause.

Mike ist noch wach als ich nach Hause komme. Er sitzt am Küchentisch und liest in einem Buch. »Fröhliche Weihnachten. Zum Glück bin ich nicht mit dir verheiratet, Schwesterherz, ansonsten stünde jetzt ein handfester Ehekrach an. Hast du vergessen, dass wir zum Essen verabredet waren?«

Erst jetzt nehme ich den festlich gedeckten Tisch wahr. Auf dem Herd steht die Gans und in einer Schüssel die kalten Knödel und daneben der verwelkte Salat. Bei diesem Anblick und dem Duft von Gebratenem läuft mir das Wasser im Mund zusammen.

»Kann man das aufwärmen?«

»Ich nehme deine wortreiche Entschuldigung an«, sagt er trocken und steht auf. Stumm, wie ein beleidigter Ehemann dreht er die Platte an, auf der die Kasserolle steht und schmeißt die Knödel dazu.

»Es tut mir Leid, Mike. Aber die Arbeit geht vor.«
»Elza, es ist weniger die Tatsache, dass du mich auf dem Essen hast sitzen lassen, als mehr meine Sorge um dich. Schau doch mal in den Spiegel. Hast du dazu überhaupt noch Zeit? Du hast dunkle Ringe unter den Augen, du scheinst mir beinahe bis auf die Knochen abgemagert und wo ist dein Lächeln geblieben? Du rauchst zuviel, du schläfst zuwenig und du isst kaum etwas Ich mache mir Sorgen um dich. Ist es das wirklich wert?«

»Darum geht es nicht. Es ist mein Job. Ich bin Polizistin. Soll ich meine Leute rausschicken und mich selbst schonen? Soll ich sagen, liebe Leute, leider muss ich meinen Schönheitsschlaf halten? Du weißt so gut wie ich, dass das nicht geht. Da gibt es einen Mörder, der drei junge Frauen umgebracht hat. Und ich will ihn haben.«

»Wie lange willst du das noch durchhalten? Was ist los mit deinem Leben? Du hast eine Mauer um dich errichtet und lässt niemand an dich ran, seit ...«

Er spricht den angefangenen Satz nicht zu Ende. Aber ich weiß auch so, was er meint. Seit Katharina verschwunden ist und Tom mich verlassen hat, bin ich zur Einzelgängerin geworden.

»Was ist mit deinem netten Kollegen, der mit dem seltsam zusammen gewürfelten Namen, Merten Porini, er scheint dich anzuhimmeln. Warum lädst du ihn nicht mal hierher ein?«

Ich muss lachen. »Er heißt Morten Perini und du bist nicht ganz auf dem neuesten Stand, Bruderherz. Rosarote Liebeswolken schweben durch mein Leben, wenn ich nicht gerade auf Mörderjagd bin.«

»Aha, habe ich also etwas verpasst. Erzähl schon.«

»Keine Indiskretionen.«

»Hast du mit ihm geschlafen?«

»Kann gut sein.«

»Bist du verliebt?« Ich angle mit den Fingern einen noch kalten Knödel aus der Soße und beiße heißhungrig hinein. Die dickflüssige Soße tropft auf meinen Pullover und auf den Boden. Mike verdreht stumm die Augen und ich weiß, was er denkt. Meine Schwester, die Barbarin.

»Sag schon, bist du verliebt?«

»Sagen wir es so: er gefällt mir und ich kann mir vorstellen, mehr als eine Nacht mit ihm zu verbringen.«

»Also bist du verliebt«, konstatiert er.

»Das spielt im Moment keine Rolle. Wir haben drei brutale Mordfälle aufzuklären. Da bleibt keine Zeit für Gefühle.«

Er lächelt mich liebevoll an, sagt aber nichts darauf. »Kannst du mir von dem Fall erzählen?« Ich zögere einen Moment. »Nein. Lass uns was essen, dann werde ich schlafen gehen.«

Während dem Essen unterhalten wir uns über Reparaturen am Haus, die anstehen, sobald das Frühjahr kommt. Mike würde gerne einen Wintergarten an der hinteren Terrasse anbauen. Ich finde das zu teuer.

»Das Dach muss neu gedeckt werden, das ist wichtiger.« Wir einigen uns darauf, im Frühjahr das Dach decken zu lassen und dann neu über den Wintergarten nachzudenken. Irgendwann braucht das Haus auch einen frischen Verputz und im oberen Stock müssen die Zimmer gestrichen werden.

Mit einer Umarmung wünscht er mir eine Gute Nacht. Ich lege mich ungewaschen ins Bett und schlafe auf der Stelle ein. Es ist Punkt sechs Uhr als ich aufwache. Schlaftrunken und vor Kälte zitternd drehe ich den Thermostat auf zwanzig Grad, setze Kaffeewasser auf. Mit dem heißen Kaffee stelle ich mich ans Fenster und schaue in die verschneite Landschaft. Es taut doch nicht, wie Lamech vorausgesagt hat.

Am Himmel treiben Schneewolken. Ziellose Gedanken blinken wie Irrlichter durch meinen Kopf, lassen sich weder festhalten noch verfolgen und verheddern sich bei der Erinnerung an die Nacht mit Morten. Sehnsucht strömt durch mich hindurch. Eine wehmütige Sehnsucht. Und Fragen ... Ungeduldig schüttle ich den Kopf, nehme den letzten Schluck Kaffee aus der Tasse und gehe ins Bad.

Ein prüfender Blick in den Spiegel zeigt mir, was Mike gemeint hat. Ich habe schon mal besser ausgesehen. Selbst jetzt, nachdem ich ein paar Stunden geschlafen habe, sind die Schatten unter den Augen deutlich zu sehen. Mein ansonsten fülliges und schönes rotes Haar, hängt traurig und stumpf herunter.

Ich beschließe, ab sofort mehr Gemüse und Obst zu essen. Vielleicht mal einen Schönheitstag einzulegen. Gurken und Quark ins Gesicht, einen Campari und ein Buch ... vielleicht sogar mit dem Rauchen aufzuhören. Lustlos gehe ich unter die Dusche, föne mir die Haare trocken und creme das Gesicht ein. Frage mich, ob die Fältchen um die Augen neu sind oder ob ich sie bisher einfach nicht bemerkt habe. Daraufhin sinniere ich über das Alter im Allgemeinen und über mein Alter im Speziellen; neununddreißig. Früher sind die Menschen in diesem Alter gestorben. Ich wende mich vom Spiegel ab. Vor dem Schrank stehend entscheide ich mich für eine Jeans und den blauen Wollpullover, den ich letzten Winter aus Venedig mitgebracht habe. Beides schlottert an meinem Körper.

Es ist sieben Uhr, als ich mich ins Auto setze und

Richtung Wiehre fahre. Auf mein Klingeln tut sich erst einmal nichts, was mich nicht weiter überrascht, da wir Weihnachten haben und Torsten Reich wahrscheinlich noch im Land der Träume weilt. Erst nach geschlagenen fünf Minuten Dauerläutens ertönt eine unwillige und verschlafene Stimme durch die Sprechanlage. Torsten Reich wohnt im vierten Stock, er trägt Shorts und eine blaues, kurzärmliges T-Shirt – und kommt, wie ich schon vermutete, offensichtlich direkt aus dem Bett: seine schwarzen, nackenlangen Haare stehen ihm wild vom Kopf. Seine vom Schlaf noch kleinen Augen betrachten mich skeptisch.

»Sind Sie verrückt? Wissen Sie eigentlich, welche Uhrzeit wir haben?«

»Elza Linden, Kripo Freiburg«, wiederhole ich und zeige ihm meinen Dienstausweis. Noch macht er keine Anstalten, mich einzulassen. Erst als ich sage: »Ich komme wegen Favea«, macht er die Türe frei und geht wortlos durch einen unordentlichen Flur in ein Zimmer, das dominiert wird von einem eisernen Gitterbett rechterhand, an dessen Gestell Handschellen hängen. Er registriert meinen Blick, macht aber keinen Versuch, etwas zu erklären. Ich frage mich, ob ich es auch hier mit einem Satanisten zu tun habe. Er räumt ein Bündel Kleider von einem Stuhl, damit ich mich setzen kann. Er selbst lässt sich auf dem Rand des Bettes nieder.

Offensichtlich genervt von der Störung zu solch unchristlicher Stunde, wartet er auf eine Erklärung. »Was wollen Sie denn von mir?«

»Favea«, beginne ich, »wie hieß sie richtig?«

»Warum«, blafft er statt einer Antwort.«Wie hieß sie mit richtigem Namen«, insistiere ich. »Maverick Landau.«

»Erzählen Sie mir von ihr. Was verband Sie mit Maverick?«

»Bevor Sie nicht damit rausrücken, um was es geht, sage ich nichts.«

»Maverick ist tot. Sie wurde ermordet.«

Unbewegt beobachte ich seine Reaktion: seinen ungläubigen Blick, den er mir zuwirft, das Erstarren seiner Gesichtsmuskulatur, das Zittern seiner Hände, die er schließlich hart gegeneinander drückt, bis die Knöchel weiß hervorstehen. Er schließt die Augen. Regungslos verharrt er eine Weile in dieser Stellung. Als er die Augen wieder öffnet sind sie feucht, sie fixieren einen Punkt in der Ferne, sein Atem geht schwer. Still und in sich gekehrt sitzt er auf der Bettkante, scheint versunken in einer Welt, zu der ich keinen Zutritt habe.

Als er wieder auftaucht geht ein Ruck durch seinen Körper, mit einer hilflosen Geste wischt er sich die Augen. Leise, mit bebender Wut sagt er: »Das war *er* ... ich weiß, wer das war ... ich weiß, wer das war.« Die Wut mündet in Verzweiflung, ein trockenes Schluchzen schüttelt seinen Körper, während er wie ein Mantra den Satz *Er war das* wiederholt.

Ich stehe auf und gehe zu ihm hinüber, lege ihm die Hand auf den Arm und reiche ihm ein Papiertaschentuch, das auf seinem Schreibtisch lag. Er schnäuzt sich, beruhigt sich etwas.

»Kann ich uns einen Kaffee machen? Und dann erzählen Sie mir, was passiert ist. Wo ist die Küche«, sage ich. »Da raus und dann rechts.«

In der Küche herrscht studentisches Chaos: Berge von schmutzigem Geschirr zwischen Fertiggerichtpackungen, ein Fahrradsattel und eine Luftpumpe, Zeitschriften, leere Weinflaschen, eine Packung Kondome. Ich fülle Wasser in den Kocher und suche im Schrank nach Kaffee und Filterpapier, finde jedoch nur eine Dose mit Pulverkaffee.

Während sich das Wasser erhitzt, spüle ich zwei Tassen aus und löffle das Kaffeepulver rein. Nachdem ich das heiße Wasser aufgegossen habe, gebe ich einen Schluck Milch in die schwarze Brühe und trage die dampfenden Tassen nach drüben.

Ich frage: »Auch eine Zigarette?« »Ich rauche nicht. Aber es stört mich nicht, wenn Sie rauchen.«

»Danke. Gibt es hier Weinbrand oder etwas in der Art?«

Er steht auf und holt aus dem Regal über dem Bett eine Flasche Whisky. Ich gieße davon reichlich in seinen Kaffee.

»Wollen Sie alles wissen? Von Anfang an?« »Das möchte ich. Ja.«

Er nimmt einen Schluck von dem Whiskykaffee und beginnt zu erzählen. »Es war eine Internetbekanntschaft. Ihr Profil hat mir gefallen und ich habe sie angesprochen. Wir haben ein bisschen geflirtet. Harmlos. Aber sie war mir sympathisch. Nach ein paar Wochen haben wir uns zum Kaffee verabredet. Und wir haben uns gefallen und gleich für den nächsten Abend ein Date abgemacht.«

Mir geht die Überlegung durch den Kopf, ob sich in Zukunft die Menschen nur noch übers Internet kennen lernen.

»Wir haben miteinander geschlafen. Es hat alles übertroffen, was ich bisher erlebt habe. Sie erzählte mir von einer anderen Internetbekanntschaft. Von einem Satanisten. Sie zeigte mir, was sie sich geschrieben haben. Sie hat ihm auch von mir erzählt. Dass sie sich verliebt hätte. Dass sie mit mir schläft. Er war eifersüchtig. Er wollte nicht, dass sie glücklich ist. Darum hat er zu ihr gesagt, sie solle mich zu ihrem Objekt machen. Zu einem Lustobjekt. Das ging so mehrere Wochen lang. Maverick war hin- und hergerissen, nein, sie war regelrecht besessen von ihm, sie war ihm auf eine Art und Weise verfallen, die es unmöglich machte, mit ihr darüber vernünftig zu reden. Hörig. Nur wusste sie es nicht. Sie sagte immer, es wäre ein Spiel. Doch es war schon längst kein Spiel mehr. Ihre Besessenheit nahm immer schlimmere Ausmaße an. Ich versuchte, mir nichts anmerken zu lassen. Maverick war sehr freiheitsdurstig und wenn ich sie durch meine Eifersucht eingeengt hätte, hätte ich sie vielleicht verloren.« Bei der Erinnerung beginnt er zu weinen. »Verloren habe ich sie trotzdem ... Es war vor wenigen Wochen, als wir alle drei online waren. Wir trafen uns in einem privaten Chatroom zu dritt. Er verlangte von ihr, dass sie sich zu ihm bekennen sollte. Er sagte, sie würden mich zerstören, aussaugen und sich von mir ernähren, sie gehört mir, bis ans Ende der

Welten, schrieb er. Maverick war nicht in der Lage, zu tun, was er von ihr wollte und hat sich dann aus dem Chatroom ausgeklinkt. Er raste vor Wut und schrieb mir, sie würden mich gemeinsam töten ...«

Mit einer Geste der Resignation streicht er die Haare hinter die Ohren. »Ich versuchte, sie zu vergessen, ich wollte mich auf dieses Spiel nicht einlassen.«

»Und dann?«

»Seither haben wir uns nicht mehr gesehen.«

»Und nun glauben Sie, er hat sie umgebracht?«

»Ja das glaube ich.«

»Wissen Sie, ob die beiden sich jemals in Wirklichkeit getroffen haben?«

»Da bin ich mir ganz sicher. Einmal kam sie und hatte kleine spitze Wunden am Hals. Als ich sie fragte, was das wäre, gab sie mir keine Antwort. Aber ich wusste, sie stammten von ihm. Er ist das perverseste Schwein, dass mir jemals untergekommen ist.«

Nachdenklich fahre ich zur Einsatzzentrale und fertige ein Gedächtnisprotokoll. Morten kommt pfeifend hereingeschlendert.

»Wo sind denn die anderen alle?« will ich wissen.

»Jim ist ins Labor. Die Schnitte am Hals von Martinelli und Landau scheinen von einem anderen Tatwerkzeug als bei der Rosenkrantz zu stammen. Benedict hat sich mit Ranzmayr an den Computer verzogen. Sie wollen die in den letzten Jahren in Zusammenhang mit Satanismus aufgetretenen Delikte mit unserem Fall hier abgleichen. Holzapfel und Schneider wollen sich noch mal in der Nachbarschaft umhören. Ich habe ihnen gesagt, dass wir uns gegen eins zur Lagebesprechung treffen.«

»Das ist gut«, sage ich und: »Was ist denn mit Baeriswyl raus gekommen. Hat Schlesinger ihn aufgetrieben?«

»Ludmilla Francia meinte, sie hätte ihn eigentlich gestern erwartet. Doch er habe angerufen und gesagt, er komme einen Tag später, also heute, weil er anscheinend noch jemanden kennt hier in Freiburg, den er besuchen wollte.«

»Hm, kann man wohl nichts machen. Aber ich könnte nicht behaupten, dass mir das gefällt. Morten, ich habe Neuigkeiten. Wie du weißt, war ich gestern noch bei Thamus. Und nun pass auf: Delia Landau war nicht Favea.«

»Wie meinst du das?« »Ich habe ihm ein Bild von ihr gezeigt. Er sagte, die Frau kenne er nicht. Das gleiche behauptete er von der Martinelli. Bei Maverick jedoch meinte er, das sei Favea gewesen.« Ich setze mich auf die Schreibtischkante und zünde mir eine Zigarette an. »Willst du einen Kaffee?«

»Ja bitte.«

Ich glaube, sollte es aus irgendeinem Grund einmal keinen Kaffee mehr geben, wird diese Abteilung zusammenbrechen. Das Gebräu ist zum festen Bestandteil unserer Arbeit geworden. Während Morten einschenkt, hänge ich meinen Gedanken nach. Seit ich die Wohnung von Raffael Lamech verlassen habe, hat mich nicht nur eine subtile Traurigkeit ergriffen, sondern auch jene Art von zerbrechlicher Klarheit, die man einem anderen kaum oder nur schlecht erklären kann. Für meine These werde ich Beweise erbringen müssen und das dürfte das Schwierigste an der ganzen Sache sein, wenn nicht gar unmöglich. Vor allem da das Motiv noch immer unklar scheint.

»Heute Morgen war ich bei Torsten Reich, du erinnerst dich – das war der dritte im Bunde dieser Chat-Beziehung. Er war Mavericks Liebhaber. Lamech war eifersüchtig auf ihn. Er wollte sie ganz für sich allein besitzen. Reich ist davon überzeugt, dass Maverick von Thamus umgebracht wurde.«

»Das ist ein verdammt verzwickter Fall. Eifersüchtige Männer, Satanisten, Dreiecksbeziehungen – gerade so, als wollte uns jemand zum Narren halten.«

Perini fährt sich mit beiden Händen durch das Haar. Ich nippe an dem noch heißen Kaffee. »Da hast du verdammt Recht. Einerseits haben wir Delia Landau, die ihren zukünftigen Ehemann mit einem anderen betrügt und auf der anderen Seite ihre Halbschwester Maverick Rosenkrantz, die ebenfalls ein Verhältnis mit zwei Männern hat. Sowohl Baeriswyl als auch Trondheim gelten als extrem eifersüchtig. Und nun noch ein eifersüchtiger Satanist. Aber wo passt die Martinelli rein? Und wenn Lamech Maverick umgebracht hat, warum dann noch Delia und Antonia? Maverick starb noch vor Delia und Antonia. Das ergibt alles keinen Sinn.«

»Das heißt, es geht letztendlich vielleicht doch um ein Eifersuchtsdrama? Lamech birst vor Wut und Eifersucht über seinen Rivalen und tötet Maverick, seine Favea, die ihm den Gehorsam verweigert. Weißt du übrigens was Favea bedeutet?«

»Ich habe auch nachgeschlagen, es ist das lateinische Wort für Lieblingssklavin. Lass uns durchgehen was wir haben. Durch die Tatsache, dass nicht Delia sondern Maverick diejenige war, die Kontakt mit Thamus hatte, verschiebt sich alles.«

»Da bin ich mir gar nicht so sicher«, meint Morten. »Bisher konnten wir die These, dass sie Trondheims Opfer sein könnte, durchaus aufrechterhalten Doch nun sieht es anders aus. Maverick hatte anscheinend zu niemand Kontakt außer zu ihrer Schwester Delia. Sie chattet unter Delias Screenname und lernt diesen Thamus kennen. Mal angenommen, sie findet etwas über ihn heraus, dass ihm gefährlich werden könnte. Also beschließt er sie zu beseitigen. Im Nachhinein wird ihm aus irgendeinem Grund, den wir noch nicht kennen, klar, dass sowohl Delia als auch Antonia etwas gewusst haben müssen, das ihn belastet. So müssen diese beiden auch noch sterben.«

Morten steht von seinem Stuhl auf und geht unruhig im Zimmer auf und ab. »Wir brauchen einen Haftbefehl.«

»Ich meine, dafür ist es noch zu früh«, gebe ich zu bedenken, »Trondheim ist nicht aus dem Rennen, ebenso wenig wie Baeriswyl. Wahrscheinlich war es so: die schöne alte Dreiecksgeschichte. Keine Zuhälter oder Freier, die ihr Opfer töten müssen, keine satanistischen Anhänger, die sie geopfert hätten, aus welchen Gründen auch immer.«

»Für mich ist dieser Satanist unser Mann. Und früher oder später werden wir etwas finden, womit wir ihn festnageln können. Schon einmal war er in eine Sache verwickelt, die beinahe tödlich ausging. Wahrscheinlich hat diese Satanistenbande das Opfer so unter Druck gesetzt, dass es die Anzeige aus purer Angst zurückgezogen hat. Alle unsere drei Opfer hatten das satanische Pentagramm auf der Bauchdecke. In den Computerausdrucken kommt klar und deutlich zum Ausdruck, welcher Gesinnung sich dieser Herr hingibt: er ist ein Sadist, er spricht ungeniert vom Töten und der Lust an der Qual. Ich weiß nicht, wie du auch nur zweifeln kannst.«

»Du verrennst dich in etwas.«

»Ich glaube, du verrennst dich in etwas.« Nachdem die Fronten damit geklärt sind, haben wir uns eine Weile nichts mehr zu sagen. Ich kenne diese Art Verhärtung der Fronten, wenn die Meinungen während einer Ermittlung auseinander klaffen, bin jedoch nicht bereit, das hinzunehmen oder einen Keil zwischen uns treiben zu lassen. Gleichzeitig treffen sich unsere Blicke und gleichzeitig bewegen wir uns aufeinander zu und müssen darüber lächeln, dass wir wohl beide das Gleiche gedacht und zu einem gleichen Entschluss gekommen sind: nämlich die Fronten sich nicht verhärten zu lassen. Wir schließen uns in die Arme und bleiben so eine Weile eng aneinandergeschmiegt, reglos stehen.

»Weißt du, ich fragte mich gerade im Stillen, ob meine einschlägigen Erfahrungen schuld daran sind, dass ich mich so an dem Satanisten festgebissen habe.«

Ich lege meinen Kopf schief, schaue ihn fragend an. »Deine einschlägigen Erfahrungen? Morten, du willst mir jetzt aber nicht erzählen, dass du in frühester Jugend einmal ein Anhänger des dunklen Fürsten warst? Das nehme ich dir einfach nicht ab.«

»Du hast mich nie gefragt ...«

»Wenn der Einwand erlaubt ist: es gehört nicht zu meinem Repertoire an Standardfragen speziell nach einer eventuellen satanistischen Vergangenheit zu fragen. Wie hört sich das auch an: Und, mein Lieber, wie geht es dem guten alten Luzifer – oder gar: waren Sie mal Satanist?« Ich muss lachen, während Morten das alles nicht so lustig zu finden scheint. »Ich meine, du hast mich nie gefragt, wie ich all die Jahre gelebt habe.«

»Na ich weiß doch, dass du nach der Trennung deiner Eltern sowohl in Italien als auch in Schweden aufgewachsen bist, dass du beide Sprachen perfekt beherrscht ...«

»Ich war ja nun nicht bis vorgestern ein Kind«, kontert er. »Nein, das bist du bis heute noch ... aber mal im Ernst, welche dunklen Geheimnisse hältst du denn versteckt?«

»Keine dunklen Geheimnisse ... meine Frau ...«

Seine letzten beiden Worte sind wie ein Schlag ins Gesicht. Benommen vor Enttäuschung fehlen mir die Worte. Habe ich mich so täuschen lassen? Wird er mir jetzt erzählen, dass er verheiratet ist, und mir die Märchen auftischen, wie es so oft üblich ist bei Ehemännern, die ihre Frauen betrügen? Aber er wohnt alleine, geht es mir durch den Kopf, oder täusche ich mich. War seine Frau verreist, als ich bei ihm war? Gab es auch nur den kleinsten Hinweis auf eine im Haushalt lebende Frau? Ist das der Grund, warum ich vorher noch nie in seiner Wohnung war? Nicht dass es einen Anlass gegeben hätte, mich dort aufzuhalten ... Die Enttäuschung liegt wie dicker, klumpiger Brei in meinem Magen.

»Deine Frau?« frage ich beklommen.

»Meine geschiedene Frau ...«

Ich versuche mir die Erleichterung nicht anmerken zu lassen.

»Wir sind seit fünf Jahren geschieden ... aber bis zur Scheidung lebte ich in der Hölle.«

»Du willst doch nicht etwa behaupten, sie wäre Satanistin gewesen?«

»Nein. Aber sie fiel in die Fänge einer religiösen Gemeinschaft. Es ging so unauffällig, so leise vonstatten, dass es, als ich es endlich bemerkte, zu spät war. Sie fing an von mir zu verlangen, keinen Alkohol mehr zu trinken, nicht dass ich je viel getrunken hätte, dass ich mit ihr betete und in die Stunden ging. Sie hatte irgendwann solche Wahnvorstellungen, dass ich sie in die Psychiatrie zur Behandlung bringen ließ. Ich wusste mir nicht anders zu helfen«, sagt er als ich ihn misstrauisch anschaue.

»Und was hat das mit den Satanisten zu tun?«

»Insofern, als beide versuchen, deine Seele zu bekommen. Sie wollen, dass die Menschen sich aufgeben und in ihre Hände begeben.«

»Warum hast du mir nie davon erzählt?« Und gleichzeitig mit der Frage weiß ich auch schon die Antwort.

»Du weißt wie die Leute denken, die wird schon wissen, warum sie sich denen zugewandt hat, und was ist das für einer, der seine Frau in die Klapse einliefern lässt.«

»Und jetzt? Wo ist sie jetzt? Habt ihr noch Kontakt?«

Leise sagte er: »Nein, sie möchte keinen Kontakt mit mir. Sie tut so, als hätte ich ihr etwas angetan. Nur weil ich mich weigerte, an das gleiche zu glauben, wie sie. Sie sagte, das sei schuld gewesen am Bruch der Ehe.«

»Ist sie draußen aus der Psychiatrie?«

»Ja schon lange. Sie lebt jetzt in einer Wohngemeinschaft mit Gleichgesinnten.« Mit einem lauten Krachen fliegt die Tür auf und unterbricht unser Gespräch. Schwarze zersauste Haare, mit dem gleichen entsetzlichen Haarschnitt wie eh und je, ist das Erste, was ich von Claussen wahrnehme. »Linden, rück mal die Unterlagen raus, ich habe nicht viel Zeit, muss noch Skifahren gehen.« Claussen wie er leibt und lebt. Er wird nie zugeben, praktisch nichts anderes zu tun in seinem Leben, als zu arbeiten. Darin ist er ein beinahe schon notorischer Lügner. Ich bin so froh, ihn hier zu haben. »Das nenne ich ein Weihnachtsgeschenk«, sage ich und begrüße ihn mit einem kurzen Handschlag. »Kaffee, Ruhe und die Unterlagen«, sagt Claussen. Er macht nie Umschweife, »gut wenn es sein muss, noch eine Begrüßungszigarette«, räumt er ein, als er meinen Blick sieht.

Während wir sitzen und rauchen, gebe ich ihm eine Übersicht über die Fakten der drei Morde.

»Delia Landau, Journalistin, 28 Jahre, Tod durch Würgen am 21. Dezember zwischen 10 und 12 Uhr, post mortem Schnitt durch die Kehle und eingeritztes Pentagramm auf der Bauchdecke; die für den Sommer geplante Hochzeit mit Hagen Trondheim wollte sie absagen, Liebhaber in der Schweiz, recherchierte in der Satanistenszene ebenso wie im Prostituiertenumfeld; sie ist die Schwester von Maverick Rosenkrantz, die einen Tag vorher ermordet wurde, indem man ihr die Kehle durchschnitt, sie hatte ebenfalls das Pentagramm; Maverick hatte eine Beziehung zu einem Satanisten aus dem Internet; aber auch bei ihr war noch ein zweiter Mann im Spiel; das dritte Opfer Antonia Martinelli, eine Freundin von Delia, wurde nachdem sie durch einen Schlag auf den Kopf bewusstlos war, ebenfalls die Kehle durchtrennt, auch hier wieder das Pentagramm ...« Er raucht und hört mir aufmerksam zu. Als ich ende, steht er auf, fragt: »Wohin?« Ich bringe ihn zu seinem Arbeitsplatz, der, um ein ungestörtes Arbeiten zu gewährleisten, in einem an die Einsatzzentrale angrenzenden Raum eingerichtet wurde. Mit einer Kanne Kaffee, den Unterlagen und einem Aschenbecher zieht er sich zurück.

24

Ich sitze am Schreibtisch, denke nach, male Strichmännchen auf ein Blatt Papier und gehe noch einmal alles durch, was wir in Delia Landaus Wohnung gefunden haben.

Ich werde das Gefühl nicht los, dass irgendetwas fehlt, ich etwas übersehen oder überhört habe, dass jemand versucht, uns in die Irre zu führen. Es ist wie ein Puzzle, in das jemand falsche Teile geschmuggelt hat. In meinem Magen rumort es von den Unmengen Kaffee, die ich heute Morgen schon wieder zu mir genommen habe.

Meine guten Vorsätze scheinen sich in Luft aufgelöst zu haben, vielleicht denke ich daran, mir später einen Apfel oder einen Salat aus der Kantine zu holen.

Ich zünde mir noch eine Zigarette an. Unruhig gehe ich auf und ab. Von einem Fenster zum nächsten. Und wieder zurück. Falsche Teile. Jemand hat etwas gesagt, was er nicht hätte sagen dürfen, weil er es nicht wissen kann. Ich schrecke zusammen. Was war das? Was habe ich gerade gedacht? Jemand hat etwas gesagt, das er nicht wissen kann. Ich komme nicht drauf.

Ich nehme mir vor, noch einmal alle Vernehmungsprotokolle anzuschauen. Wort für Wort durchzugehen.

Baeriswyl war möglicherweise am Tattag in Freiburg, was er uns wohlweislich verschwiegen hat. Hagen Trondheim war eifersüchtig und hat eine Klinik für depressive Menschen. Lamech ist vielleicht ein brutaler Satanist und hat seine Favea geliebt.

Torsten Reich ist ein Student, der mir reichlich verwirrt vorkommt und auch in Favea verliebt war.

Wo liegt die Verbindung? Wo ist da eine Ordnung? Oder sollte ich vielleicht eher fragen: warum wurden diese Frauen umgebracht?

Maverick war das erste Opfer. Warum? Ihr wurde die Halsschlagader durchtrennt. Es gab keinerlei Anzeichen von Gegenwehr. Lässt das den Rückschluss zu, dass sie Opfer eines Ritualmordes wurde? Dort wo sie zu Tode kam, muss viel Blut gewesen sein. Wo wurde sie getötet. Auf jeden Fall nicht in der Wohnung ihrer Schwester. Auch nicht am Fundort. Hat man ihr das Blut abgefangen und für Ritualzwecke verwendet?

Und hat Delia etwas herausgefunden – wusste sie Bescheid, schließlich haben Thamus und Favea auf ihrem Computer kommuniziert – wusste sie, wer der Mörder war und wollte ihn zur Rede stellen? Musste sie darum sterben?

Ich beende mein rastloses Auf- und Abgehen und setze mich an den Schreibtisch. Ich beginne von vorne die Akten zu lesen, bis die Buchstaben vor meinen Augen verschwimmen. Dunkel erinnere ich mich, dass mir der Augenarzt vor Monaten eine Lesebrille verpasst hat. Ich wühle in den Tiefen der Schreibtischschubladen und finde die Brille zwischen zwei Zeitschriften über forensische Pathologie. Ich lese weiter bis alles zu einem unverständlichen Brei wird, bis alles keinen Sinn mehr ergibt.

Vor Enttäuschung werfe ich die Akte auf den Tisch, treffe aber daneben, sodass sie auf den Boden fällt. Seufzend sammle ich die losen Blätter auf und lege sie in die Mappe zurück.

Mit einer Zigarette setze ich mich in die Fensternische und grüble. Mein Blick schweift ziellos durch den Raum und bleibt an einem Stück Papier unter dem Schreibtisch hängen. Automatisch stehe ich auf und hebe es auf, um es wieder einzuordnen.

Doch dann halte ich inne. Dieses Stück Papier ist mir völlig fremd, ich habe es noch nie gesehen. Es hat DIN-A5-Format, ist zerknittert und hat an einigen Stellen braune Flecken.

Hat Morten es hingelegt? Ich kann mich nicht erinnern. Und es steht nichts weiter drauf, als das heutige Datum und eine Adresse, die mir nichts sagt.

Stirnrunzelnd frage ich mich, wo dieser Zettel herkommt und warum ich ihn bisher nicht zur Kenntnis genommen habe. Ich werde Morten fragen, was es damit auf sich hat. Gedankenverloren stecke ich ihn in meine Hosentasche.

Erschrocken fahre ich zusammen als Claussen plötzlich hinter mir steht und die Hände auf meine Schultern legt.

»Können wir reden?«

»Ja, hast du etwas dagegen, wenn wir dabei ein paar Schritte gehen? Zur Dreisam ist es nicht weit – Mein Kopf ist total zu. Vielleicht hilft es«, gebe ich zur Antwort.

Wir ziehen schweigend unsere Mäntel an fahren mit dem Aufzug nach unten. Ich habe Mühe, mit ihm Schritt zu halten; wir überqueren die Kronenbrücke und rutschen auf dem glatten schmalen Weg zum Ufer der Dreisam mehrmals aus. Die Luft ist klar und wohltuend und jetzt sehe ich die ersten Zeichen für die beginnende Schneeschmelze. Überall beginnt es zu tropfen, der Schnee knirscht unter unseren vorsichtigen Schritten.

»Ja, da habt ihr euch was eingehandelt«, beginnt Claussen, »was willst du genau von mir hören?«

»Nur Namen und Adresse des Mörders. Mehr nicht.« Er grinst. »Ich versuche dir ein vorläufiges Profil des Täters zu geben. Und eine kleine Charakterstudie deines lieblichen Satanisten.«

»Dann mal los.«

»Fangen wir bei Delia Landau an. Sie wurde erwürgt, erst anschließend brachte ihr der Täter den Schnitt am Hals bei und das Satanszeichen. Meiner Meinung nach handelt es sich auf keinen Fall um eine rituelle Handlung, es ist sozusagen ein stinknormaler Mord. Und ich gehe davon aus, dass sie ihren Mörder gekannt hat. Anderenfalls würde ich Abwehrspuren vermuten. Chronologisch gesehen, war sie das zweite Opfer. Was bedeutet das? Da dem ersten Opfer die Kehle durchgeschnitten wurde, nehme ich an, dass er bei seinem zweiten Opfer diese Tatsache imitiert hat. Der Mörder will uns auf etwas hinweisen, er will uns sagen, dass alle drei Frauen von dem gleichen Täter getötet worden sind und dass es sich dabei um den Mann handelt, der sich als Satanist ausgibt. Das dritte Opfer, Antonia Martinelli, da ist es das Gleiche.«

Der Weg an der Dreisam ist matschig, ich spüre, wie die Nässe in meine Schuhe dringt. Claussen hält seinen Blick fest auf den Weg gerichtet, während er spricht.

»Elza, du hast es hier nicht nur mit einem Mörder zu tun, sondern mit zwei. Es kann sogar möglich sein, dass einer dieser drei Morde ein Unfall war. Antonia Martinelli jedoch wurde kaltblütig ermordet, um nicht zu sagen, hingerichtet. Für mich sieht es so aus, dass der Mörder um jeden Preis etwas verheimlichen will. Es geht hier auf keinen Fall um satanistisch angehauchte Ritualmorde, die sehen völlig anders aus. Der Mann, den du suchst, hat, zumindest in seinen Augen, viel zu verlieren. Ich ordne ihn einem intellektuellem Umfeld zu, er ist wahrscheinlich ein Außenseiter und eher introvertiert, aber trotzdem denke ich, dass er seinen Platz in der Gesellschaft hat und ein sehr rationell denkender Mensch ist – auch ist er bereit, noch mehr Morde zu begehen. Also, sieh dich vor.«

Ich schaue versonnen in die träge plätschernde Wellen der Dreisam.

»Was mich interessiert ist dein persönlicher Eindruck von Thamus. Etwas an ihm hat mich berührt. Ich weiß, das hört sich seltsam an. Trotzdem. Ob er nun ein Satanist ist oder nicht – ich weiß es nicht ... Die Menschen tun manchmal Dinge, die man sich nicht vorstellen kann. Diese Liebe, die ich gespürt habe ... das war«, ich lache kurz auf, »das hat mich an etwas erinnert ... lassen wir das, ich werde melancholisch.«

Claussens Nase und Ohren sind rot von der Kälte, er reibt sich die Hände und meint: »Ganz schön kalt, lass uns zurückgehen.«

Als wir zurückkommen ist das Team schon versammelt. Claussen wärmt sich die Hände an einer heißen Tasse Tee. Ich beginne zu sprechen:

»Inzwischen haben wir die Identität von Thamus. Es handelt sich um einen gewissen Raffael Lamech. Er ist Manager in dem Freiburger Konzertbetrieb »Bohemien«. Vor fünf Jahren ermittelten die Frankfurter Kollegen gegen ihn und noch ein paar andere, ihnen wurde vorgeworfen in einem satanischen Zirkel eine Frau vergewaltigt zu haben. Das Opfer zog die Anzeige jedoch zurück, sodass die Anklage fallen gelassen wurde. Ansonsten liegt gegen ihn nichts vor. Von Hauptinteresse dürfte die Tatsache sein, dass es sich bei dem Internetkontakt nicht um Delia Landau handelte, sondern um das andere Opfer, ihre Halbschwester Maverick. Lamech behauptet jedoch, sie nie wirklich getroffen zu haben. Das wiederum bezweifelt der dritte im Bunde dieser Internetbeziehungen, Torsten Reich. Er unterhielt eine intime Beziehung mit Maverick Rosenkrantz und meinte Lamech wäre sehr eifersüchtig gewesen. Das war das. Dann habe ich noch mit Rosemarie Rosenkrantz, der Mutter, in Amerika gesprochen. Sie bestätigte die Aussagen von Regine Landau. Maverick ist mit sechzehn zu ihrer Mutter nach Salem. Doch Maverick litt unter Heimweh und kam im Sommer nach Deutschland zurück. Warum ihr hiersein aber so heimlich vonstatten ging, ist noch unklar. Claussen hat einen Blick in die Unterlagen geworfen und ein vorläufiges Täterprofil erstellt.«

Ich übergebe das Wort an Claussen, der den Kollegen nun dasselbe mitteilt, was er mir gesagt hat.

Auf dem Weg durchs Haus kommt uns Klesemann entgegen und meint: »Zu dir wollte ich gerade. Bei den Tabletten, die du mir gegeben hast, handelt es sich um eine harmlose Substanz, nämlich um Guarana, das frei in allen Apotheken erhältlich ist und hauptsächlich aus Koffein besteht. Interessant dabei dürfte höchstens sein, dass das Opfer Maverick Landau genau diese Substanz im Blut aufwies.«

Ich bedanke mich bei ihm und spüre Mortens fragenden Blick auf mir ruhen.

»Als Baeriswyl bei mir war, fiel ihm ein Röhrchen aus der Tasche. Ich dachte, es könnte nichts schaden, wenn Klesemann es untersucht.«

»Wenn ich es richtig verstanden habe, handelt es sich um eine ungefährliche Substanz, die auch bei Maverick Rosenkrantz nachweisbar im Blut zu finden war?«

»Das hast du richtig verstanden und das ist doch noch ein Grund mehr den Eidgenossen mal etwas näher in die Zange zu nehmen und da trifft es sich doch ganz gut, dass er auf deutschem Boden weilt. Das heißt wir werden ihn mitnehmen.«

»Dann mal los.«

»Hast du Hunger?« frage ich »Jetzt, wo du es sagst.«

»Vielleicht sollten wir in der Kantine noch schnell etwas zu uns nehmen.«

Morten schaut mich mit hochgezogenen Brauen an. »Die Kantine hat heute geschlossen. Es ist Weihnachten!« Wir beschließen auf dem Weg bei einem Schnellimbiss zu halten.

25

Verschlafen und friedlich präsentiert sich uns der Anblick von Ludmillas Haus. In zwei Fenstern brennt Licht, aus dem Kamin ringeln sich pittoresk gekräuselte Rauchwölkchen. Noch ehe wir den Klingelknopf drücken, öffnet sich die Tür und Gawain springt bellend zuerst an mir, dann an Morten hoch. Ich streiche ihm über den Kopf und zufrieden trottet er davon. Ludmilla, nur mit einem weißen Männerhemd und grünen Wollsocken bekleidet, steht zitternd vor Kälte in der Tür. Aus verquollenen Augen trifft uns ihr sorgenvoller Blick. Bisher war ich nicht gerade Überbringerin guter Nachrichten. Sie beißt sich auf die Unterlippe und lässt uns eintreten. Wir folgen ihr in die Küche. Aus dem Ofen dringt wohlige Wärme, es duftet nach Holz und Weihnachtsgebäck.

»Wir würden gern mit Herrn von Baeriswyl sprechen. Er ist doch hier?«

Sie nickt unschlüssig und antwortet mit belegter Stimme:
»Ich hole ihn.«

Kurz darauf tritt Luzius von Baeriswyl in die Küche. Er begrüßt uns mit einem freundlichen Hallo in

Schweizer-Deutsch. Baeriswyl lässt sich auf den Stuhl am Herd fallen und schaut fragend von Perini zu mir. Ich setze mich an den Tisch, Perini bleibt am Fenster stehen und konfrontiert Baeriswyl mit der Frage:

»Wo waren Sie am 21. Dezember?«

Baeriswyl schaut ihn ratlos an und erwidert: »Das habe ich doch schon gesagt. Ich war zuhause.«
Ich gebe zurück: »Kann das jemand bezeugen? Waren Sie bei der Arbeit?«

Nur an der Art, wie er die Lippen kaum merklich zusammenkneift, kann ich seine Anspannung sehen.

»Ich hatte Urlaub.«

»Vielleicht hat Sie ja jemand aus dem Haus gesehen. Als Sie einkaufen gingen oder die Zeitung oder Post holten? Jemand der bezeugen kann, dass Sie dort waren.«

Er schließt einen Moment die Augen, zwischen seinen Brauen entsteht eine steile Falte; mit der rechten Hand streicht er sich die Haare hinters Ohr, bevor er antwortet: »Nein, nicht dass ich wüsste.«
Ich wechsle das Thema und er scheint verwirrt, dass wir es so hinnehmen.

»Kannten Sie Maverick Rosenkrantz?«

»Nein«, kommt es schnell und bestimmt zurück.

Dann ziehe ich das Röhrchen, das er bei mir verloren hat aus der Tasche und halte es vor ihn:
»Was ist das, Herr von Baeriswyl?«

Jetzt glaube ich, Angst in seinen Augen zu lesen. Aber nur einen Augenblick lang. Er steckt seine Fäuste in die

Hosentaschen. Trotzig schiebt sich seine Unterlippe nach vorne.

»Das ist nichts weiter als Guarana. Von einer Pflanze aus Südamerika. Hauptsächlich ist Koffein darin enthalten. Es ist nichts Illegales.«

Dieses Mal wechselt Perini den Kurs.

»Sie bleiben dabei, am 21. Dezember in Basel gewesen zu sein? Sie waren nicht zufällig in Freiburg an diesem Tag?«

»Nein«, kommt es gepresst zwischen seinen Lippen. Perini und ich blicken uns gegenseitig an. Auf ein kaum merkliches Nicken meinerseits, sagt er an Baeriswyl gewandt: »Packen Sie die notwendigsten Sachen zusammen. Wir werden Sie mitnehmen.«

»Sind Sie denn verrückt geworden. Warum wollen Sie mich verhaften? Weil ich Guarana bei mir habe? Ha! Das gibt es in jeder Apotheke zu kaufen. Oder weil ich nicht beweisen kann, wo ich am 21. Dezember war? Das dürfen Sie gar nicht! Ich bin Schweizer Staatsangehöriger«, ruft er aufgebracht.

Mit sanfter Stimmte kontere ich: »Wir verhaften Sie nicht. Aber wir haben das Recht, Sie als Zeugen zum Verhör mitzunehmen. Sie befinden sich auf deutschem Boden. Da gilt deutsches Recht.«

Wütend blickt er von Perini zu mir. Perini fasst ihn an den Armen. »Ich komme jetzt mit und bin Ihnen behilflich beim Tasche tragen.«

Baeriswyl befreit sich unwirsch von Perinis Hand. Es vergehen keine zehn Minuten bis sie zurückkommen. Gleich darauf betritt auch Ludmilla die Küche.

»Was ist hier los?«

»Herr Baeriswyl stellt sich als Zeuge zur Verfügung. Sie brauchen sich keine Sorgen zu machen.«

Der Zweifel steht ihr deutlich im Gesicht, sie beißt sich auf die Lippen und schluckt eine Bemerkung hinunter. Dann wendet sie sich an Baeriswyl: »Wenn ich dir helfen kann, lass es mich wissen.« Mit diesen Worten verlässt sie den Raum.

Die Fahrt nach Freiburg verläuft schweigend. Als wir ankommen, gehe ich mit Baeriswyl in den Vernehmungsraum. Morten macht sich auf den Weg zu jener Nachbarin, die vermutlich Baeriswyl im Auto gesehen hat. Im Vernehmungszimmer schließe ich das Tonband an, spreche Datum und Situation darauf, bevor wir mit den Fragen beginnen.

»Wo waren Sie am Montag, dem 21. Dezember?«

»In Basel.«

Ich hole das Bild von Maverick Rosenkrantz hervor und lege es auf den Tisch. »Herr Baeriswyl kennen Sie diese Frau?«

»Das Bild haben Sie mir schon einmal gezeigt und ich habe Ihnen schon einmal gesagt, dass ich sie nicht kenne.«

»Sagt Ihnen der Name Maverick Rosenkrantz etwas?«

»Auch das haben Sie mich schon mal gefragt: Nein, der Name sagt mir nichts.«

Ich schaue ihm in die Augen, er blickt stur zurück. »Maverick Rosenkrantz war die Halbschwester von Delia Landau. Sie wohnte seit August bei Delia. Wollen Sie immer noch behaupten, dass Sie sie nicht kennen?«

»Ich war nur wenige Male bei Delia. Es war ihr lieber nach Basel zu kommen. Sie hat nie eine Schwester erwähnt. Ich bin dieser Frau nie begegnet, habe nie ihren Namen gehört.«

»Die Frau von der Sie behaupten, Sie zu lieben, die Frau, die wegen Ihnen die geplante Hochzeit absagen wollte, war wohl nicht immer ganz offen zu Ihnen? Welchen Grund könnte Sie gehabt haben, Ihnen die Schwester vorzuenthalten?«

»Ich weiß es nicht.« Er wirkt deprimiert.

»Ich glaube Ihnen nicht. Maverick Rosenkrantz wurde einen Tag vor Delia ermordet. Haben Sie sie ermordet?« Er holt tief Luft, schüttelt resigniert den Kopf. In diesem Moment betritt Perini den Raum. Er nickt. »Herr von Baeriswyl. Wir haben hier jemanden, der Sie am Tattag in Freiburg gesehen hat.« Mit diesen Worten bittet er Franziska Fischer, die Nachbarin herein. Sie hatte explizit zugestimmt, dem Verdächtigen gegenübertreten zu wollen. Franziska Fischer ist eine Frau weit in den Sechzigern, mit weißem, kurz geschnittenem Haar und klarem blauen Blick. Sie sagt sofort: »Von hinten könnte er es sein. Aber ich dachte damals, es wäre eine Frau gewesen. Das Gesicht habe ich nicht gesehen. Die Haare stimmen.«

Das ist natürlich eine schwierige Beweislage. Aber

ein Anhaltspunkt ist es auf jeden Fall. Wir bedanken uns bei der Frau. »Vielen Dank. Ein Kollege wird Sie wieder nach Hause bringen.«

Baeriswyl hat das Gesicht in den Händen verborgen. Nach geraumer Zeit lässt er sie sinken und sagt: »Also gut. Ich war hier. Aber ich habe Delia nicht umgebracht. Ich erzähle Ihnen wie es war. Wie Sie wissen, wollten wir am Abend die Wintersonnwende feiern. Ich bin mit dem Zug schon am Morgen nach Freiburg gekommen. Am Nachmittag sind wir in die Stadt gefahren. Delia sagte, sie hätte noch etwas zu erledigen. Wir wollten uns um fünf in einem Café treffen. Sie kam nicht. Ich rief mehrmals in der Wohnung und auf ihrem Handy an. Ohne Erfolg.«

»Was haben Sie dann gemacht?«

»Ich war ziemlich verärgert und bin zurück nach Basel gefahren. Ich dachte, sie würde zumindest anrufen. Aber es kam auch kein Anruf.«

Das war natürlich alles nicht zu beweisen. »Was ist nun mit diesen Guarana-Tabletten?«

Er fährt sich verzweifelt mit den Händen durch die Haare, die ihm nun wirr ins Gesicht hängen.

»Die hat mir Delia irgendwann gebracht. Sie wollte, dass ich untersuche, um was es sich handelt.«

»Und mit welcher Begründung?«

»Das sagte sie mir nicht.«

»Und Sie haben das so einfach hingenommen?«

»Sie meinte, es hätte etwas mit einer Recherche zu tun und da es mir leicht fällt, eine diesbezügliche Untersuchung zu machen, habe ich es eben gemacht.«

»Haben Sie ihr das Ergebnis mitgeteilt?«

»Ich hatte es per Mail geschickt. Ja.«

Ich kann mich an keine solche Mail bei den Ausdrucken erinnern. »Wir behalten Sie noch ein bisschen hier.« Er protestiert nicht mehr, mit hängenden Schultern geht er mit.

Kaum haben Perini und Baeriswyl die Tür hinter sich zugezogen, klingelt das Telefon. Es ist Ranzmayr. »Ich habe etwas gefunden, das dich interessieren dürfte«, er macht eine dramatische Pause, ich höre, wie er die Tasten eines Computers drückt und fährt dann fort: »Mittels einiger Nachforschungen, hat sich herausgestellt, dass Delia Landau einen Spion auf ihrem Rechner hatte. Das bedeutet, dass er Zugriff auf alle ihre Dateien hatte und somit gut informiert war.« Ist das möglicherweise der Schlüssel für den Mord an Delia und den anderen beiden Frauen? Ich frage: »Und war es möglich herauszufinden, wer sich auf ihrem Rechner eingeloggt hat?«

Das kurze Schweigen und ein Räuspern am anderen Ende der Leitung machen meine leise Hoffnung zunichte, noch bevor er antwortet. »Da muss ich dich leider enttäuschen. Es ist jemand, der mit äußerster Sorgfalt vorgegangen ist und alle Spuren, die uns zu ihm führen könnten, vernichtet hat. Tut mir Leid.«

»Und es besteht keine Hoffnung?«

»Ich werde alle Möglichkeiten ausschöpfen, aber ich an deiner Stelle würde mir keine Hoffnungen machen.«

»Wäre auch zu schön gewesen ...«

»Es muss nicht zwangsläufig mit den Morden zu tun

haben, Elza. Es gibt eine Menge Spinner, die sich aus purer Freude oder Gehässigkeit oder wie immer man es nennen will, auf fremde Rechner einloggen ...«

Das wäre möglich, geht es mir durch den Kopf; trotzdem bin ich, auch wenn ich es nicht erklären kann, davon überzeugt, dass es sich um keinen Zufall handelt. Nachdem Ranzmayr aufgelegt hat, lehne ich mich im Stuhl zurück, die Füße auf den Schreibtisch. Morten müsste gleich zurückkommen, ich möchte mit ihm Ranzmayrs Beobachtungen über Delias PC diskutieren. Die Augen fallen mir zu. Ich versuche mir vorzustellen, wie das ist, wenn man als Spion in einen fremden Rechner eindringt, alles lesen kann, was geschrieben wird, sieht, was gelöscht wird, was eingeht, was aus dem Internet herunter geladen wird. Plötzlich befinde ich mich auf der Datenautobahn, rase mit hoher Geschwindigkeit durch leuchtend bunte Kanäle, dann wiederum ist alles schwarz um mich herum, mir wird schwindelig, wie in der Achterbahn. Dann wird es kälter, ich liege plötzlich auf kaltem Lehmboden. Blut tropft auf meine Brüste, perlt mit kühlem Prickeln über meinen Bauch, brennt wie von Zauberhand dieser fünfzackigen Stern ein. Gleichmäßiger Gesang und weihrauchschwangerer Duft lässt mich immer wieder in Bewusstlosigkeit gleiten, ich möchte mich aufrichten, doch meine Beine und Hände sind aus Gummi. Aus der Ferne mischt sich in den monotonen Singsang und das Getrommel ein schrilles, nervtötendes Klingeln. Ich weiß, dieses Klingeln hat etwas zu bedeuten, es fällt mir jedoch bei allem Nachdenken nicht ein. Es wird lauter und lauter, die unheimliche Musik tritt in den Hintergrund, das Blut hüllt mich mit seinem roten Schimmer ein, ich schwitze, eine Gestalt in eine schwarze Kutte gewandet kommt auf mich zu, immer näher, ich schwitze Blut, das Klingeln, es wird mir bewusst, wenn ich es schaffe, auf dieses Klingeln zu reagieren, wenn ich erraten könnte, was es zu bedeuten hat, wäre ich gerettet, doch die Gestalt kommt näher und näher, das Messer auf mich gerichtet, sticht sie zu und ich falle und falle und wache auf – das Telefon läutet.

Ich brauche geraume Zeit, um mich zu orientieren. Das Läuten hat aufgehört, die Schreibtischlampe blendet mich. Ein Blick auf die Uhr zeigt mir, dass ich nicht länger als fünf Minuten geschlafen habe. Das Telefon beginnt aufs Neue zu läuten. Es ist Schneider.

»Dieser Nachbar, du weißt schon, der sagte, er hätte ein rothaariges Mädchen bei der Landau gesehen ... als unsere Leute mit dem Bild bei ihm waren, sagte er, er wolle mit der Kommissarin sprechen. Uns anderen wollte er nichts sagen.« Schneider klingt leicht verärgert.

»Wann war das denn?«

»Vor einer halben Stunde ungefähr.«

»Sobald Morten zurück ist, fahren wir hin.«

Benommen von dem Alptraum werfe ich die Kaffeemaschine an, trinke einen Schluck von dem warmen Mineralwasser und gieße einen Cognac hinterher. Der Traum liegt drückend auf meiner Stimmung. Ich gehe auf die Toilette, lasse am Waschbecken in beide Handflächen kaltes Wasser laufen und befeuchte mein Gesicht, in der Hoffnung das dumpfe Gefühl in meinem Kopf zu verscheuchen.

Zurück im Büro gieße ich mir Kaffee ein und verbrühe mir prompt den Mund an der heißen Brühe. Fluchend stelle ich die Tasse zurück.

Endlich geht die Tür und Morten kommt zurück. Ich erzähle ihm von Schneiders Anruf, während ich die Jacke anziehe. Schweigend, jeder in seine eigenen Überlegungen vertieft gehen wir zum Auto. Nun hat das Tauwetter doch eingesetzt, die weiße Idylle hat sich binnen weniger Stunden in ein schlammiges Einerlei verwandelt. Der Regen fällt gleichmäßig in dünnen Fäden als hätte er nie etwas anderes gemacht.

26

Der Nachbar heißt Otto Wöller. Sein Haar ist weiß und dicht; er empfängt uns mit einem offenen Blick und einem freundlichen ›Grüß Gott.‹ Wöllers Wohnung liegt gegenüber von Delias Wohnung. Auf einen Stock gestützt führt er uns in ein kleines Zimmer, in dessen Mitte ein runder Holztisch mit vier Stühlen steht. Er fordert uns auf, Platz zu nehmen. An den Wänden hängen gerahmte Fotografien: ein strahlendes Hochzeitspaar, zwei Kinder, ein Junge und ein Mädchen. Nachdem wir uns gesetzt haben, beginnt er zu sprechen:

»Die kleine Maverick ... ich habe mich hin und wieder mit ihr unterhalten. Glücklich war sie nicht. Nein, man kann nicht behaupten, dass sie glücklich war. Sie hat mir erzählt, dass sie ein paar Jahre in Amerika gelebt hat. In Oregon. Vor ein paar Monaten sah ich sie zum ersten Mal und was mir auffiel war, ich weiß nicht, wie ich es ausdrücken soll, ohne pathetisch zu klingen, aber sie wirkte so unglücklich. Und genau das sagte sie mir am Anfang unserer Bekanntschaft und ziemlich unverblümt. Otto, sagte sie, ich bin unglücklich. Warum sie unglücklich war sagte sie mir nicht.« Mit einem wehmütigen Blick schüttelt er den Kopf. »Wissen Sie«, fährt er fort, die Stimme gesenkt, »sie hat mich an meine Brigitte erinnert. Brigitte war meine Frau. Sie ist vor einem Jahr gestorben. Nicht äußerlich – aber beiden wohnte diese Art Zerbrechlichkeit inne ...« Das Ende seines Satzes bleibt unausgesprochen in der Luft hängen; ich werfe einen Blick auf die Fotos an der Wand. Zwar habe ich beide Frauen nicht gekannt, aber ich kann verstehen, was er meint: eine Ähnlichkeit der Seelen, spürbar, wie ein Duft nur, im Vorübergehen gestreift.

»Erzählen Sie uns von ihr«, bitte ich ihn.

»Wissen Sie, ich bin ein alter Mann, mir konnte sie erzählen, was sie sonst vielleicht niemandem erzählt hätte. Sie hat von zwei Männern gesprochen, die sie geliebt hat. Sie sagte, sie sind beinahe wie Zwillingsbrüder, der eine ist das Licht und der andere ist die Nacht. Otto, hat sie mich einmal gefragt, glaubst du an Gut und Böse? Als ich bejahte, meinte sie, sie glaube nicht, dass es Gut und Böse so gäbe, wie in der naiven Vorstellung der Menschen. Sie glaube, dass beides sich brauche. Da hatte sie ja nicht ganz Unrecht.« Er räuspert sich und sowohl Perini als auch ich hören gebannt zu. Er ist ein guter Erzähler. »Sie sagte, sie habe sein Blut getrunken und damit sei sie für immer mit ihm verbunden. Sie kam gar nicht auf die Idee, ich könnte entsetzt sein. Du verstehst das, nicht wahr, meinte sie ...«

Perini unterbricht ihn. »Wessen Blut hat sie getrunken?« will er wissen. Otto Wöller runzelt die Stirn. »Das weiß ich leider nicht. Aber sie sprach immer von einem Thamus und einem Torsten. Auch wenn ich es mir nicht anmerken ließ, es hat mich doch etwas schockiert. Und ich machte mir Sorgen um sie. Warten Sie einen Moment«, sagt er und steht auf, um aus dem Zimmer zu gehen. Im angrenzenden Raum hört man ihn mit Gläsern hantieren. Als er zurückkommt trägt er ein Tablett vor sich her, welches er auf dem Tisch abstellt. »Das ist Wodka. Der echte russische. Sie hat Wodka geliebt. Ich habe ihn eigens wegen ihr gekauft. Die Russen sind so ursprünglich und wild, sagte sie gern. Dann hat sie gelacht und gemeint, aber in Wirklichkeit würde sie keinen einzigen Russen kennen, trotzdem liebe sie Wodka. Sie trank ihn pur. Immer. Wollen wir auf unsere kleine Maverick einen trinken? Sie wird mir fehlen.«

Seine Augen sind feucht, als er die Gläser bis zum Rand mit Wodka füllt. »Auf unsere Maverick«, sagt er und trinkt das Glas mit einem Zug leer. Wir tun es ihm nach.

»Sie hatte mir ein Geheimnis anvertraut«, sagt er daraufhin.

Perini und ich spitzen die Ohren. »Darum habe ich Sie angerufen, nicht um ein Pläuschchen zu halten.« Wöller reißt eine frische Zigarettenpackung auf und bietet uns eine an. Perini als Nichtraucher lehnt natürlich ab. Aber ich nehme mir eine.

»Sie wollte in eine Klinik, um sich behandeln zu lassen. Sie müssen wissen, ich war früher Arzt. Nervenarzt. Maverick litt unter Depressionen. Es gäbe eine völlig neue Art der Behandlung, meinte sie. Doch darüber konnte sie mir nichts Näheres erzählen. Sie wollte nur nicht, dass es jemand wusste, außer ihrer Schwester natürlich, dass sie in die Klapse geht, so drückte sie es aus. Die Leute verstehen das nicht und denken, du bist verrückt, sagte sie. Dabei wissen sie gar nicht, was das ist. Eines Tages war sie weg. Sie hatte sich gar nicht verabschiedet und ich dachte, sie schreibt mir mal. Aber wochenlang hörte ich nichts von ihr. Eines Tages aber bekam ich einen Anruf. Sie war es. Sie klang verzweifelt und konnte sich nicht klar ausdrücken. Es hörte sich an, als stünde sie unter Psychopharmaka. Hol mich hier raus, glaubte ich zu hören, dann war die Verbindung unterbrochen. Ich dachte lange darüber nach, nahm aber an, dass die Kollegen, die sie behandelten, wüssten, was sie tun. Heute bin ich mir da nicht mehr so sicher.«

27

»Vielleicht reicht es nicht für einen Haftbefehl, aber ein paar Fragen wird uns Herr Trondheim noch beantworten müssen.« Mortens Miene ist verschlossen und düster.

Müde und mit schweren Gliedern lasse ich mich auf den Stuhl hinter dem Schreibtisch sinken, nachdem wir von Wöller zurück sind. Morten lässt sich auf dem Schreibtischrand nieder. »Und dieses Mal wird er nicht eher gehen, bevor er nicht eine zufrieden stellende Antwort gibt auf die Frage, warum er uns Mavericks Aufenthalt in seiner Klinik verschwiegen hat«, sage ich.

Wir einigen uns darauf, dass Morten mit Wieland zu Trondheim fährt, während ich von dem Gespräch mit Wöller ein Gedächtnisprotokoll anfertige. Jede Bewegung, jeder Gedanke kostet mich schier unüberwindliche Anstrengung. Ich weiß, noch einen Kaffee vertrage ich nicht – meine Nerven flattern und die Hände zittern – ich trinke den Rest Mineralwasser, der noch auf dem Schreibtisch steht. Es fällt mir schwer, mich auf das Protokoll zu konzentrieren; dann drücke ich aus Versehen eine Tastenkombination, die den Text löscht.

Ein paar Flüche liegen mir auf der Zunge, aber nur ein wütendes Zischen kommt über meine Lippen und ich steuere den Button für die Eingabe rückgängig an und speichere anschließend das gesicherte Dokument, als das Telefon läutet. Es ist Morten. Bei Trondheim wäre alles dunkel, auch nach mehrmaligem Klingeln hätte er nicht geöffnet, sagt Morten. »Wir fahren jetzt zur Klinik«, beendet er das Gespräch.

Ich fahre Delias Computer hoch. Es ist kaum mehr eine Überraschung für mich zu sehen, dass wieder etwas im Postfach liegt. Ich öffne die Mail und überfliege kurz den Text. Dieses Mal sind es die zehn satanischen Gebote. Urplötzlich dringt gellendes, höhnisches, bösartiges Gelächter aus dem Lautsprecher des PCs. Panik kriecht langsam von der Wirbelsäule hoch in den Nacken, die feinen Härchen stellen sich auf, mich fröstelt, alle Müdigkeit ist wie weggeblasen. Dann schimpfe ich mich eine Närrin, die sich mit solchem Kinderkram erschrecken lässt, deren Nerven derart überreizt sind, dass sie sich von Gespenstern narren lässt. Zu meinem Leidwesen finde ich nur eine leere Packung, als ich mir eine Zigarette anzünden will. Aus meinen Hosentaschen krame ich das Kleingeld, auf der Suche nach Zigarettengeld. Um zum Zigarettenautomaten zu gelangen, muss ich mit dem Aufzug in den ersten Stock fahren, um von dort über den Flur in den anderen Flügel des Gebäudes zu gelangen. Meine Schritte in den menschenleeren Gängen hallen bedrohlich und alle paar Meter blicke ich über meine Schulter. In der Kantine geht das Licht nicht an und einen kurzen Moment überlege ich mir, ob ich nicht lieber wieder gehen soll. Aber Rückzug war noch nie meine Stärke, schon gar nicht in meinem ureigensten Revier. Ich ziehe den Revolver, während ich durch die leeren Stuhlreihen gehe, um zum Zigarettenautomat zu gelangen. Blicke nach links und rechts, mein Atem geht schwer und stockt, als ich einen Schatten an der Wand sehe. Blitzschnell richte ich meine Pistole auf den schwarzen Umriss, um erleichtert und beschämt festzustellen, dass ich mich vor meinem eigenen Schatten erschrocken habe.

Ohne meine Umgebung noch eines Blickes zu würdigen gehe ich mit ausholenden Schritten zum Automaten, der in der hinteren rechten Ecke des Raumes steht, ziehe im Dunkeln die falsche Marke und gehe zurück, nicht ohne die Waffe schussbereit zu halten.

Zurück im Büro, zünde ich mir erleichtert eine Zigarette an, inhaliere tief den Rauch und spüre, wie sich meine Nerven langsam beruhigen.

Als ich noch mal einen Blick auf die E-Mail-Nachricht werfen will, sehe ich, dass noch eine weitere Nachricht eingegangen ist. Ich bin darauf gefasst, eine Nachricht ähnlichen Inhalts zu finden; ich öffne sie, lese. Was ist das nun? Eine Todesanzeige?

Geliebte Favea, lautet die Überschrift, *deine dunklen Brüder und Schwestern verabschieden dich ins Reich unseres Herrn, Luzifers.* Ganz unten links ist eine Adresse und die Uhrzeit angegeben. Heute. Ich schaue auf die Uhr. In knapp zwei Stunden. Ich rufe Morten auf seinem Handy an, bekomme aber nur seine Mailbox. Ich spreche eine Nachricht darauf und hinterlasse die Adresse aus der E-Mail.

Unschlüssig, was ich nun tun soll, grüble ich über dem Computer, notiere die Adresse auf einem Blatt Papier und fahre ihn herunter. Dann schaue ich auf dem Stadtplan, der in meinem Büro hängt nach. Die Fläche auf dem Plan ist grün schraffiert; irritiert forsche ich in meinen Erinnerungen – soweit ich weiß, gibt es da nichts, außer Felder und Wiesen und vielleicht den einen oder anderen Hof.

28

Du bist in mich eingedrungen
hast meine Seele berührt
mein Innerstes in blutige Stücke gerissen
du bist durch meine Adern pulsiert
hast mein Blut getrunken
an meinem Herzen gelauscht
und meinen Atem verfolgt
Favea an Thamus

Die angegebene Adresse liegt laut Stadtplan im Osten der Stadt. Stechend kalte Luft schlägt mir entgegen, als ich nach draußen trete, ich spüre die scharfen Schneekristalle wie Nadelspitzen auf meinem Gesicht. Mit gesenktem Kopf renne ich über den dunklen Parkplatz zum Auto. Nach kurzem, anfänglichem Stottern (ich darf nicht vergessen, die Batterie auswechseln zu lassen), springt der Motor an und der Wagen gleitet durch die stille Nacht. Die Straßen sind wie ausgestorben. An einer roten Ampel werfe ich zur Sicherheit noch einen Blick auf die neben mir liegende Karte. Von der Hauptverkehrsstraße geht es in eine Seitenstraße, die nach ein paar hundert Metern in einen Schotterweg mündet. Auf der rechten Seite schlängelt sich ein Bach durch das Wiesengelände. In der Ferne glaube ich die Umrisse eines Hauses zu erkennen. Ich schalte die Autoscheinwerfer aus und halte an.

Ich rauche zwei Zigaretten, einmal glaube ich einen Lichtschein im Innern des Hauses aufblitzen zu sehen, aber so kurz, dass ich mich auch getäuscht haben könnte. Während ich im Dunkeln sitze und das Haus beobachte, kommt die Erinnerung. Was dort vorne in der Talsenke steht, war früher mal ein Kloster. Seit ich mich erinnern kann, steht es leer.

Dunkel erinnere ich mich an einen früheren Skandal, dummerweise habe ich vergessen, um was es ging. Mit ausgeschaltetem Licht fahre ich ein Stück weiter, wende in einem Seitenweg und parke das Auto in Fluchtrichtung. Zu Fuß nähere ich mich dem Haus. Umrandet von meterhohen, dicht gewachsenen Zypressen wirkt es in seiner abweisenden Dunkelheit merkwürdig verloren. Eine Weile beobachte ich aus dem Schatten einer Zypresse heraus das Haus, bevor ich mit bedächtigen Schritten das Grundstück umrunde.

Wieder am Vordereingang angekommen, drücke ich die Klinke der schweren Eichentür, die jedoch verschlossen ist. Bei meinem Rundgang habe ich an der Rückseite allerdings eine kleine Türe entdeckt. Ich gehe zurück und bin überrascht, als sie sich ohne Mühe öffnen lässt.

Durch einen engen, dunklen Flur, komme ich in einen größeren Raum, der wohl mal die Eingangshalle darstellte. Es ist klamm, ich friere. Eine steinerne Wendeltreppe führt nach unten. Es herrscht vollkommene Stille. Mit tastenden, vorsichtigen Schritten steige ich die Stufen hinab.

Von unten glaube ich entfernt ein Murmeln oder ein Raunen zu hören. Ich lausche, höre jedoch nichts mehr. Diffuses, flackerndes Kerzenlicht erhellt am Ende der Treppe einen Gang, dessen Wände aus großen Steinen bestehen. Das Ende des Ganges mündet in einer Halle. Gerade noch rechtzeitig drücke ich mich in eine Nische.

Die Halle ist rund, schwarze Tücher und grobe Steine, diffuses Kerzenlicht. Vorsichtig werfe ich einen Blick aus meinem Versteck: Schwarzverhüllte Gestalten, ich kann nicht sagen wie viele, aber es scheinen nicht mehr als fünf zu sein. Wie gebannt starre ich auf diese Szenerie. Kurz zuckt der Gedanke auf: was mache ich hier, alleine? Prüfe, ob die Dienstwaffe sitzt, wo sie sitzen soll, greife nach meinem Handy, schimpfe mich aber sofort eine Närrin. Falls ich überhaupt Empfang haben sollte, wird es mir wohl kaum möglich sein, ein Telefongespräch zu führen, ohne dass es von den Schwarzgewandeten gehört wird.

Nun verändert sich etwas in der Atmosphäre. Die Personen nehmen eine andere Haltung ein. Sie scheinen jemanden zu erwarten.

Leise Musik setzt ein. Jetzt kann ich erkennen, dass es sich um sechs Personen handelt, die sich im Kreis aufgestellt haben. In der Mitte steht ein Steintisch und ich ahne, dass es sich um einen Opferaltar handelt.

Mein Atem stockt, arktisches Eiswasser scheint durch meine Adern zu pulsieren. Hinter dem Altar teilt sich ein Vorhang. Ein mächtiges, auf den Kopf gestelltes Kreuz kommt zum Vorschein. Eine ebenfalls schwarz gekleidete Person tritt hervor. Mit langsamen, hoheitsvollen Bewegungen nähert sie sich dem Kreis. Andächtig neigen die andern den Kopf, woraus ich schließe, dass es sich um das Oberhaupt dieser ominösen Versammlung handeln muss.

Nachdem er einige Minuten schweigend im Kreis stand, geht er zum Altar; er hebt die Arme und beginnt auf lateinisch zu sprechen. Hohngelächter dröhnt zwischendurch auf. Als er aufhört zu sprechen, beginnen die Gestalten um den Altar zu tanzen; ein gutturaler Singsang hebt an, schwillt an, ebbt ab, um wieder anzusteigen.

Es ist mir unmöglich herauszuhören, um welche Sprache es sich handelt, auf keinen Fall ist es mehr Latein.

Als der Tanz endet, bezieht jeder wieder seine frühere Stellung um den Steinaltar. Das Oberhaupt breitet erneut seine Arme aus: »Gott ist tot. Es lebe Satanas.« Die Meute intoniert: »Gott ist tot. Es lebe Satanas!«

»Das Böse besiegt die Welt« und die dumpfe Antwort »Das Böse besiegt die Welt.«

Ich erinnere mich an einen Kindheitstraum. Es war, als ich die Ferien bei einer entfernten Cousine meiner Mutter im Norden Deutschlands verbrachte. Ich nannte sie Tante Klärchen. Ihr Mann war gestorben und sie war eine konservative Katholikin. Mit Recht dürfen sich diese Ferien das Prädikat ›besonders schrecklich‹ verleihen. Morgens, mittags und abends musste ich mit Tante Klärchen beten. Zwischendrin erzählte sie mir Geschichten von Gott und seinem schlimmsten Widersacher Satan. Oft hat mich das Erzählte fasziniert, meistens hat es mich abgestoßen und hin und wieder hat es mir richtiggehend Angst eingejagt. Satan war im Leben von Tante Klärchen allgegenwärtig. Die Versuchung lauerte überall. Nach einer besonders scheußlichen Geschichte über eine Begebenheit, als ihr der Leibhaftige persönlich begegnete, hatte ich einen so furchtbaren Albtraum, dass ich nass geschwitzt und zitternd aufwachte und vor Angst nicht mehr einschlafen konnte. Ich verbrachte den Rest der Nacht unter der Decke, voller Panik, der Traum könnte Wirklichkeit werden. Ich kann mich erinnern, dass ich am Tag darauf meine Sachen packte und mit dem Bus an den Bahnhof fuhr, um den nächsten Zug nach Hause zu nehmen.

Ich lasse meinen Blick durch den Raum gleiten, dessen Begrenzungen im Schein des Kerzenlichts nicht erkennbar sind. Ich hatte keine Ahnung, dass es so viele Schattierungen in Schwarz gibt: ein wogendes Heer schwarzer Schatten. Einen Moment spüre ich Enttäuschung: es ist das lebendig gewordene Klischee einer Satansmesse. Nun stimmt die Runde erneut einen Gesang an, der mir merkwürdig bekannt vorkommt; jedoch kann ich kein Wort davon verstehen. Ein Feuerstrahl der Erinnerung bringt mir ins Gedächtnis, wo ich das schon einmal gehört habe: es war bei der Taufe von Leo und Marie in einer katholischen Kirche. Das Lied klingt aus, die in Purpur gehüllte Gestalt, aus der Statur schließe ich, dass es sich um einen Mann handelt, tritt in die Mitte und hält die Arme nach oben. Stille kehrt ein. Zwei der Gestalten lösen sich aus dem Kreis und verschwinden hinter dem schwarzen Vorhang. Nach wenigen Minuten kommen sie zurück: zwischen ihnen eine nackte Frau, die merkwürdig teilnahmslos wirkt. Ihre Haare fallen in weichen Locken auf die Schultern, um ihre Gesichtszüge sehen zu können, ist es zu dunkel, aber sie hat den schlanken, straffen Körper einer sehr jungen Frau. Ihre Brüste sind fest und klein. Sie wird zum Altar geführt und lässt sich widerstandslos auf den Stein legen. Einer der beiden spreizt ihre Beine, woraufhin sie sich wollüstig räkelt und lasziv ihr Becken kreisen lässt.

Aufs Neue verschwinden zwei Gestalten hinter dem Vorhang, als sie zurückkommen halten sie jeweils einen Hahn in ihren Händen. Sie stellen sich am Kopfende des Altars auf. Der Satanspriester stellt sich neben sie, einer der Schergen hält den sich wehrenden Hahn über die Frau, ein schneller Schnitt mit dem Messer, das er unter der Kutte hervorzieht, und das Blut sprudelt über den weißen Körper der Frau, die versucht einen Teil des Blutes mit ihrem Mund aufzufangen, die Zunge obszön gierend nach dem roten Elixier.

Nur mit extremer Willenskraft unterdrücke ich den Zwang mich zu erbrechen. Ich frage mich, mit welcher

Droge sie die Frau willenlos und gefügig gemacht haben.

Ein anderer hält plötzlich einen großen silbernen Kelch, in dem sich das Kerzenlicht funkelnd spiegelt in der Hand und fängt den Rest des Blutes auf. Mit dem zweiten Tier wird genauso verfahren. Als auch dieses ausgeblutet ist, macht der Kelch die Runde. Jeder trinkt daraus. Ich starre gebannt auf das Geschehen, fühle mich gefangen in einem Albtraum. Habe den Wunsch einzuschreiten, sie von ihrem widerwärtigen Tun abzuhalten. Fühle mich gelähmt vor Ekel und Entsetzen und dem Wissen, dass nichts von all dem was sie bis jetzt getan haben, gegen das Gesetz verstößt.

Nun beginnen sie wieder mit ihrem dunklen, eintönigen Gesang. Eine der Kapuzengestalten, klein und gedrungen, zieht aus einer Nische an der Seite des Altars mit raschem Griff eine im Kerzenlicht golden funkelnde Schale. »Das Abendmahl«, schießt es mir durch den Kopf. Der Leib Christi ... Der Priester nimmt die Schale in Empfang.

Ein Rauschen in meinen Ohren. Eine Faust in meinem Magen. Die Mitglieder treten einer nach dem anderen vor den Priester, knien vor ihm nieder, öffnen ihren Mund und empfangen etwas, das ich nicht erkennen kann.

»Das Fleisch dieses Menschen das wir hier verzehren, wird das wahre Böse in die Welt bringen, es weiter tragen, bis es auf ewig lebt. Gesegnet sei der EWIGE. Gesegnet sei Satanas.«

Ich lausche seinen Worten, sehe das Innere einer Kirche vor mir, mit Menschen, die die Kommunion empfangen. Ich weiß nicht, wie lange die Worte brauchen, bis ich deren Sinn begreife; sie landen wie eine Faust in meinem Magen und mit einem würgenden Schwall muss ich mich übergeben. Angsterfüllt und schweißgebadet schaue ich, ob mich jemand hört. Was nicht der Fall zu sein scheint.

Ich muss mich verhört, meine Phantasie mir einen Streich gespielt haben. Menschenfleisch. Sofort spüre ich erneut gallige Übelkeit in mir aufsteigen. In den Gängen meines Gedächtnisses klopft etwas an, etwas, das ich verdrängt hatte. Nun taucht es auf wie Atlantis aus dem Ozean. In einem Chat schreibt Thamus, er möchte ein Kind von Favea. Ein Kind, das sie beide anschließend verspeisen werden.

Zähneklappernd, zitternd und unfähig mich zu bewegen, lehne ich mich an die kalte Steinwand der Nische. Den Blick starr auf das Geschehen in dem Gewölbe gerichtet. Der Priester öffnet seinen Umhang. Sein erigiertes Glied kommt zum Vorschein. Er stellt sich vor den Altar, die Frau rutscht nach vorne, sodass er in sie eindringen kann. Die Schergen stimmen ihren unheimlichen Gesang an. Ich weiß nicht, ob ich schon jemals etwas so scheußliches, so perverses gesehen habe. Rhythmisch und kraftvoll stößt er zu. Die Frau windet sich. Ob aus Lust, ist von meiner Position nicht auszumachen. Als er fertig ist, tritt der nächste vor. Auch er öffnet sein Gewand und das Spiel beginnt von vorne.

Nachdem der letzte an der Reihe war, tritt der Priester erneut vor den Altar. Aus den Weiten seines schwarzen Gewandes zieht er ein langes, blankes Messer hervor. Mit einem Schlag ist meine Lähmung verschwunden, mein Herz hämmert schmerzvoll in der Brust. Ich ziehe meine Waffe, entsichere sie und bin mit wenigen Sprüngen in ihrer Mitte. Ein wütendes Zischen geht durch die Menge.

»Alle legen sich auf den Boden. Mit dem Bauch nach unten. Hände ins Genick«, brülle ich. Einen Moment scheinen sie wie erstarrt. Dann tun sie, was ich sie geheißen habe. Die Frau stiert mich mit glänzenden Augen an. Sie macht keine Anstalten sich zu bewegen. Wie aus weiter Ferne höre ich eine brüchige Stimme:

»Das wirst du bereuen.«

»Wir werden sehen, wer hier bereuen wird, ihr dreckigen Bastarde.«

Jetzt bin ich außer mir vor Zorn. Mit einer Hand halte ich die Waffe auf die am Boden liegenden Gestalten gerichtet, mit der anderen ziehe ich das Handy aus meiner Tasche, um Hilfe zu holen. In diesem Moment spüre ich einen heftigen Schmerz am Hinterkopf, vor meinen Augen verschwimmt die Umgebung und ich fühle nur noch, wie mein Körper zu Boden sinkt.

29

Ein dumpfer Schmerz hämmert in meinem Hinterkopf. Er lässt mich nicht mehr schlafen. Ich möchte mich am liebsten umdrehen, zucke aber mit einem Schmerzenslaut zusammen, als ich es versuche. Ich glaube, jeden einzelnen Knochen in meinem Körper zu spüren. Aus irgendeinem Grund fällt es mir schwer die Augen zu öffnen. Aber da ist etwas, an das ich mich erinnern sollte, etwas, an das ich mich lieber nicht erinnern möchte. Mein Bewusstsein gleitet wieder ab, sucht den Schlaf. Ein leises, scharfes Geräusch in meiner unmittelbaren Nähe lässt mich zusammenschrecken, entreißt mich den Armen des Vergessens. Widerwillig öffne ich die Augen. Der darauf folgende, scharfe Schmerz kracht wie Donner durch meinen Kopf. Die Kerze an der gegenüberliegenden Wand wirft flackernde Schatten. Ich befinde mich in dem gewölbeartigen Raum. Mehr kann ich nicht erkennen. Ich wage nicht, mich zu rühren. Die Anwesenheit eines anderen spüre ich, sie liegt wie eine unausgesprochene Drohung im Raum. Das leise Rascheln von Stoff lässt mir den Herzschlag stocken. Das Rascheln eines Gewandes. Ein schwarzes Gewand. Eine schwarze Maske. Blut. Ein glänzendes Messer. Wie eine dunkle Wand schiebt sich die Erinnerung in mein Bewusstsein. Mit ihr gleitet er in mein Gesichtsfeld. Die große, in schwarz gehüllte Gestalt, das Gesicht noch immer hinter der Maske verborgen. Bewegungslos, wie eine Statue.

Ich finde nicht die Kraft, etwas zu sagen und nicht den Mut, mit meinem schmerzenden Körper aufzustehen, um mich dieser Gestalt entgegenzustellen. Das Schweigen legt sich Schicht um Schicht auf mich, unsichtbar, drückend, tödlich. So soll also hier mein Leben enden? In dem Gewölbe eines ehemaligen Klosters, das sich Menschen angeeignet haben, die sich Satan zum obersten Gott erkoren haben. Hier in diesem Dreck von widerlichen Gedanken und blutbesudeltem Boden? Ein Schauer des Ekels schüttelt mich. Eine Welle von Übelkeit rollt vom Magen her hoch. Ich schließe die Augen. Frage mich, warum man mich noch nicht umgebracht hat. Worauf mag die Gestalt warten? Ich schließe die Augen und falle in eine tiefe Schlucht, deren Boden in der Ewigkeit daheim scheint, tief und schwarz.

Wie in den Berichten der angeblich Toten und wieder zum Leben Erwachten, schwebt mein Geist über meinem auf dem Altar drapierten Körper. Ich sehe den mädchenhaft grazilen und so weißen Körper nackt auf den kalten Stein geworfen. Der Körper verwandelt sich in meinen eigenen. An den Innenseiten meiner Hände und auf dem Spann der Füße prangen blutige Male. Ich weiß, dass ich träume. Einer dieser Träume, in denen man meint wach zu sein und die genau aus diesem Grund so entsetzlich sind.

Etwas in meinem Kopf sagt mir: steh auf. Doch diese kalte, weiße Hülle rührt sich nicht. Jemand rezitiert ein Gedicht. Eine warme, melodische Stimme, die mir bekannt vorkommt. In einer fremden Sprache. Ich brauche geraume Zeit, um zu erkennen, dass es Latein ist. Dieses Fach hatte ich sieben Jahre lang in der Schule. Hinterher hat niemand jemals mehr ein Wort Latein mit mir gesprochen. »Cum mihi nescio quis fungiunt tua gaudia, dixit, nec me flere diu, nec potuisse loqui. Et lacrimae deerant oculis et verba palato, adstrictum gelido frigore pectus erat. Postquam se dolor invenit, nec pectora plangi nec puduit scissis exululare comis, non aliter, quam si nati pia mater adempti portet ad exstructos corpus inane rogos.« Er kann nicht wissen, dass das praktisch die einzige Stelle aus den Epistula von Ovid ist, die ich nicht nur in Erinnerung behalten habe, sondern auch übersetzen kann. Es ist aus dem Brief von Sappho an Phaon.

Nun fällt es mir in dieser dunklen Hölle wieder ein. Wie verliebt ich eine Zeit lang in meinen Lateinlehrer war. Ich erhielt von ihm Zusatzunterricht, nicht weil ich so schlecht gewesen wäre, sondern weil ich beinahe die Einzige in der Klasse war, die sich für dieses Fach interessiert hat und gute Noten schrieb. In diesen Stunden brachte er mir insbesondere Ovid und Catull näher. Lange waren mir diese Stunden in schöner Erinnerung: ein lichtdurchfluteter Bibliotheksraum, heißer Kakao und dazu gab es immer ein Stück frischen Hefezopf.

»Tränen blieben den Augen fern und die Worte dem Gaumen, und meine Brust war erstarrt in einem eisigen Frost.«

Die Erinnerung an die Leichtigkeit dieser Stunden treiben mir die Tränen des Verlustes in die Augen. Mit einem Schlag bin ich hellwach. Setze mich trotz der Schmerzen auf. In einiger Entfernung geht das schwarze Ungeheuer auf und ab und rezitiert Ovid. Überrascht stelle ich fest, dass ich weder nackt bin, noch auf dem Altar liege. Das Ungeheuer unterbricht seinen Vortrag und kommt auf mich zu.

»Nun, endlich sind Sie aufgewacht«, Sorge und Sanftheit in der Stimme, so als kümmere sich ein Arzt am Bett um eine gerade aus der Narkose erwachte Patientin.

»Fassen Sie mich bloß nicht an«, rufe ich, als ich am Arm berührt werde.

Eine archaische, panische Angst bemächtigt sich meiner. Ich stürze mich auf die Gestalt. Doch meine Füße geben unter mir nach und ich falle der Länge nach hin. Einen Moment lang bin ich fassungslos.

Sein Lachen dröhnt schmerzhaft in meinen Ohren, ich spüre, wie er meine Schultern berührt und eine neue Welle des Abscheus und der Panik erfasst mich. Und dann kommt die Wut; ich spüre, wie sie durch mich hindurchströmt und mir eine Kraft verleiht, mit der der andere nicht gerechnet hat. Mit Aufbietung meiner letzten Willenskraft balle ich meine Hand zur Faust und stoße sie in das maskierte Gesicht. Dabei bekomme ich die Maske zu fassen und reiße sie herunter.

Mit vor Wut entstellter Stimme stößt er einen Schrei aus, fasst sich in das nun bloß gelegte Gesicht und stürzt sich auf mich. Ich werde mit Wucht auf den Boden geworfen. Fäuste auf meinem Brustkorb, auf den Armen, im Gesicht. Gegen seine Wut komme ich nicht an. Doch noch einmal stürze ich mich auf ihn, dabei bekommt er mich zu fassen, dreht mir die Arme auf den Rücken. Blitzschnell zieht er etwas aus seiner Tasche, eiskaltes Metall legt sich um meine Handgelenke, ein Klicken ertönt.

Bis zu diesem Zeitpunkt hatte ich nicht die Möglichkeit sein Gesicht zu sehen. Doch nun wirft er mich außer Atem auf den Steinaltar. Steht vor mir. Schweiß tropft von seiner Stirn auf meine Hand und frisst sich wie Säure durch meine Haut. Ich hatte es die ganze Zeit über gewusst. Nur diesen Zusammenhang hatte ich nicht vermutet, dass er hinter dem hier steckt überrascht mich.

Jetzt, da er vor mir steht, fallen mir blitzartig all jene Details wieder ein, kleine Widersprüchlichkeiten, Ungereimtheiten, die bisher keinen Sinn gaben.

»Das war sehr, sehr dumm von Ihnen.« Seine Stimme zittert vor Wut und Anstrengung. »Jetzt habe ich keine andere Wahl, als Sie auch zu töten. Und das war nie meine Absicht.«

»Warum haben Sie es getan?« Als hätte ich ihn zum Kaffeekränzchen eingeladen und nach einem bestimmten Strickmuster oder Kuchenrezept gebeten, zieht er einen Stuhl heran und lässt sich darauf nieder. Mit zitternden Fingern zieht er eine Zigarettenpackung aus der Tiefe seines Umhangs und zündet sie langsam an. Genüsslich zieht er daran. »Ich werde es Ihnen erzählen. Sie werden das Geheimnis gut bewahren. Auf ewig. Sozusagen.«

Nach unserem erbitterten Kampf von gerade eben, wirkt er überraschend gefasst auf mich; wie ehedem macht er auf mich den Eindruck eines erwachsenen Kindes mit seinem blauen, scheuen Blick.

»Wissen Sie, was es für einen Chefarzt bedeutet, eine Leiche in seiner Klinik zu haben? Ich glaube nicht.« Er steht auf und geht in einem eng bemessenen Radius auf und ab um dann abrupt stehen zu bleiben, das Kinn nachdenklich wie ein Professor im Hörsaal in die Faust gestützt, seinen Blick prüfend auf mich gerichtet. »Ich behandle, wie Sie ja durchaus wissen, schwer depressive Menschen in meiner Klinik. Die Geisel des einundzwanzigsten Jahrhunderts heißt nicht Aids oder sonst eine Viruskrankheit«, nun erhebt er seine Stimme, ist in seinem Element, »die Geisel des einundzwanzigsten Jahrhunderts ist die Depression. Und die zu bekämpfen habe ich mich verpflichtet.« Wieder hält er kurz inne. Nimmt einen Schluck aus seinem Glas. »Nun habe ich vor einiger Zeit eine schwer geschädigte Seele in meine Klinik aufgenommen. Nicolas Gregor. Sein Hauptproblem ist die Depression, die seine Seele immer wieder in unauslotbare Tiefen zieht. Zwischendurch hat er psy-

chotische Schübe. Einem Gutachten zufolge sollte er in einer geschlossenen Anstalt untergebracht werden. Ich habe mich für ihn eingesetzt, so wurde er Patient in meiner Klinik. Genau wie Maverick. Sie litt schon seit ihrer Kindheit an dieser Krankheit. Als sie in Amerika war wurde es, bedingt durch die fremde Umgebung und das Heimweh, noch schlimmer. Sie wollte zurück. Delia war immer ein fester Bezugspunkt in ihrem Leben gewesen, ein Fels in der Brandung. Sie dachte, wenn sie bei Delia leben könnte, würde sich alles bessern. Aber es wurde nicht besser. Im Gegenteil. Maverick entdeckte das Chatten, sie brachte beinahe Tag und Nacht damit zu, baute sich eine zweite Existenz, ein Parallelleben im Cyberspace auf. Sie hatte Kontakt zu einem Satanisten und das ganze nahm ungeahnte, gefährliche Ausmaße an. Delia wusste davon nur wenig, ich dagegen alles. Trotzdem blieb es Delia nicht verborgen, dass Maverick mehr in der anderen, der virtuellen Welt, als in der realen lebte. Sie wandte sich an mich und bat um Hilfe. Wir sprachen mit Maverick. Anfangs war sie dagegen, keinem Argument zugänglich, bis sie sich eines Tages überraschenderweise damit einverstanden erklärte.«
Seinen Gedanken nachhängend, steht er vor mir, sein ansonsten glattes Gesicht legt sich bei der Erinnerung in Sorgenfalten. Dann schaut er auf, blickt mir in die Augen und sagt: »Ich werde Ihnen die Handschellen abnehmen.« Ich bin voller Misstrauen und rätsele über seine Motivation. Bei der nächsten Gelegenheit, das müsste ihm klar sein, würde ich ihn angreifen.

Als könnte er meine Gedanken lesen, sagt er: »Sie werden nicht in der Lage sein, mich zu überwältigen, Frau Kommissarin. Während Ihres kurzen Schlummers habe ich mir erlaubt, Ihnen etwas Medizin einzuflößen. Flunitrazepam, auch bekannt als Rohypnol.«

Ganz sorglos scheint er aber nicht zu sein, wie die Waffe beweist, die er auf mich gerichtet hält, während er mich von den Handschellen befreit. Mit einem zur Hälfte mit einer goldenen Flüssigkeit gefüllten Glas kommt er auf mich zu, hält es mir entgegen.

»Sie können ruhig davon trinken«, meint er, als er meinen misstrauischen Blick sieht.

»Es ist Whisky. Ich habe ihn selbst aus Schottland mitgebracht.« Mich interessiert etwas ganz anderes: »Sie sagen, Delia hätte nicht das Ausmaß der Beziehung erkannt, die Maverick im Cyberspace führte. Sie jedoch schon. Wie konnten Sie davon wissen?« Er lächelt. Ein jungenhaftes Lächeln. Ein bisschen stolz. »Ich habe alles mit verfolgt. Sie müssen wissen, ich hatte mir schon vor einiger Zeit, Zutritt zu Delias Computer verschafft. In einem Computer liegt heutzutage das Herzblut jedes Menschen, jedes Geheimnis, jede Bewegung, jede Bekanntschaft – alles können Sie aus den Dateien erlesen. Es ist wirklich interessant, spannend. Am Anfang war mir nicht ganz klar, dass es Maverick war, die diesen Kontakt hatte. Ich kam dahinter, als sich Thamus und Maverick Bilder schickten. Allerdings hatte Delia diesen Kontakt geknüpft, weil sie tatsächlich in Sachen Satanismus recherchiert hatte. Sie wollte, wie ich es Ihnen schon gesagt hatte, zeigen, dass der Satanismus kaum eine Rolle spielt, dass immer, wenn in den Medien ein Mord als satanisch inspiriert breit getreten wird, es sich in der Regel um etwas anderes handelt. Satanismus ist nicht das Problem unserer Gesellschaft. Jedoch gibt es Interessen, die das anders sehen. Sie wollte so etwas wie eine Antireportage machen. Vielleicht kann man es so nennen.«

Das war es also, darum wusste er den Namen Raffael, obwohl er ihn eigentlich nicht hätte wissen dürfen. Das war es, was mir hätte auffallen müssen. Die ganze Zeit über hat er uns an der Nase herumgeführt. Hat praktisch Regie geführt. Hat uns nur jene Daten zukommen lassen, von denen er annahm, sie würden uns in die falsche Richtung leiten. Ohne Zweifel wollte er uns Thamus als Sündenbock präsentieren. Alle anderen Daten, die Zweifel an der Täterschaft von Thamus geweckt hätten, hat er vernichtet.

Er fährt fort: »Nun gut, Maverick kam zu mir in die Klinik. Nicht zuletzt darum, weil der Kontakt mit Thamus und mit ihrem Liebhaber, Torsten, sich zerschlug. Sie hat ein Spiel gespielt. Und sie hat verloren. Diesen Thamus hat sie tatsächlich niemals wirklich getroffen. Sie liebte ihn trotzdem. Ja, auch mich hat das fasziniert. Sie war besessen von ihm. Und er war besessen von ihr. Aber sie liebte den anderen ebenso, diesen etwas blassen Jüngling. Mit dem sie auch ins Bett ging. Von beiden wurde sie verlassen. Das wussten Sie nicht! Weil ich alle Hinweise darauf vernichtet habe. Aber sowohl Thamus als auch Torsten wollten dieses Spiel nicht mehr spielen, sie wollten sie entweder ganz oder gar nicht. Es war, als stürzte eine Welt ein für Maverick. Tatsächlich wollte sie nicht mehr leben. Sie traf Vorbereitungen für ihren Tod, sie plante ihn buchstäblich, allein der Gedanke hielt sie aufrecht. Sie hat einen Abschiedsbrief an Thamus geschrieben.« Er reicht mir einen Bogen Papier.

Ich lese: »Geliebter! Ich sitze draußen. Samtener Novemberregen fällt kalt auf meine Haut. In die Arme der Nacht geschmiegt, schließe ich die Augen ...« Mir wird kalt und weh ums Herz, als ich den Brief zur Seite lege. Trondheim fährt fort: »Das war der Punkt, an dem ich sie in meine Klinik aufnahm. Hier traf sie auf Nikolas Gregor. Eine Zeit lang waren sie sich beide eine Stütze, sie litten beide so sehr am Leben und das war ihre große Gemeinsamkeit. Zusammen mit der Tatsache, dass sie beide Außenseiter waren. Was dann passierte, hätte ich mir in meinen schlimmsten Träumen nicht vorstellen können: Gregor brachte Maverick um.«

Ein Ruck geht durch meinen Körper. Jetzt greife ich doch nach dem Whiskyglas, das er neben mir abgestellt hat. Die warme Flüssigkeit rinnt mir scharf und brennend durch die Kehle. Versucht er nun, sich herauszureden? War nicht er der Mörder dieser drei Frauen, darf ich darum ungefesselt hier sitzen? Wie ein Schauspieler bei seiner Aufführung steht er vor mir, als warte er auf Applaus. Das nervöse Augenflimmern allerdings verrät mir, dass er sich seiner selbst nicht so sicher ist, wie er vorgibt. Er zieht zwei Zigaretten aus der Packung, zündet beide an und reicht mir eine davon.

»Hören Sie Trondheim, Sie wollen mir doch nicht erzählen, dass Sie mit dem Tod dieser drei jungen Frauen nichts zu tun haben. Das nehme ich Ihnen nicht ab. Ich hatte sie von Anfang an in Verdacht. Aber es gab außer dem Motiv, nämlich Eifersucht, kaum einen Hinweis.«

Er schaut mich ungefähr eine, zwei Minuten schweigend an, wieder ganz der Professor, vor einer Schülerin, die weder etwas von seinem Vortrag verstanden hat, noch seine überragende Brillanz zu würdigen weiß.

»Irgendetwas hat Nikolas Gregor so in Rage versetzt, dass er Maverick umbrachte. Das war mein erster Gedanke. Aber dann hatte ich noch eine andere Idee. Sie kannten Maverick nicht. Sie war ein äußerst extremer Charakter. Ich könnte mir gut vorstellen, dass sie Gregor gebeten hat, sie umzubringen. Ich sprach ihn darauf an, doch seit der Tat hat er kein Wort, kein einziges mehr, gesprochen.« Trondheim räuspert sich, trinkt einen Schluck Whisky. »Es wäre nicht nur das Aus für die Klinik gewesen, es wäre mein Ruin als Psychiater gewesen, wenn die Tat ans Tageslicht gekommen wäre. Die Medien hätten es breitgetreten. Ich brauchte Zeit zum Nachdenken, was ich mit Mavericks Leiche tun werde. Doch dann kam Delia und hat alles zerstört. Sie wurde misstrauisch, als ich sie nicht zu Maverick lassen wollte, sie sagte, sie wäre schon seit einiger Zeit misstrauisch, was meine Therapie betrifft. Sie hat mir den Schlüssel aus der Hand geschlagen und ging in Mavericks Zimmer. Dann wurde sie völlig hysterisch und hat angefangen, mich anzuschreien. Ich wollte ihr erklären, was passiert war, doch sie hörte nicht zu. Um sie zum Schweigen zu bringen, bevor sie die ganze Klinik zusammenschreien konnte, drückte ich ihr die Kehle zu, bis sie ruhig war. Dann merkte ich, dass sie tot war. Im gleichen Augenblick kam mir der Plan mit dem Satanisten. Wenn ich es so aussehen lassen könnte, dass er sie umgebracht hat, wäre ich gerettet gewesen. Ich brachte die Pentagramme an ihren Körpern an, dann fügte ich Delia die Wunde am Hals zu, damit es gleich aussieht, anschließend wollte ich die beiden durch den Hinterausgang zum Auto zu bringen. Gerade als ich Mavericks Leiche auch holen wollte, kamen meine Nachbarn vorzeitig aus dem Urlaub zurück. Sie erklärten mir lang und breit, warum sie den Urlaub abgebrochen hatten – ein Krankheitsfall in der Familie – und hinterher traute ich mich nicht mehr, die andere Leiche auch noch rauszubringen. Das musste ich auf später verschieben. So fuhr ich Delias Leiche an den Güterbahnhof. Es war einer ihrer Lieblingsplätze in Freiburg. Warum, habe ich nie verstanden. Ich setzte mich an den Computer, um alle eventuellen Spuren zu verwischen, die in meine Richtung weisen konnten. Da entdeckte ich, dass Delia an ihre Freundin Antonia eine E-Mail geschickt hatte, die sich mit meiner Therapie befasste. Mir war klar, dass sofort Verdacht auf mich fallen würde, wenn Antonia damit zur Polizei ging. So zuwider es mir war, ich musste auch sie umbringen.«

Ich habe zwar keine Ahnung, wie er damit durchkommen will, aber eines ist mir klar: keineswegs wird er mich, nach allem was er erzählt hat, laufen lassen. Ich schlucke heftig. Trinke den Rest Whisky aus. Mein Kopf ist leer, kein Gedanken, den ich fassen kann, keinen Plan, der Gestalt annehmen will, nicht einmal Wut, die mir die Kraft des Aufbegehrens verleihen würde. Panik. Ich bitte ihn, so zuwider mir das auch ist, um eine Zigarette. Mit einer Freundlichkeit, die bei mir das Bild einer Henkersmahlzeit, eines letzten zu gewährenden Wunsches herauf beschwört, wirft er mir Packung und Feuerzeug zu. Nur mit großer Willenskraft schaffe ich es, ohne ein verräterisches Zittern der Hand, die Zigarette anzuzünden. Ich versuche mir vorzustellen, es wäre anders, die Rollen vertauscht und wir säßen in unserem Vernehmungszimmer, das Rauschen des Tonbandes im Hintergrund.

»Was ich nicht verstehe: warum das hier? Warum diese schwarze Messe?« Es ist mir unmöglich in seinem Gesicht zu lesen.

»Sie hatten mich die ganze Zeit über im Verdacht. Als ich gemerkt habe, dass Sie die Satanistentheorie nicht überzeugt, musste ich handeln. Ich wollte Ihre Aufmerksamkeit auf diese Theorie konzentriert wissen. Darum habe ich Ihnen diesen Zettel in Ihre Unterlagen geschmuggelt. Ich habe Sie richtig eingeschätzt, Sie sind gekommen. Ich wollte Sie die Messe sehen lassen und

Sie dann für kurze Zeit außer Gefecht setzen. Wenn Sie wieder zu sich gekommen wären, wären Sie überzeugt gewesen von der Schuld des Satanisten. Womit ich nicht gerechnet habe, war Ihr Eingreifen. Das war eine Fehleinschätzung meinerseits. Nun muss ich leider umdisponieren.«

»Sie sind verrückt, Trondheim. Wie konnten Sie nur glauben, damit durchzukommen. Ich hätte die E-Mail nicht lesen können. Ich hätte in Begleitung von Kollegen kommen können. Wer waren die Leute bei der Messe? Wie konnten Sie sicher sein, dass sie ihren Mund halten?«

Trondheim starrt mich an und fängt dann an zu lachen, ein kindisches, gackerndes Lachen.

»Manchmal muss man ein Risiko eingehen. Ich hätte nichts verloren. Wenn Sie die Nachricht nicht rechtzeitig erreicht hätte, dann wäre mir etwas anderes eingefallen. Aber als ich sah, dass Sie die E-Mail abgerufen haben, ging mein Plan auf, auch wenn Ihr Kollege noch so hartnäckig geklingelt hat. Ich hatte alles vorbereitet für Sie und ich habe Sie richtig eingeschätzt, ich wusste, Sie würden kommen. Einige meiner Patienten waren ganz scharf auf richtig teuflischen Sex; ein kleiner Drogencocktail wird verhindern, dass sie sich anschließend erinnern. Und, seien Sie ehrlich, wer würde Ihnen schon glauben? Zugegebenermaßen hat auch mich diese Sache gereizt. Es hat etwas sehr atavistisches, finden Sie nicht auch?«

Mir ist klar, dass er mit seinem ganzen verrückten Plan durchaus die Möglichkeit hat, durchzukommen.

Elza Linden, das vierte Opfer satanischer Killer, wurde mit aufgeschlitzter Kehle auf einem Opferaltar gefunden, so oder so ähnlich würden die Schlagzeilen lauten. Man wird vielleicht Raffael Lamech verhaften und Trondheim kann sich weiterhin ungestört der Ausmerzung der Volksseuche Depression widmen.

Aber nicht mit mir! Kampflos wird er mich nicht bekommen. Ich werde kämpfen bis zum letzten Atemzug. Meine Füße und Arme fühlen sich noch immer wie Gummi an; vorsichtig bewege ich die Zehen und Finger und spüre, wie langsam das Gefühl zurückkehrt. Ich senke meinen Blick, um mit keinem Wimpernschlag meine Gedanken zu verraten; ich hole langsam und tief Atem, spanne meine Muskeln und mit einem infernalischen Schrei stürze ich mich auf ihn. Spüre nur noch Wut. Wut, die sich wie ein Feuer durch meine Eingeweide frisst. Mein Faustschlag trifft ihn an der linken Schläfe; er holt aus und schlägt mich mit der flachen Hand ins Gesicht, sodass mein Kopf zur Seite fliegt und ich das Gleichgewicht verliere und falle. Während ich am Boden liege, traktiert er mich wahllos mit Faustschlägen; einer trifft mich mitten ins Gesicht und ich spüre, wie meine Lippe platzt. Ich schmecke das Blut in meinem Mund. Je öfter er mich mit seinen Fäusten trifft, desto wütender werde ich. Erbarmungslos schlage ich ihm meine Fäuste ins Gesicht, in den Magen, versuche, ihn an seiner empfindlichsten Stelle zu treffen, doch er ist auf der Hut, schützt sich, weicht mir aus. Einer seiner Schläge trifft mich an der rechten Schulter, schleudert mich ein paar Meter weiter und um ein Haar wäre ich mit dem Kopf an den steinernen Fuß des Altares geraten. Mit verbissenem Gesicht und erhobenen Fäusten nähert er sich. Blitzschnell springe ich auf, ducke mich vor seinem nächsten Schlag, der ins Leere geht. Ein wütendes Zischen kommt über seine Lippen. Nun stehen wir uns gegenüber. Auge um Auge, Zahn um Zahn, geht es mir durch den Kopf. In Sekundenbruchteilen bin ich bei ihm, wende meine Judokenntnisse an und schleudere ihn, begleitet von einem tiefen, grollenden Schrei auf den Boden. Bevor er sich rühren kann, verpasse ich ihm vorsichtshalber noch einen Hieb gegen sein Kinn. Das Handy in meiner Hosentasche läutet, hört wieder auf, als sich die Mailbox einschaltet und beginnt von neuem zu klingeln. Stöhnend liegt er vor mir. Ohne ihn aus den Augen zu lassen, ziehe ich blitzschnell meine Handschellen aus der Jacke und fessele ihn. Dann hole ich das Handy aus der Hosentasche und drücke die grüne Taste zum Abnehmen. Ich kann kaum verstehen, was Morten sagt, weil er so schreit. Als ich höre, dass sie in wenigen Minuten hier sein werden, lege ich einfach auf und beginne hemmungslos zu weinen, vor Erschöpfung, Schmerz und Grauen. Trondheim starrt mich hasserfüllt an und schweigt, bis Morten mit den Kollegen eintrifft.

30

»Schwarze Messen scheinen anstrengend zu sein«, Morten berührt mit einer zärtlich, vorsichtigen Geste mein lädiertes Gesicht, das bereits in allen Regenbogenfarben schimmert. Ich habe beschlossen, die nächsten paar Tage einen großen Bogen um alle Spiegel zu machen. Er reicht mir ein Tuch, in das er klein gehackte Eiswürfel gewickelt hat, um es mir aus Gesicht zu legen. Seinem Vorschlag, ein rohes Stück Fleisch wäre das beste Hausmittel bei solchen Dingen, konnte ich nichts abgewinnen. Ich liege in eine Decke gehüllt auf dem Sofa im Wohnzimmer, voll gepumpt mit Schmerzmitteln, die nicht mehr bewirken als eine gewisse Dumpfheit in meinem Kopf. Morten hat einen Gemüseauflauf in den Ofen geschoben, fürsorglich wie eine Mutter sitzt er an meinem Krankenlager und versucht, mir den selbst gepressten Gemüsesaft schmackhaft zu machen. »Ich fühle mich nur halb so schlimm wie ich aussehe, und nicht annähernd schlimm genug, um das hier zu trinken«, antworte ich ihm. Das trifft es ziemlich genau. In der behaglichen Wärme, einem Glas Rotwein, das ich ihm wortreich abgeschwatzt habe, einer Mozartsinfonie und seiner Fürsorge fühle ich mich geborgen. Mike kommt mit einer Reisetasche und der Jacke über dem Arm ins Zimmer. An seinem unsicheren Lächeln und der Art, wie er nervös mit seinen Fingern spielt, kann ich sehen, wie unbehaglich ihm zumute ist. Mindestens zwanzig Mal hat er mich gefragt, ob das in Ordnung ist, wenn er zu diesem Zeitpunkt abreist. Und nur die wiederholte Versicherung sowohl meinerseits als auch von Morten, dass er sich keine Gedanken zu machen brauche, beruhigen ihn etwas. Jane hat angerufen. Seine Bekanntschaft aus Schottland. Erging sich in geheimnisvollen Bemerkungen und mysteriösen Versprechungen. Sie wäre zurzeit in Ohio. Und hätte Sehnsucht nach ihm. Mit einem zärtlichen Kuss auf die Wange und den Worten »Pass gut auf dich auf«, verabschiedet er sich. Nachdem Morten und ich gegessen haben und eine wohlige, vom Wein ausgelöste Wärme sich in mir ausbreitet, kommt die Sprache noch einmal auf Trondheim. Ich habe zwar direkt im Anschluss nach seiner Verhaftung alles zu Protokoll gegeben. Aber Morten weiß, dass das nicht alles war. Dass Gefühle und Ängste dort keinen Platz finden. Stockend erzähle ich ihm von der schwarzen Messe, von den Hähnen und dem Blut, von meinem Ekel, meinem Eingreifen und dem Kampf mit Trondheim. »Schon eine ganze Zeit hat Trondheim Delias Computer ausspioniert. Der Grund dürfte wohl in seiner extremen Eifersucht gelegen haben. Dann wird in seiner Klinik Delias Schwester Maverick umgebracht. Ich glaube, zu diesem Zeitpunkt hat er die Kontrolle verloren. Delia wird misstrauisch und entdeckt, dass

Maverick tot ist. Trondheim gerät in Panik, er will sie zum Schweigen bringen und hält plötzlich eine Tote im Arm. Sein Plan ist, Raffael Lamech die Morde in die Schuhe zu schieben. Geschickt lässt er uns belastendes Beweismaterial zukommen. Und beinahe wäre sein Plan aufgegangen.«

Gebannt hört Morten mir zu. »Aber was ich nicht verstehe: warum dieses Theater mit der Schwarzen Messe? Er selbst ist doch kein Satanist, oder etwa doch?«

»Die Antwort liegt in Trondheims Charakter: zum einen ist er sehr von sich selbst überzeugt, zum anderen ist er ein Perfektionist. Die Messe mit mir als Zuschauer, sollte für ihn sicherstellen, dass wir keine Zweifel an einer satanisch motivierten Täterschaft haben sollten.«

Als ich ende, senkt sich eine tiefe Ruhe über uns, Morten hält meine Hände. Es ist, als könnte ich seine Gedanken hören.

»Ich möchte gerne, dass du heute Nacht hier bleibst, ich möchte deine Nähe und Wärme spüren.«

31

Seine Augen haben die gleiche Farbe wie der Regen. Graue, kalte Fäden hüllen die Umgebung in Düsternis. Schweigend gehen wir nebeneinander her. Die Dämmerung hat bereits eingesetzt. Verlassen und öde liegt das Gelände des Güterbahnhofes unter uns. Wir stehen in der Mitte der Brücke, die sich über den alten Güterbahnhof spannt. Wie ein schwarzer Schatten schmiegt sich die Werkshalle zwischen den toten Gleisen. Im Schutz seiner Jacke zündet sich Lamech eine Zigarette an. »Sie verabscheuen mich, nicht wahr?« Wie schon bei meinem ersten Zusammentreffen überrascht mich die Zärtlichkeit in seiner Stimme und ich betrachte ihn einen Moment schweigend, bevor ich antworte.

»Wieso glauben Sie das?« Der Schatten eines Lächelns huscht über sein Gesicht. »Sie haben alles gelesen, alles, was Favea und ich uns geschrieben haben. Es dürfte kaum Ihren Wert- und Moralvorstellungen entsprechen.« »Ich habe alles gelesen, das stimmt. Ich will ganz offen zu Ihnen sein, es trifft zu, dass die erste Reaktion Unverständnis, ja auch Abscheu war. Aber es dauerte nicht lange und ich sah etwas anderes durchschimmern. Auch wenn Sie das nicht gern hören: Sehnsucht, Liebe, den Wunsch nach einer Verbindung, die nicht den gängigen Vorstellungen der Gesellschaft entspricht, nach einer Verbindung, die nicht von einem weltlichen Gericht getrennt werden könnte. Das war es doch, nicht wahr?«

Ich zünde mir ebenfalls eine Zigarette an. Sein scharf geschnittenes Gesicht zeigt keine Regung. »Und etwas davon hat mich tief berührt. Das ist der Grund, warum wir beide hier im Regen stehen.« Seine stillen Tränen vermischen sich mit dem Regen. Er wendet sich ab und starrt schweigend in die einsetzende Nacht, hinunter zur Werkshalle, vor der Delia und Maverick gefunden wurden. In der Ferne blinken die roten Lichter der Fernstraße, ein Güterzug rollt donnernd unter uns vorbei und wie gigantische Tiere lauern die alten, nun nutzlosen Kabelrollen zwischen den Schienen.

»Ich möchte Sie etwas fragen. Warum haben Sie sich nie mit Maverick getroffen?«

»Nennen Sie sie Favea! Sie wird immer Favea für mich sein.«

Nach einer kurzen Pause fährt er fort, mit seiner sanften, wohlklingenden Stimme und ich stelle mir vor, wie verzaubert Favea von dieser Stimme am Telefon gewesen sein mochte. Eine Stimme, in der man sich verlieren kann. Ein kurzes, heftiges Frösteln schüttelt mich.

»Ich hatte Angst. Ich weiß, das ist das Letzte, was Sie glaubten zu hören zu bekommen. Thamus war meine zweite Identität, mein Alter Ego. Das Gegenstück zu einem versachlichten, entzauberten Leben. Ich habe eine

Menge Stress in meinem Beruf. Habe es mit Künstlern zu tun, die in der Regel alles andere als einfach sind. Auch wenn Sie es für ein Klischee halten, Künstler sind schwierige Menschen. Ich habe meinen Job gewechselt. Bin von Frankfurt nach Freiburg. Kannte hier niemand und hatte kaum Gelegenheit, da meine Arbeit mir keine Zeit ließ. Da lernte ich Favea kennen. Sie haben gelesen, was sie geschrieben hat. Dass sie auf mich gewartet hätte. Ich wollte sie beeindrucken. Sie wusste ja nicht, dass Thamus nur ein Fake war. Ich hatte solche Angst, sie könnte von mir enttäuscht sein, entsetzliche Angst, ihren Vorstellungen und Wünschen nicht zu entsprechen. Ich war feige.«

Unter uns rattert ein Güterzug über das Gleis.

»An einer Stelle schrieben Sie, Favea hätte sie beide getrennt. Was hat es damit auf sich?«

»Wenn ich das wüsste. Vielleicht ging es ihr wie mir und sie hatte einfach nur Angst. Aber zum Schluss wurde es mir unerträglich, wenn sie von dem anderen, von Torsten erzählte. Ich bat sie, sich zu entscheiden, da sie mich sonst verlieren würde.«

Und daraufhin hat sie beschlossen zu sterben und den Abschiedsbrief geschrieben, geht es mir durch den Kopf. Ich frage ihn: »Haben Sie Faveas Abschiedsbrief erhalten?«

»Sie ... hat sie einen Abschiedsbrief für mich hinterlassen?«

Ich gebe ihm den Brief, den ich seit jenem Abend mit mir trage. Er liest im Schein der Straßenlampe wieder und wieder Faveas Abschiedsbrief an ihn; der Regen hinterlässt dunkle Flecken auf dem Papier.

»Favea. Meine arme Favea ... darf ... darf ich ihn behalten?«

Ich nicke. Er verstaut den Brief im Innern seines Mantels. Dann umfasst er mit beiden Händen das Geländer der Brücke, sein Blick fest auf die alte Werkshalle gerichtet.

»Meinen Sie, ich hätte sie retten können? Glauben Sie, meine Liebe hätte ihr das Leben gerettet?«

»Das glaube ich nicht.«

Aber das ist alles andere als die Wahrheit.

»Sie lügen!«

Ich antworte nicht.

»Jetzt gibt es keinen Thamus mehr. Ich habe sogar eine Scheu davor, den Computer einzuschalten, seit ich von ihrem Tod weiß. Es mag sich albern anhören, aber es gibt nichts, das mich nicht an sie erinnert, nichts, das nicht ihren Namen trägt, geprägt ist von ihr. Jeder noch so kleine Gegenstand in meiner Wohnung, in der sie nie war, erinnert mich schmerzhaft an sie. Alles hat sich um sie gedreht, um unsere Liebe, die für die Ewigkeit gedacht war. Und nun ist sie gestorben, ohne dass wir uns je berührt hätten. Alleine.«

Bei den letzten Worten dreht er sich um und blickt mir direkt in die Augen. Es gibt nichts, was ich sagen könnte. Dann nimmt er meine Hände in die seinen, sie sind warm und nass und fest, und sagt »Danke«. Seine schwarze Silhouette wird mit jedem Schritt kleiner, bis sie sich auflöst hinter dem Vorhang aus Regen. Noch lange nachdem Lamech gegangen ist, stehe ich auf der Brücke, meine Kleider hängen wie nasse Lumpen an mir, ich zittere und dass ist nur zum Teil der Kälte zuzuschreiben.

ENDE

KRIMI IM GMEINER-VERLAG

Ihre Meinung ist gefragt!

Mitmachen und gewinnen

....

Als der Spezialist für Themen-Krimis mit Lokalkolorit möchten wir Ihnen immer beste Unterhaltung bieten. Sie können uns dabei unterstützen, indem Sie uns Ihre Meinung zu den Gmeiner-Krimis sagen!

Füllen Sie den Fragebogen auf www.gmeiner-verlag.de aus und nehmen Sie automatisch am großen Jahresgewinnspiel teil. Es warten »spannende« Buchpreise aus der Gmeiner-Krimi-Bibliothek auf Sie!

Die Gmeiner-Krimi-Bibliothek

KRIMI IM GMEINER-VERLAG

KRIMI IM GMEINER-VERLAG

Das neue Krimijournal ist da!

2 x jährlich das Neueste
aus der Gmeiner-Krimi-Bibliothek

ISBN 3-89977-950-9
kostenlos

In jeder Ausgabe:

- Vorstellung der Neuerscheinungen
- Hintergrundinformationen zu den Themen der Krimis
- Interviews mit den Autoren und Porträts
- Allgemeine Krimi-Infos (aktuelle Krimi-Trends, Krimi-Portale im Internet, Veranstaltungen etc.)
- Die Gmeiner-Krimi-Bibliothek (Gesamtverzeichnis der Gmeiner-Krimis)
- Großes Gewinnspiel mit »spannenden« Buchpreisen

Erhältlich in jeder Buchhandlung oder direkt beim:

Gmeiner-Verlag
Im Ehnried 5
88605 Meßkirch
Tel. 0 75 75/20 95-0
www.gmeiner-verlag.de

KRIMI IM GMEINER-VERLAG

GMEINER-KRIMI-BIBLIOTHEK

Die Gmeiner-Krimi-Bibliothek

Alle Gmeiner-Autoren und ihre Krimis auf einen Blick

Anthologien: Spekulatius (2003) • Streifschüsse (2003)
Artmeier, H.: Schlangentanz (2004) • Drachenfrau (2004)
Baecker, H.-P.: Rachegelüste (2005)
Bekker, A.: Münster-Wölfe (2005)
Bomm, M.: Trugschluss (2005) • Irrflug (2004)
• Himmelsfelsen (2004)
Buttler, M.: Herzraub (2004)
Emme, P.: Pastetenlust (2005)
Franzinger, B.: Dinotod (2005) • Ohnmacht (2004)
• Goldrausch (2004) • Pilzsaison (2003)
Gardener, E.: Lebenshunger (2005)
Gokeler, S.: Supergau (2003)
Graf, E.: Nashornfieber (2005)
Haug, G.: Gössenjagd (2004) • Hüttenzauber (2003) • Finale (2002)
• Tauberschwarz (2002) • Höllenfahrt (2001) • Todesstoss (2001)
• Sturmwarnung (2000) • Riffhaie (1999) • Tiefenrausch (1998)
Klewe, S.: Schattenriss (2004)
Klugmann, N.: Schlüsselgewalt (2004) • Rebenblut (2003)
Kramer, V.: Rachesommer (2005)
Kronenberg, S.: Pferdemörder (2005)
Leix, B.: Bucheckern (2005)
Mainka, M.: Satanszeichen (2005)
Matt, G. / Nimmerrichter, K.: Schmerzgrenze (2004)
• Maiblut (2003)
Misko, M.: Kindsblut (2005)
Nonnenmacher, H.: Scherlock (2003)
Puhlfürst, C.: Leichenstarre (2005)
Schmöe, F.: Maskenspiel (2005)
Schröder, A.: Mordswut (2005) • Mordsliebe (2004)
Schwarz, M.: Dämonenspiel (2005) • Grabeskälte (2004)
Stapf, C.: Wasserfälle (2002)
van den Bosch, J.: Wintertod (2005)
Wark, P.: Ballonglühen (2003) • Absturz (2003) • Versandet (2002)
• Machenschaften (2002) • Albtraum (2001)
Wilkenloh, W.: Hätschelkind (2005)

KRIMI IM GMEINER-VERLAG